우리 개가
무지개다리를 건넌다면

반려동물을 떠나보내는 태도에 관하여

우리 개가
무지개다리를 건넌다면

제프리 마송 지음 · **서종민** 옮김

유노
북스

일란에게

———

얼마 전 나는 프란스 드 발Frans de Waal의 훌륭한 저서, 《동물의 감정에 관한 생각Mama's Last Hug: Animal Emotions and What They Teach Us about Ourselves》을 읽었다. 이 책의 원제, '마마의 마지막 포옹'은 이종 간의 관계가 보여 준 특별한 순간을 나타내는 말이다.

네덜란드 아른헴의 버거스 동물원에서 사육사들에게 "마마"라는 이름으로 불렸던 암컷 침팬지는 동물원 내 거대한 침팬지 무리의 우두머리였다. 마마는 저명한 네덜란드인 동물학자 얀 반 후프Jan van Hoof(위트레흐트대학 동물행동학 명예교수이자 버거스 동물원 공동창립자)와 오랜 세월에 걸쳐 친해졌다.

쉰아홉 번째 생일을 한 달 남겨 둔 마마는 죽어 가고 있었다. 마마의 친구, 얀 반 후프도 팔십 대를 목전에 두고 있었다. 이들은 사십 년이 넘는 세월 동안 서로를 알고 지냈지만, 마찬가지로 오랜 세월 동안 서로를 만나지 못했다.

마마가 죽어 간다는 소식을 들은 얀은 마지막 인사를 건네러 마마를 찾아왔다. 때는 2016년이었고, 이들의 만남을 누군가 핸드폰으로 촬영해 남겼다. 실로 놀라운 장면이었다. 본래 이 동물원의 침팬지 사육장은 숲을 조성한 섬으로, 같은 종류의 구조물로는 세계에서 가장 규모가 크다. (나는 이 또한 감금이라고 생각하지만, 이에 대해서는 다음 기회에 논하겠다.)

당시 사육사들은 마마에게 밥을 먹이려 시도라도 해야 했기 때문에 마마를 작은 사육장에 넣어 둔 상태였다. 마마는 짚더미 위에 꼼짝 않고 누워 있었으며 아무것도 먹거나 마시려 하지 않았다. 그러나 그 순간, 조회수 1000만이 넘는 동영상에 담겨 있듯, 가슴 미어지는 장면이 펼쳐졌다.[1]

사육사들은 마마에게 숟가락을 가져다 대 보지만 마마는 음식과 물을 모두 거부했다. 아무런 의욕도, 반응도 없는 모습이었다. 죽음이 임박한 듯했다. 이때 얀이 다가와 마마를 쓰다듬기 시작했다. 그러자 마마가 천천히 눈을 뜨더니 얀을 올려다보았다. 눈앞의 사람을 알아보지 못한 듯 약간 당황한 모습이었다.

그러나 곧 얀을 알아본 마마는 갑자기 기쁨에 찬 소리로 '끽끽' 울기 시작했다. 얀은 마마를 토닥이며 "그래, 그래, 나야"라고 몇 번이고 되뇌었고, 마마는 활짝 웃는 것이 분명한 표정으로 얀에게 몸을 기대며 손가락으로 얀의 얼굴을 아주 부드럽게 매만졌다. 얀은 계속해서 상냥한 말로 마마를 안심시켰고, 마마는 손가락으로 얀의 머리칼을 빗어 넘겼다.

얀이 마마의 얼굴을 쓰다듬었고, 마마는 얀의 머리를 만지고 또 만졌으며, 얀은 "그래, 마마, 그래" 하고 속삭였다. 마마는 얀을 끌어당겨 얼굴을 맞댔다. 둘 모두 말로 다 할 수 없을 만큼 감동한 것이 분명했고, 얀은 침묵에 잠긴 채로 마마의 얼굴을 계속해서 쓰다듬었다.

얼마 후 마마는 다시 태아처럼 몸을 말고 누웠다. 그리고 몇 주 뒤 세상을 떠났다. 감동의 눈물을 훔치지 않고 둘의 만남을 지켜볼 수 있는 사람은 아마 없을 것이다.

왜 우리는 이처럼 종의 경계를 넘어서는 사랑을 보며 눈물짓는 것일까? 아마 다른 종의 동물과 유대감을 느끼고 싶다는 인간의 깊고 오래된 열망 때문일 것이다.

사람에게 길들여진 두 종, 고양이와 강아지와는 이러한 유대를 꽤 쉽게 형성할 수 있게 되었다는 사실은 어떻게 보면 기적 같은 일이다. 많은 사람이 말이나 새와 유대를 형성한다. 야생동물과 유대를 형성한 사람들도 종종 있다. 모두 앞으로 이 책에서 살펴볼 것이다.

그런데 나는 우리가 이 같은 기적을 이루었고 또 그러한 성공이 놀랍고도 기쁘다는 사실뿐만 아니라, 동물들과의 마지막 순간을 보내는 일이 사랑하는 사람을 떠나보내야 할 때만큼이나 쉽사리 받아들여지지 않는다는 점까지 이야기해 보고 싶다.

엄마, 아빠, 아이들, 친구, 배우자 혹은 다른 가족들만큼 사랑하게 된 당신의 반려동물까지, 사랑하는 이의 죽음을 마주하는 것보다 더 힘든 일은 없다. '마마의 마지막 포옹' 영상에서 우리는 이러한 일이 야생동물과도, 심지어 우리가 잡아 가둔 동물과의 사이에서도 벌어질 수 있음을 보았다.

우리는 모두 죽음 앞에 평등한 듯하다. 누가 누구를 애도하는지는 중요하지 않다. 모두의 슬픔이 선연하고 또 깊을 뿐이다.

이 책을 쓰는 데 한껏 빠져 있던 어느 날 밤, 나는 지그문트 프로이트 Sigmund Freud가 '커다란 꿈big dream'이라고 불렀던 종류의 매우 의미심장한 꿈을 꾸었다.

나와 아내 레일라Leila의 앞에 갑자기 화살이 가득 든 통과 활을 멘 여인이 나타났다. 죽음의 천사라는 것을 한눈에 알아볼 수 있었다. 천사는 내 심장을 화살로 쏘게만 해 준다면 살게 해 주겠다고 제안했다. (다른 삶이었는지 이번 삶의 연장이었는지는 모르겠다.)

천사가 말했다.

"아프고 피도 많이 날 거야."

하지만 어찌하였든 앞으로 오래도록 살 수 있다는 말이었으므로 나는 천사의 제안을 받아들였다. 언제 화살을 쏠 지는 모르는 일이었다.

그렇게 꿈속에서 오랜 세월이 흘렀고, 나는 스물세 살이 된 아들 일란Ilan과 함께 언덕에서 자전거를 타고 있었다. 내 자전거 바퀴가 빠지자 일란이 자전거를 고치러 동굴에 들어갔는데, 바로 그때 하늘빛이 급격하게 변하기 시작했다.

때가 왔다는 예감이 들었고, 현실에서 느껴 본 감정들과는 전혀 다른 감정이 들이닥쳤다. 공포와 흥분이 뒤섞인 감정이었다. 앞으로도 이런 기분은 다시는 느껴 볼 수 없겠다는 직감이 들었다. 편안한 기분이었지만, 한편으로는 이제 아주 고통스러운 일이 벌어질 것을 알았으므로 끔찍하리만치 두렵기도 했다.

죽음의 천사가 다시 한 번 내 앞에 나타났다. '때가 되었다'는 듯 고개를 끄덕인 천사는 화살통에서 날카로운 화살을 꺼내더니 활시위에 가져다 대고는 잡아당기며 나의 심장을 겨누었다. 나는 꼼짝 않고 화살이 꽂히기만을 기다렸다. '끝이구나' 생각했다.

'생애 가장 중요한 순간이 다가왔어.'

나는 그 어느 때보다도 겁에 질렸지만, 한편으로는 삶이 어떻게 끝날지 너무나 궁금했다. 그 순간 나는 꿈에서 깨어났다. 심장이 마구 뛰고 있었다. 여전히 꿈을 꾸는 듯한 느낌이었다. 죽음의 천사와 거래했다는 점보다도, 하늘빛이 변하며 천사가 다시 나를 찾아왔던 순간 들었던 기분이 너무나 독특해 기억에 남았다.

현실에서 느껴 본 그 어떤 감정과도 달랐다. 형언할 수 없는, 꿈결 같은 느낌이었다. 시간이 지나며 흐려지기는 했지만 어떤 느낌이었는지는 기억나는데, 말로 설명하거나 지금까지 느껴 본 다른 감정에 빗대어 말하자니 무어라 해야 할지 모르겠다.

무엇보다도 하늘빛이 갑자기 바뀌면서 아주 캄캄해졌다가 다시 밝아지던 순간에 마음이 거세게 뒤흔들렸다. 세상에 무언가 중요한 일이 벌어질 것 같다가, 그저 나에게 일어나는 일임을 깨닫는 것과 비슷했다. 세상은 변하지 않고 나의 운명만 변할 뿐이었다. 죽음의 천사가 다시 나타났던 순간 나는 겁에 질렸지만, 한편으로는 일종의 희열을 느꼈다.

'죽는다고 끝이 아니야.'

많은 말로 대신하지 않아도 나는 직감했다. 나는 강렬한 호기심을 느꼈고, 갑자기 꿈에서 깨어났을 때(누가 깨운 것이 아니고 나 혼자 갑자기 일어났다. 화살이 두려워서였는지도 모르겠다) 정말이지 실망했다. 꿈이기는 했어도 그 이후로 어떤 일이 일어났을지 영영 모르게 되었기 때문이다. 화살을 맞으면 아팠을까? 그래도 살아남아서 이후로 이삼십 년의 생을 더 살았을까?

죽음에 관한 책을 쓰는 동안 이런 꿈을 꾸었다는 것은 그냥 지나칠 수는 없는 사건이었다. 게다가 지금 베를린에서 일란과 함께 살며 열네 번째 생일을 기다리는 우리의 사랑하는 반려견, 벤지Benjy의 마지막이 얼마 남지 않았다는 점에서도 그랬다. 죽음의 천사가 나타난다면 기꺼이 벤지를 위하여, 그리고 그 김에 이제는 여든 너머의 윤곽이 그려지기 시작하는 나 스스로를 위하여 거래하지 않을까?

생의 막바지에서 조금 더 살기를 바라는 것보다 더 인간적인 일이 또 있을까? 이는 우리의 생뿐만 아니라 우리 삶 속의 동물들에게도 적용되는 보편적인 바람이다. 우리가 오래 살고 싶은 만큼 그들도 오래 살기를 바라는 것이다.

이 세상 모든 동물과 눈을 맞추어 가며 그 눈동자에 비친 우리 자신을 볼 수는 없는 노릇이다. (곤충들이나 파충류를 생각해 보라.) 눈을 마주한대도 동물들의 머릿속에서 어떤 일들이 일어나는지를 읽을 수는 없다. 물론 두 눈으로 우리에게 아무것도 알려 주지 않는 동물들이 아무것도 느끼지 못한다는 말은 아니고, 그저 우리의 주파수가 맞지 않는다는 것뿐이다.

그러나 몇몇 동물과 우리는 꽤 잘 맞는 편이다. 개와 고양이가 대표적이지만, 종종 야생동물들도 우리가 문제없이 읽을 수 있을 만큼 깊은 감정을 두 눈에 담아내곤 한다.

의인화, 즉 오롯이 인간의 것인 생각이나 감정들을 동물들 또한 가진다는 의견을 경계하던 이들은 이제 과학자들의 말을 빌려 인간부정anthropodenial, 즉 다른 동물들과 인간 사이의 유사성을 인정하지 않으려는 경향을 너무나 흔하게 보이고 있으며, 느낌이나 감정에 관해서라면 그 부정은 더더욱 심해진다.

이 책의 뒤편에서도 살펴보겠지만, 몇몇 동물은 실제로 특정 감정들을 (예컨대 개는 사랑을, 고양이는 만족감을 그리고 코끼리는 슬픔을) 인간보다 훨씬 더 강렬하게 느낄 수 있다. 다만 이 영역은 아직 충분한 연구가 이루어지지 않아 의문의 여지가 남아 있다.

생명체들은 죽음이 다가온 순간에야 그 어느 때보다도 서로를 더 잘 이해하게 된다. 그 순간 우리는 무언가를 이해하게 되고, 상대 또한 무언가를 이해한 듯 보이곤 한다. 그것이 무엇인지는 말로 설명하기 어렵다. 알고, 느끼고, 인정하고 또 이해할 수 있지만 쉽사리 묘사하거나 설명할 수는 없는 무언가. 개의 임종을 지켜본 사람이라면 아마 이 말을 이해할 수 있을 것이다.

놀랍게도 한참 '이질적인' 종, 예컨대 고래 같은 동물과도 같은 경험을 할 수 있다. 〈BBC 뉴스〉의 안드레아스 일머Andreas Illmer 기자가 미국의 여행 블로거 리즈 칼슨Liz Carlson에 대해서 쓴 기사에 이런 이야기가 나온다.

친구와 하이킹을 하던 어느 날, 칼슨은 뉴질랜드의 어느 외딴 해변에 누워 죽어 가는 145마리의 고래들과 마주쳤다.[2] BBC 인터뷰에서 칼슨은 "입이 딱 벌어지는 광경이었습니다"라고 말했다.

"해질 무렵 바닷가에 갔는데 얕은 물가에 무언가가 보였어요. 고래들인 것을 알아차리자마자 들고 있던 모든 것을 내팽개치고 바닷가로 달려갔죠."

칼슨은 이전에도 야생 고래들을 본 적이 있지만 "어떻게 해도 이 광경을 볼 마음의 준비는 되지 않았을 것"이라고 했다.

"끔찍했어요. 뭘 해도 아무런 소용이 없었습니다. 고래들은 서로를 향해 비명을 지르고 딱딱거리고 울며 얘기하는데, 도와줄 방법이 없더라고요."

친구 줄리안 리폴Julian Ripoll이 도움을 요청하러 자리를 떠났고, 칼슨은 절망한 채 혼자 남겨졌다.

"그들의 울음소리, 물속에 같이 주저앉은 저를 보던 그 눈빛을 절대로 잊지 못할 거예요. 고래들이 얼마나 절박하게 헤엄치려 했는지도요. 하지만 몸이 너무 무거워서 버둥댈수록 모래에 더 깊이 파묻힐 뿐이었습니다."

칼슨이 인스타그램에 쓴 글이다.

"가슴이 무너져 내렸어요."

독자 여러분도 같은 기분일 것이다. 가장 충격적이었던 것은 마치 개들이 세상을 떠나는 순간 그러하듯, 고래들도 도와달라는 듯 칼슨을 쳐다보았다는 점이다.

'나를 구해 줄 수 없니?'

그들은 그렇게 나에게, 또 칼슨에게 물었고, 칼슨은 가슴이 무너질 수밖에 없었다. 구해 줄 수 없다고, 너의 마지막을 지켜보는 것밖에는 내가 할 수 있는 일이 없다고 말할 수밖에 없었기 때문이다.

이 책은 마지막을 지켜본다는 것에 관한 책이다. 어쩌면 우리가 죽음의 천사인 것은 아닐까? 글쎄, 우리에게는 사랑하는 이들을 대신해 목숨을 거래할 힘이 없다. 하지만 아무것도 할 수 없는 것은 아니다. 사랑하는 동물들의 죽음 앞에서 우리는 마냥 지켜보는 것 말고도 더 많은 일을 할 수 있다.

우리는 마지막을 맞이하는 동물들을 도와줄 수 있고, 그로써 그들의 (그리고 아마도 우리의) 많은 것이 달라질 수 있다. 이 책에서 나는 마지막 순간에 어떤 일이 일어나는지, 그리고 나를 비롯한 많은 이들이 반려동물의 마지막을 맞이할 때 그들에게 해 줄 수 있는 가장 좋은 일이 무엇이었는지를 살펴보려 한다.

우리가 곁에 있다는 것을 안다는 것만으로도 동물들에게는 커다란 의미가 있다. 다른 것은 몰라도 이것만큼은 지켜야 한다. 마음이 찢어지지만, 나와 이야기를 나눈 모든 사람이 결국에는 스스로를 위해, 또 사랑하는 반려동물을 위해 마지막 순간에 그의 곁을 지켰다는 것을 다행으로 여겼다.

목차

반려동물이
우리 곁을 떠날 때

이 조용한 친구들이 우리 곁을 떠날 때
견디기 힘든 이유 중 하나는
그들이 수년에 걸친 우리 삶의 일부와 함께 떠나 버린다는 점이다.

존 골즈워디 JOHN GALSWORTHY

개나 고양이 혹은 다른 동물들을 오랫동안 사랑하며 살아왔는데 갑자기 마지막이 다가왔음을 깨닫는다면 무척 혼란스럽고 이상한 기분이 든다. 그때의 우리는 정말이지 복잡한 감정을 견뎌야 한다. 우리 일생의 어느 한 부분이 막을 내릴 때가 되었음을, 그토록 사랑했고 우리 일상의 중요한 일부였던 반려동물이 곧 우리 곁을 떠남을, 곧 추억밖에 남지 않음을, 그리고 늘 너무 빨리 찾아오는 죽음을 우리 힘으로는 막을 수 없음을 알고 있기 때문이다.

　사랑하는 사람의 임종을 지킬 때와는 사뭇 다르다. 사람이라면 이야기를 나누고 지난날을 회고하며 여러 가지를 의논할 수 있다. 하지만 개가 자신의 마지막이 다가왔음을 깨달을 때면(분명 그들도 느낄 것이다) 개들은 사뭇 다른 눈으로 우리를 돌아본다. 그들이 무엇을 원하는지를 우리는 완전히 이해할 수 없지만, 어찌하였든 가슴이 무너지기는 매한가지다.

최근 나는 얼마 남지 않은 벤지의 죽음에 대해 생각하기 시작했다. 벤지는 열세 살 된 노란색 래브라도이고, 지난 십일 년간 나와 아내 레일라 그리고 나의 두 아들 일란, 마누Manu와 함께 살았다. 래브라도의 기대수명은 십 년에서 십이 년 사이이므로 그가 죽을 날도 머지않아 올 것이다. 참 견디기 힘든 생각이다.

만약 벤지의 상태가 갑자기 나빠져서 수의사를 집으로 부르고 벤지가 내 품안에 안겨 있는 동안 주사라도 놓아 주어야 한다면, 그렇게 벤지가 숨을 거두는 모습을 지켜보아야 한다면? 벤지가 아무것도 모르는 표정으로 나를 쳐다보다 핥아 주는 모습이 상상된다.

나는 왜 이런 장면을 상상할까? 왜냐하면 나의 친구들과 내가 모르는 이들 그리고 동물의 감정을 다룬 내 저서를 읽은 독자 등 수많은 이들이 나에게 그런 이야기들을 들려주었기 때문이다.

함께 살아온 고양이, 개 그리고 다른 동물들과 우리의 관계가 얼마나 깊었는지는 그 동물들이 세상을 떠날 때 가장 뼈저리게 느껴진다. 동물들의 수명은 인간의 수명보다 훨씬 짧다. 죽음이 다가온다는 것을 알고는 있지만, 피할 수 없다며 아무리 마음을 단단히 먹어도 죽음은 늘 충격으로 다가온다. 왜 충격이 아닐 수 없는지를 나는 이해하려 애쓰고 있다.

동물들은 늘 우리가 자기를 도와줄 거라 생각하니까, 죽음이 찾아왔을 때에도 우리가 막아 주기를 바라니까, 어쩌면 그래서일지도 모르겠다. 우리도 막아 내고 싶지만 어쩔 도리가 없다. 일순간 우리는 무력해진다. 우리에게 와 가족이 되었고, 어떤 면에서는 가족보다 더 가까웠으며, 우리 존재의 일부가 된 반려동물에게 여지없이 다가온 죽음과 맞닥뜨릴 뿐이다.

내가 이 주제에 관하여 책을 쓸 생각이라고 말할 때마다 친구들은 자신들의 이야기를 들려주었다. 오클랜드에 사는 검안 전문의 그랜드 워터스Grant Watters는 나에게 "우리 개가 죽는 것보다 더 끔찍한 일은 생각할 수 없다"고 말했다. 그는 동물들의 아이큐(IQ)가 아주 높지는 않을지는 몰라도 이큐(EQ), 즉 감정지능만큼은 하늘을 찌른다고 지적했고 나 또한 이에 전적으로 동의한다.

이것이 내가 이번 책에서 다루려는 주제들로, 반려동물을 잃은 친구들이나 반려인(주인이라는 말은 논란의 여지가 있으므로 삼가겠다)을 대신하여 동물들을 고이 보내 준 수의사들과 나눈 대화들 및 많은 이들이 내게 보내 준 편지들을 통해 반려동물의 죽음에 대하여 생각해 보려 한다. 우선 개와 고양이에게 초점을 맞추겠지만, 범위를 넓혀 우리가 생을 함께하는 다른 동물들 또한 살펴볼 것이다.

나는 지난 수십 년간 많은 것이 바뀌었다고 말하고 싶다. 한때는 동물이 세상을 떠나면 빨리 잊어 버려야 한다고 생각했지만, 오늘날에는 떠나간 동물을 추모하는 것은 건전하고 적절한 일로 여겨진다. 이 책에서는 상실의 심리에 대하여 보다 깊이 들여다보고자 한다.

개와 고양이가 죽음을 의식하지 못한다는 주장이 있다. 사실인지는 잘 모르겠다. 단순한 추측이라고 할 수도 있겠지만, 내가 듣고 읽은 수많은 이야기에서 세상을 떠나는 순간의 개나 고양이들은(고양이는 아마 개보다 조금 덜) 마치 이것이 미지막 인사고 얼마나 특별한 일인지를 다 안다는 듯 독특한 눈빛으로 인간을 바라보았다고 했다. 오늘 하루 잘 자라는 인사와는 다를 테니, 내 생각에는 개도 이를 알 듯하다.

죽음은 우리에게만큼 그들에게도 큰 의미를 가질 수 있다. 이는 곧 인간과 다른 동물들 사이의 관계가 우리가 지금까지 인정해 왔던 것보다 훨씬 더 깊은 관계임을 뜻한다고 생각한다. 동물과 인간 간의 감정적 유대는 부모와 어린아이의 유대와 다를 것이 없다. 우리는 아이가 우리 곁을 떠나리라고 생각하지 못하고, 동물들이 우리 곁을 떠날 때에도 비슷한 감정을 느낀다.

나는 이 책의 주제를 거의 평생 동안 곱씹어 왔다. 아마 다른 많은 이들도 나와 같은 이유로 그래 왔을 것이다. 상실. 아주 어렸을 때 나는 사랑스러운 코커스패니얼 태피Taffy와 수년을 함께 살았다. 내가 열 살이 되던 해, 수명이 한참이나 남아 있던 태피는 뒷마당에서 죽은 채 발견되었다. 부모님은 어느 못된 이웃이 태피에게 독을 먹였다고 했다. 태피가 짖는 소리도 싫고 뒷마당에서 뛰어다니는 꼴도 싫다는 이유였다.

나는 거의 넋이 나갔었다. 가장 친한 친구가 갑자기 세상을 떠나면 어느 어린아이라도 그럴 것이다. 태피의 시체를 보았던 순간을 아직도 똑똑히 기억한다. 그때 내가 얼마나 당황했었는지도 기억나고, 태피가 그날은 물론 앞으로도 영영 다시는 나에게 돌아오지 못하리라는 것을 깨닫고 갑자기 울음을 터뜨렸던 것도 기억난다.

죽음은 어린아이가 이해하기 어려운 일일 수도 있지만, 그때의 나는 내 인생의 무언가가 나를 떠났고 다시는 돌아오지 않으리라는 점을 완벽하게 이해했다. 무엇도 위로가 되지 않았고, 그저 가슴이 아팠다. 지금 생각해 보면 가까운 어른이 그냥 자기도 다 이해한다고 말해 주었으면 가장 좋았을 뻔했다.

하지만 그때 사람들은 내가 잘못 알고 있는 것이라고, 그러니까 태피는 저 너머 어딘가에서 나를 기다리고 있기 때문에 우리는 언젠가 다시 만날 것이라고 말해 주었다. 또 사람들은 태피가 아픔 없이 떠났다고 말했지만, 나는 태피의 보라색 혀가 바깥으로 축 늘어진 모습을 보았고 무척 고통스럽게 세상을 떠났을 것이라고 생각했다. 개가 독을 먹었으니 당연히 고통스러웠을 것이다.

처음으로 마주한 죽음을 이겨 내는 데에는 오랜 시간이 걸렸고, 심지어 일흔아홉이 된 지금도 그때의 느낌이 생생히 기억나며, 그 상실감에서 완전히 벗어난 적은 한 번도 없다.

반려동물이 죽을 때 우리가 느끼는 슬픔은 인기 있는 주제일까? 사실 그렇다. 바로 얼마 전에도 제니퍼 위너Jennifer Weiner가 〈뉴욕 타임스New York Times〉에 기고한 칼럼, 〈대통령도 모르는 개에 관한 사실들What the President Doesn't Get About Dogs〉에서 위너는 자신의 반려견 웬델Wendell이 죽었을 때 "온 세상이 궤도에서 탈선하는 것 같았다"고 썼다.

우리와 동물 사이의 관계를 논할 때 지금까지 우리에게 익숙했던 '우리' 대 '그들'의 구도는 이제 설득력을 잃어 가고 있다. 대중문화에서도 이를 확인할 수 있는데, 영화 〈셰이프 오브 워터The Shape of Water〉만 보아도 그렇다. 극 중 강에 사는 '괴물'이 그를 죽이려는 과학자보다 훨씬 더 깊은 사랑을 느낄 수 있잖은가.

우리는 어느 동물과 정을 붙일수록 그 동물에게 정서복잡성과 인지복잡성을 부여할 가능성이 높아진다. 비건이 아닌 이들은(이 주제는 12장에서 보다 직접적으로 다루겠다) 돼지나 소의 눈을 들여다보기만 해도 곧바로 불편한 기분이 들기 시작한다. 이웃의 눈을 들여다보는 것처럼 부담스러울 것이다.

별다른 공부를 하지 않고 그저 보기만 해도 이와 같은 상태에 이를 수 있다. 왜 그런 기분이 드는지 모를 수는 있어도, 아주 이상한 일은 아니다. 이 생명체들은 우리만큼이나 복잡한 존재이고, 특히 감정의 영역에서는 더더욱 그렇기 때문이다.

베트남 전쟁을 다룬 다큐멘터리이자 1974년 아카데미상을 수상한 〈하트 앤 마인드Hearts and Minds〉에서 윌리엄 웨스트모얼랜드William Westmoreland 장군이 "동양인들은 서양인만큼 생명에 높은 값을 매기지 않는다.

동양에 생명은 많고, 값싸다"고 말했을 때 수많은 사람이 분노했던 것을 기억한다. 그는 정말로 그렇게 믿었던 것일까? 아니면 그렇게 생각하는 것이 편했던 것일까? 하긴 대략 300만 명이 목숨을 잃은 사건의 책임자라면 망자들도 죽음을 마다하지는 않았으리라고 생각하는 편이 양심에는 도움이 될 거다.

다른 민족, 그리고 다른 동물들에 대한 우리의 태도는 1970년대 이후로 큰 변화를 맞이했다. 개 또는 여타 동물들에게도 지각력이 있으며 그 때문에 인간만큼이나, 혹은 인간보다 더 고통을 느낄 수 있다는 주장은 아직도 완전히 인정받지는 못했지만, 옛날보다는 훨씬 더 많은 과학자가 우리와 친숙한 동물들의 지각력을 인정하는 경향을 보인다. (친숙하지 않은 동물들의 경우는 또 다른 이야기이다.)

게다가 이 문제는 민족성 간의 평등을 인정하는 것과도 관련이 없지 않음을 알아보는 이들이 많다. 도대체 어느 인종이나 민족이 다른 이들보다 뛰어나다는 생각은 어디서 생겨난 것일까?

동물들에게 삶의 존엄성이 있다고 할 것이라면, 마찬가지로 죽음의 존엄성도 지켜 주어야 할 것이다. 어느 동물이든지 엄숙하게 보내 주어야 한다. 독자 여러분 중 사랑하는 동물에게 조금의 슬픔도 없이 마지막 인사를 건넬 수 있는 분은 없으리라고 생각한다.

나에게도 비슷한 기억이 많은데, 그중에서도 유독 깊이 박혀 있는 기억이 있다. 오래 전 내가 인도에서 대학원을 다닐 때 어느 개 한 마리와 기이한 일이 있었다. 그 개의 어미는 우리 집 앞에서 차에 치여 죽었다. 내가 사고 소리를 듣고 뛰쳐나갔을 때 그곳에는 죽은 어미 개와 절박하게 낑낑대는, 태어난 지 고작 몇 주밖에 안 된 강아지가 있었다.

무슨 종인지는 알 수가 없었는데, 인도 사람들이 똥개village dog라고 부르는 개들 중 하나였던 듯하다. 테리어의 일종처럼 생겼던 그 개는 아주 작았고, 털은 흰색에 귀 끝이 검은색이었다. 나는 그 강아지를 집에 데리고 와 퍼피Puppy라는 이름을 붙여 주었고, 수년 동안 이어진 우리의 이상한 관계는 그렇게 시작되었다. 예상했겠지만 나는 퍼피의 어미를 대신해 그 개의 모든 것이 되어 주었으며, 퍼피도 절대로 내 곁을 떠나지 않았다.

하지만 퍼피는 건강한 강아지가 아니었다. 당시 나는 산스크리트어학 박사과정을 밟고 있었고, 하버드대학교로 돌아갈 시간이 다가올수록 퍼피가 어떻게 될지 몰라 걱정만 늘어갔다. 케임브리지로 데리고 갈 수 없다는 것만큼은 확실했다. 결국 나는 퍼피를 입양하겠다는 가족을 찾아냈다. 대학교에서 멀리 떨어진 시골에 사는 가족이었다.

당시 나는 인도에서 가장 위대한 전통 학자 중 한 명이었던 판디트 스리니바사 샤스트리Pandit Srinivasa Shastri와 함께 일하는 특권을 누리고 있었다. 스리니바사는 산스크리트어를 완벽하게 구사하는 학자였지만 영어는 할 줄 몰랐다. 그래서 우리는 고전 산스크리트어로 대화했는데, 무척 즐거운 일이었지만 다른 사람이 들으면 깜짝 놀랄 법한 일이었다.

스리니바사는 정통을 매우 중시하는 사람이었으며, 그가 믿는 종교에는 외국인에게 신성한 언어의 정수를 가르쳐서는 안 된다는 규율이 있었다. 그러나 나를 무척 아꼈던 그는 아침 여섯 시마다 사람들의 눈을 피해 대학 내 자기 연구실로 오면 나에게 언어를 가르쳐 주겠다고 약속했다. 평소에 일찍 일어나는 나에게 딱 알맞은 조건이었다. 하지만 그는 퍼피만큼은 데리고 오지 말라고 했는데, 당시 (혹은 지금도) 수많은 정통 힌두교 신자들과 마찬가지로 개가 더럽기 때문에 만지면 안 된다는 편견을 가지고 있었기 때문이다.

퍼피를 입양 보내는 날이 다가왔다. 나는 무척이나 슬픈 마음으로 퍼피가 차에 탄 채 멀어져 가는 모습을 바라보았고, 믿을 수 없다는 듯 괴로운 표정의 퍼피는 차 뒷면 유리 너머로 나에게 시선을 고정한 채 멀어져 갔다. 퍼피는 그전까지 나와 한 번도 그처럼 떨어져 본 적이 없었다.

다음 날 아침 나는 약속한 시간에 스리니바사를 찾아갔다. 슬픔에 잠겨 있던 나는 그 이유를 설명했지만, 그는 딱히 공감하지 못하는 것처럼 보였다. 그는 이것을 개에 대한 사랑, 쿠쿠라스네하Kukurrasneha라고 불렀다. 인도의 종교 문헌에서는 개에 대한 사랑을 기리지 않지만, 뒤에서 더 자세하게 살펴볼 인도의 대서사시 〈마하바라타Mahabharata〉의 아름다운 이야기에서만큼은 예외라는 것을 나중에야 알게 되었다.

30분쯤 뒤, 스리니바사와 나는 문가에서 무언가 시끄러운 소리를 들었다. 우리는 믿을 수 없다는 표정으로 서로를 쳐다보았다. 불경한 이 시간에 누가 무엇을 노리고 이곳에 찾아온다는 말인가? 스리니바사가 자격 없는 학생을 가르친다는 것이 알려져 버린 것은 아닐까? 나는 문을 열었지만 그곳에는 아무도 없었고, 대신 엄청나게 흥분한 퍼피가 달려 들어왔다!

퍼피는 나를 찾아내 너무나도 기쁘다는 것을 온몸으로 보여 주었다. 하지만 스리니바사는 그렇지 않다. 그는 비명을 지르더니 퍼피에게 닿아 더러워질까 책상 위로 뛰어 올라갔다. 기쁨을 주체하지 못한 퍼피는 작정한 듯 눈에 보이는 모든 것을 핥아 대고 있었다.

그 순간 스리니바사는 퍼피가 몇 마일 멀리 떠나간 지 하루 만에 텅 빈 대학교를 가로질러 어떻게든지 이곳을 찾아왔다는 점을 갑작스레 깨달은 듯했다. 나중에 듣기로는 어느 작은 개 한 마리가 버스에 타더니 학교 앞 정류장에서 내렸다고 했다.

스리니바사의 태도가 완전히 변했다. 즉석에서 우아하고 정교한 운율시를 짓기로 유명했던 그는 동정 어린 눈빛으로 퍼피를 바라보더니, 나와 퍼피가 전생에 함께였으며 그 카르마로 이번 생에도 함께할 수밖에 없다는 내용의 산스크리트어 시를 지었다.

나는 기상천외한 이 만남에 너무나 놀란 나머지 아무 생각도 들지 않을 지경이었다. 퍼피가 어떻게 나를 찾아냈는지 상상조차 가지 않았다. 스리니바사는 퍼피를 데리고 집에 가는 나에게 앞으로 어떤 상황이 생기더라도, 심지어 여생을 인도에서 살아서라도 두 번 다시 퍼피를 버려서는 안 된다며 상당히 엄중한 어조로 말했다. 나도 그의 책망이 옳다는 쪽으로 마음이 기울었지만, 딜레마는 딜레마였다.

그날 저녁, 나는 마찬가지로 산스크리트어를 공부하는 대학원생이 었으며 나만큼 개를 사랑하던 나의 절친 로버트 골드만Robert Goldman과 이 문제에 관한 이야기를 나누고 있었다. 푸나 시의 무더운 여름밤, 땅거 미가 조용히 내려앉고 있었고 퍼피는 내 무릎에 앉아 나를 사랑스럽게 쳐다보고 있었다. 나를 찾아서 참 다행이라는 눈빛이었다.

퍼피가 얼마나 힘들었을지는 상상으로밖에 알 수가 없었다. 내가 버 린 줄 알고 무섭진 않았을까? 그러다 퍼피는 갑자기 작은 몸이 다 떨릴 정도로 크게 한숨을 내쉬었고, 의문의 여지없이 사랑이 가득 담긴 눈 빛으로 나를 빤히 쳐다보았다. 나는 크게 감동했다. 그런데 나를 빤히 쳐다보던 표정이 이상해지더니 갑자기 퍼피의 몸이 축 늘어졌다. 죽은 것이다.

사랑하는 개가 세상을 떠난 일이 처음 있는 일은 아니었지만, 이때부 터 나는 우리와 가까워진 모든 동물의 죽음에 대하여 생각하기 시작했 다. 나는 이러한 상황에서 우리가 느끼는 슬픔을 이해하고 싶고, 우리 의 삶에 들어와 한 치의 의심도 없이 우리의 가족이 되는 동물들과 우 리가 나누는 알 수 없는 유대를 깊이 파헤쳐 보고 싶었다.

개들도 우리의 가족이라는 데에는 모든, 혹은 대부분의 독자가 공감 할 것이라고 확신한다. 그렇지만 자식과 개를 모두 잃어 본 몇몇 친구들은 나에게 두 사건에 커다란 차이가 있다고 일러 주었다. 그들 또한 사랑하는 개를 잃는 일이 끔찍한 일이며 가벼이 여길 일이 아니고 우리에게 심각한 영향을 미칠 수 있음을 인정하지만, 자식을 잃는 것에 비하면 '아무것도' 아니라고 한다.

나는 자식을 잃어 본 적도 없고 만에 하나 그런 일이 생기더라도 내가 더 살아갈 수 있을지 모르겠으므로, 그들의 말에 반박할 수 없다. 그들의 이야기가 옳다고 느껴지지만, 한편으로는 왜 서로의 고통을 비교해야 하는지 잘 모르겠다.

중요한 것은 사람들에게, 특히 자식도 반려동물도 잃어 본 적이 없는 '외부인'에게 그것이 정말로 무력해지는 경험임을 알리는 일이다. 그것 하나만으로 삶의 의지를 모두 잃어버릴 수도 있다. 그토록 중대한 일이 일어났는데 어떻게 아무렇지도 않게 살아갈 수 있겠는가? 이는 우리 일상의 현실을 감싸는 포장지가 찢겨 나가는 것 같은 일이다. 갑작스레 공허와 마주하는 일이다. 그러한 상실을 겪은 이들이 깊은 우울에 빠지는 것도 이해가 간다.

그런데 사람을 잃었을 때 슬퍼하면 누구나 이해해 주지만, 반려동물을 잃었을 때 많은 이들이 느끼는 슬픔에는 누구나 그 정도의 의미를 부여하지는 않는 듯하다. 세상이 무너지는 것 같은 그 슬픔을 우리는 인정해야만 한다.

물론 자식을 잃는 일이 평생 일어날 수 있는 가장 끔찍한 일들 중 하나라는 점을 굳이 내가 또 말해야 할 필요는 없을 것이다. 하지만 개들을 비롯한 동물들을 잃는 슬픔은, 직접 연관된 사람들을 제외한다면 아직까지는 말하지 않아도 알 수 있는 감정이 아니다. 그리고 직접 연관된 이들 중에도 그런 일이 생겼을 때 자신들을 압도하는 거친 슬픔 때문에 다소 당황했다고 말해 온 이들이 있다.

우리를 압도하는 절망의 깊이를 이해하려 애쓰다 보면, 인간과 동물 간의 유대 관계는 그저 쓸모를 위한 관계도, 감상적으로 바라볼 관계도 아닌 무언가 완전히 다른 관계이며, 인간이 이 점을 지난 수 세기 동안 인정하기를 꺼려했음을 깨닫게 된다. 동물이 다른 동물 때문에, 그리고 잠시 후 확실히 살펴보겠지만 인간 때문에 슬퍼한다는 점을 인정하지 않으려는 것 또한 같은 맥락이다.

동물의 슬픔에 관해서는 우리 인간의 슬픔보다 모르는 것이 훨씬 많기는 하지만, 두 슬픔의 결은 분명 같다. 우리가 동물 때문에 슬퍼하는 것처럼, 그들도 우리 때문에 슬퍼할 수 있다.

인간 이외에도 수많은 동물이 슬픔을 느끼며, 그중에는 인간만큼이나 강렬한 슬픔을 느끼는 동물(이를테면 코끼리)도 있다는 점은 이젠 분명한 사실이다. 인간이 누군가를 잃고도 슬퍼하지 않았던 때는 인류 진화의 역사를 통틀어 단 한 번도 없었을 것이라고 확신한다. 인간이 진화를 거치는 내내 느껴 온 슬픔을 동물이라고 느끼지 못할 리 없다.

1장

우리 개는 지금
행복할까?

반려견은 인간과 특별한 관계를 맺는다.
사람들은 대개 아이들과 옥시토신에 의한 유대를 형성하는데,
반려견은 사실상 이 경로를 장악한다.

브라이언 헤어BRIAN HARE

우리 부부는 호주 시드니의 본다이 비치 부근에 산다. 나는 아내 레일라와 함께 매일 아침저녁으로 해변을 산책하는데, 갈 때마다 개들이 어찌나 많은지 매번 놀란다.

개들은 해변 출입이 금지되어 있기 때문에 풀밭이나 해변가를 따라 목줄을 매거나 매지 않은 채로 산책한다. 가끔은 어느 외계인 종족에 관한 영화를 보는 것 같기도 하다. 외계 행성의 주민들도 우리처럼 반려동물을 키우고, 우리처럼 반려동물에게 목줄을 채워 다니는 것이다.

그러다 보면 뒤이어 이런 생각이 든다.

'굉장한걸! 자기를 우정 어린 눈빛으로, 가끔은 사랑이 가득한 눈으로 쳐다보는 외계 생물을 데리고 산책을 하다니. 주도권은 외계인이

쥔 것이 분명해 보이는데, 반려동물들은 무슨 종이거나 싫은 내색조차 안 내네. 희한해라!'

그러다 문득 우리도 똑같은 상황이라는 생각이 스친다. 우리를 졸졸 따라다니면서도 우리와는 완전히 다른 '야생' 동물이 우리 곁에도 있기 때문이다.

우리는 개들의 마음을 읽을 수 없다. (왜 고양이 이야기는 안 하냐는 불만이 나올 수도 있으니 우선 짚고 넘어가 보자. 고양이가 목줄을 매고 산책을 하는 경우는 거의 없다. 고양이는 산책을 즐기는 동물이 아니고, 집사에게도 즐거운 산책은 아닐 것이다. 그 이유는 뒷부분에서 살펴보기로 하자.) 하지만 목줄을 맨 반려동물이 즐거운 시간을 보내고 있다는 것만큼은 분명하다. 이들이 원하는 바가, 그러니까 우리와 함께하고 싶다는 소망이 이루어졌기 때문이다. 마찬가지로 인간도 그만큼 즐거운 시간을 보낸다. 우리로서도 하고 싶어서 하는 일이다.

레일라와 함께 본다이 비치의 황금빛 모래사장을 밟으며 해변의 반대쪽 끝자락까지 반 마일[약 800미터]을 걸어가 보면 그곳에도 앞서와 비슷한 광경이 펼쳐지고 있다. 다만 이곳에는 개들이 아니라 아이들이 있다.

아이들은 모래사장에서 모래성을 짓고, 웅덩이를 파고 밀려드는 파도를 담아 작은 수영장을 만들고, 웃고 떠들며 반려견들이 그랬듯 즐거운 시간을 보낸다. 아이들의 부모들도 역시, 반려견들이 그러했듯 그만큼 즐거운 시간을 보낸다.

이 풍경을 보다 보면 강아지와 어린아이 사이에 참 많은 공통점이 있다는 생각이 든다. 아이들 중에는 너무 어려 사실상 마음을 알 수 없는 아이들도 있다. 아이들이 그 순간 바로 그 자리를 즐기고 있으며 행복하다는 것은 알겠지만, 그 이외에는 무슨 생각을 하는지 알 길이 없다. 개들도 마찬가지다. 어린아이나 개들과 함께하는 우리들도 마찬가지다.

아주 새로운 이야기는 아니다. 아마 독자 여러분들도 생각해 본 적 있을 만큼 일상적인 일이기 때문이다. 그렇지만 한편으로는 참 놀라운 이야기이다. 아예 다른 종의 동물이 우리와 이토록 같이 지내고 싶어 할 줄은 누구도 예상하지 못했기 때문이다.

반려견들을 보고 있으면 정말 행복하다는 것이 느껴진다. 이를 의심할 수는 없다. 아마 십여 년 전이었다면 과학자들이 "당신은 자기가 느끼는 바를 개에게 투사하고 있습니다. 개가 느끼는 감정을 당신이 알 수는 없습니다"라며 나를 꾸짖었을지도 모른다. 물론 그렇게 주장할 수는 있다.

오늘날에도 감정은 객관적이어서 측정할 수도 있고 다른 사람이 알아볼 수도 있지만, 느낌은 내면에서 일기 때문에 본인만 알 수 있다고 여기는 사람이 많다. 이들의 시각에 따르자면 우리는 동물에게 감정이 있다는 것은 알 수 있지만 동물이 감정을 어떻게 '느끼는'지는 알 수 없는 셈이다.

나는 이 주장이 다소 억지라고 생각하며, 이제는 개가 행복을 느낀다는 사실을 그 과학자들을 비롯한 거의 대부분의 사람이 기꺼이 인정하리라고 믿는다.

그렇다면 반려동물은 자기 곁에 선 사람과 똑같은 종류의 행복을 느낄까? 글쎄, 까다로운 사상가들을 완전히 만족시킬 정도로 확실히 알 수 있는 길은 없지만, 개가 우리와 아주 비슷한 행복을 느끼고 있음은 (적어도 나는) 확신할 수 있다. 다른 느낌이라고 할 이유가 조금도 없어 보이기 때문이다.

적어도 내가 보기에 개들은 순수한 행복을 느낀다. 한술 더 뜨자면 아마 수많은 사람이 나와 똑같이 생각할 테고, 바로 그렇기 때문에 그토록 개들과 함께 시간을 보내고 싶어 하는 것이다. 반려견은 반려견이 없었더라면 모르고 살았을 정도의 순수한 느낌으로 우리를 데려가 준다.

레일라는 소아청소년과 의사이며, 본다이 비치의 우리 집에서 진료를 볼 때면 나도 아내가 일하는 모습을 즐겁게 지켜보곤 한다. 엄마들은 갓난아이부터 십 대 후반까지 온갖 나이대의 아이들을 데리고 소아청소년과에 찾아온다. 물론 아빠들도 오기는 하지만 대부분은 엄마들이니 여기에서는 간단하게 엄마들 이야기를 하겠다.

엄마들은 대부분의 경우, 심지어는 아이가 꽤 심각한 병에 시달릴 때에도 아이들에게서 기쁨을 느낀다. 미소 띤 얼굴로 아이들을 바라보고, 애들은 못 말린다며 즐겁게 이야기한다. 말하자면 사랑에 빠져 있는 것이다. 아이들에게 사랑을 느끼는 수많은 이유 중 하나는 아이들이 '다른 존재'이기 때문이다.

더는 되돌아갈 수 없는 우리의 옛 시절 어느 때를 아이들이 대변한다는 사실은 결코 무시할 수 없다. 갓난아이 때를 기억하는 사람은 아무도 없다. 그러나 우리는 이러한 '다름'에서 기쁨을 얻는다. 아이들이 바깥세상에 어떤 문제들이 기다리는지도 모르고 마냥 즐겁게 노는 모습을 우리는 흐뭇하게 지켜보곤 한다.

자기 자신, 혹은 자기가 만들거나 살아가는 작은 세상에 푹 빠져 있는 아이들은 우리 어른들이 기억하지는 못해도 여전히 원하는 일종의 순수성을 대변한다. 개들에 관해서도 (그리고 뒤에서 살펴보겠지만 다른 동물들에 관해서도) 마찬가지이다.

실제로 우리는 동물이 인간과 상당히 비슷한 감정을 느낄 것이라고 믿는다. 그런데 개들은 성견이 된 이후에도 우리가 잊은 감각적 행복의 세계에 보다 쉽게 발을 들일 수 있는 듯하다. 이러한 이유로 개 없이는 살 수 없는 인간들도 있다. 개들은 우리 인류가 지나온 진화의 역사를 연상시키기 때문에, 아니 어쩌면 그대로 보여 주기 때문이다.

수렵채집민일 때의 우리는 지금의 우리보다 훨씬 더 개와 비슷했다. 그때의 우리는 작은 집단을 꾸려 온종일 함께했으며, 대체로 조화를 이루며 살았고, 체계적인 전쟁이나 오늘날 우리를 병들게 하는 온갖 병폐들을 전혀 모르고 지냈다. 그때의 삶은 지금의 삶보다 짧았을지는 몰라도 더 건강하고 쉬웠을 것이다. 개들의 삶과 더 비슷했다는 말이다.

내가 아침저녁으로 산책하며 개들의 행복한 모습을 지켜본다는 이야기로 돌아가 보자. 나는 이 일상의 사건을 기적이라 부르는 일이 더 많지 않다는 사실에 놀라곤 하는데, 왜냐하면 우리가 사실상 마음을 들여다볼 수도 없는 완전히 이질적인 생명체들이 우리와 함께 시간을 보내기를 무척이나 좋아한다는 것은 정말이지 기적 같은 일이기 때문이다. 〈스타워즈Star Wars〉에 나올 법한 일이지만 실제로 지금 이곳에서 일어나고 있다. 정말 사랑스럽지 않은가!

만약 인류가 머나먼 어딘가의 문명과 닿는다면, 나는 사람들이 무엇을 가장 알고 싶어 할지 생각해 보곤 한다. 아마 저마다 다를 것이다. 언어학자는 그들의 의사소통 방식이 궁금할 테고, 정치인들은 그들의 통치 방식이 궁금할 테다. 음악가들은 그들이 연주하는 악기가 궁금할 테고, 아이티(IT) 전문가는 그들의 컴퓨터가 얼마나 정교한지, 혹은 우리의 이해를 뛰어넘지는 않았는지 궁금해할 것이다.

고백하건데 나는 (전쟁이나 그들 사이의 폭력을 없애는 데 성공했는지 먼저 물어본 다음) 그들이 어떤 '다른' 생명체들과 함께 살아가는지가 가장 궁금할 것 같다. 그들도 그들만의 개와 고양이를 기를까? 아니면 이곳 지구에서조차 일부 사람들이 믿기 시작하는 바처럼, 그러한 것은 다른 동물들의 삶에 부담을 지우는 일이라고 생각할까? 또 그들은 다른 생명체들과 조화를 이루면서 살까?

다른 동물들을 절대 먹거리로 생각하지 않을 만큼? 비건인 나는 이 점이 가장 궁금하다. 외계인과 함께 살아가는 다른 생명체들이 궁금한 것은 확실히 나뿐만이 아닐 것이다. 개 혹은 고양이와 가까이 살아가는 이들이라면 아마 모두 알고 싶어 할 것이다. 오늘날 우리 인류라는 종은 반려동물에 집착하고, 그 집착은 커져만 가니 말이다.

개를 사랑하는 사람들은 늘 존재했다. 유달리 개를 사랑하는 이들도 늘 있었다. 그런데 오늘날 우리가 살아가는 이 시대는 개에 관한 한 상당히 흥미로운 시대라는 느낌이 있다.

이십여 년도 더 전, 《개들은 사랑에 대하여 거짓말을 하지 않는다Dogs Never Lie About Love》를 집필하던 당시가 생각난다. 그 책은 일반 대중 사이에서 꽤 많은 인기를 끌었지만 학계에서는 확실히 인기가 저조했으며, 그중에는 개의 감정에 대한 나의 탐구가 아마추어 같다거나 너무 성급하다며 다소 무시하는 동물학자, 동물행동 과학자 그리고 수의사들도 있었다.

오늘날에는 미국이나 유럽의 대학들 중 '개과 동물 인지 연구실'이 없는 대학을 찾아보기 힘들다. 인지라는 용어를 사용하기는 해도(아무래도 그 편이 좀 더 과학적으로 들릴 테니) 사실 이 연구실에서는 개의 지적 능력보다 훨씬 많은 것을 연구하고 있다.

과학자들은 (늘 고결하지는 못하게도) 그들과 '다른' 이들, 그러니까 그들과 다른 동물이나 인종, 젠더, 계층이 얼마나 똑똑한지를 연구하는 데 몰두해 왔다. 그러나 다소 비정한 과학자들 중 인류 이외 다른 동물들의 감정복잡성을 기꺼이 인정하려는 이들이 이토록 많았던 시기는 오늘날 이전에는 없었다.

사이 몽고메리Sy Montgomery의 《문어의 영혼The Soul of an Octopus》과 《돼지의 추억The Good Good Pig》, 헬렌 맥도널드Helen Macdonald의 《메이블 이야기H Is for Hawk》, 조너선 벨컴Jonathan Balcombe의 《물고기는 알고 있다What a Fish Knows》 그리고 프란스 드 발의 《동물의 감정에 관한 생각》 같은 최신작들의 인기를 보면 알 수 있다.

이러한 경향은 식물의 감정 및 식물 간의 사회적 구조에 관한 페터 볼레벤Peter Wohlleben의 《나무 수업The Hidden Life of Trees》이 전 세계적으로 공전의 판매율을 기록한 베스트셀러가 될 정도로 짙어져 있다.

볼레벤은 동물에 관한 후속작을 집필했는데, 나는 그 책의 미국판에 서문을 써 주기는 했지만 그 책이 나무에 관한 전작만큼이나 신선한 놀라움, 그러니까 그전에는 생각하지도 못했던 심오한 무언가를 깨달을 때의 지적 환희를 가져다주지는 못했음을 시인할 수밖에 없다. 분명 다른 동물의 감정복잡성이 우리에게 보다 익숙한 이야기가 되었기 때문일 것이다.

인간이 만물의 영장은 아님을 인정하려는 새로운 의지는 어디에서 생겨난 것일까? 물론 너무 일반적인 질문일 수도 있겠지만, 한 단계 낮추어 간단히 물어보자면 이렇다. 왜 개일까? 그리고, 왜 지금일까?

꽤 간단하게 대답할 수 있다. 인간과 개 사이의 공진화coevolution 수준에 대한 우리의 인식은 지난 수년(길어야 십 년 정도) 동안 크게 발전하였다. 개가 최초로 가축화된 동물이기는 하지만 그 시점은 식물의 작물화 및 농경이 이루어졌던 시기와 비슷하게 1만 년에서 1만 5천 년 전 즈음이라는 것이 극히 최근까지도 과학계의 일반적인 합의였다.

그러나 다수의 과학자가 관련 연구를 진지하게 파고들면서 보다 이른 추정치를 내놓았기 때문에, 이제는 2만 5천여 년 전 무렵 가축화되었다고 보는 것이 일반적이다. 일부 과학자들은 한 발 더 나아가 거의 3만 5천여 년 전부터 개가 가축이었을 수 있다고 말하기도 한다. 이 시기에서 조금만 더 거슬러 올라가면 5만여 년 전, 그러니까 현 인류 호모사피엔스사피엔스(사피엔스는 한 번만 해도 충분하고도 남을 테지만)의 시발점이라고 여겨지는 시기다.

우리 인간이 인간의 모습을 갖춘 지 그리 오래 되지 않아서부터 개와 함께 살아왔다는 뜻이다. 그러니 우리가 개와 공진화해 온 한편 개를 사랑하는 방법을 배워 왔다고 생각해도 전혀 이상할 것이 없다. (공진화라는 단어는 내가 너무나 좋아하고 또 내가 믿는 바를 정말 잘 담아내기 때문에 내가 만들었다고까지 말하고 싶은 단어이지만, 확실히 나는 이 단어를 처음 쓴 사람 축에도 끼지 못할 것이다.*)

---

* 찰스 다윈Charles Darwin도 꽃과 곤충의 공진화 개념을 논한 바 있고, 1964년에는 파울 에를리히Paul Ehrlich가 최초로 '공진화'라는 용어를 사용했으나 개에 관한 이야기는 아니었다. 2018년 5월 11일 학술지 《네이처 커뮤니케이션Nature Communications》에서도, 이는 인류견의 뇌의 몇몇 처리 과정, 예컨대 화학물질 재인도딩에 대한 뇌의 처리 과정에 영향을 미쳤는 유전자들의 공진화를 밝혀냈다는 언급이 있었다.

아이들이 우리들을 (대부분의 경우) 사랑하는 데에는 아이들이 우리에게 의존하기 때문인 것도 있다. 개의 경우는 이보다 더한데, 개들과 우리들은 서로가 서로에게 의존하기 때문이다. 우리가 아이에게 의존하는 일은 없지만, 인간이 된 지 얼마 되지 않았을 때라면 우리도 개들에게 의존했을 것이다.

개들은 우리의 잠자리를 지켜 주었고(이것은 지금도 그렇다) 우리를 지키기 위해서 죽음을 불사하는 일도 잦았다. 그 대가로 개들은 무엇을 돌려받을까? 개들이 우리에게 준 것만큼은 아니라고 말할 수 있다. 먼 옛날 늑대였던 개들은 스스로 먹이를 구하고, 따뜻한 보금자리를 마련하고, 새끼를 낳고, 친구를 사귀며, 사회를 꾸려 가족을 지킬 능력이 충분히 있기 때문이다. 이런 것은 우리가 개들에게 선사한 것이 아니다.

우리는 개들에게 애정을 준다. 왜 개들은 그토록 우리의 애정을 원할까? 나도 그 답을 잘은 모르겠는데, 개들은 우리에게 애정을 퍼붓는 만큼 다른 개들에게도 애정을 쏟는다. 이 점은 고양이들과 다르다. 다른 고양이들이랑 노느니 인간이랑 놀기를 더 좋아하는 고양이는 종종 있지만, 다른 개들이랑 같이 지내거나 뒹굴며 뛰놀기를 싫어하는 개는 드물다.

사실 겸허할 필요가 있는 게, 우리는 개에게 결코 다른 개들만큼 좋은 친구가 되어 줄 수 없다. 내가 술래가 되어 쫓을 때 우리 집 개가 나를 다소 거만하게 쳐다보던 것이 기억난다. 나 정도는 다른 개 친구들에 비할 바도 아니라는 것을 분명히 아는 눈빛이었지만, 그래도 친절하게 나랑 놀아 주기는 했다.

여기서 터무니없을지도 모르는 추측을 해 보자. 우리가 다른 동물들의 친구이기를 자처하는 것처럼, 개들도 자기들이 인간과 친구를 해 준다고 생각하는 것은 아닐까? 인간은 개들이 하는 일들을 모두 할 수 있는 것은 아니지만 개들과 '다른' 동물이니, 우리가 개들을 보고 그랬듯 개들도 인간들이 흥미로워 보일 수 있다.

하지만 아직 퍼즐은 풀리지 않았다. 개들은 우리가 친절과 애정을 보여 줄 때에만 우리를 사랑하거나 우리와 함께 있으려 하는 것이 아니다. 개들이 자기를 때리고 해치거나 학대하는 '주인'까지도(몇몇 인간은 정말 자기가 주인이라도 된 줄 안다) 사랑한다는 역설은 이미 잘 알려져 있다.

뒤편에서 다루었듯, 나는 몇몇 나라에서 아직까지도 개를 먹는 이유를 알고자 했다. (아마 먼 옛날의 수렵채집민은 일상적으로, 혹은 적어도 필요한 경우에는 개를 먹었을 것이 분명하다.) 이곳뿐만 아니라 베트남과 한국, 중국 등 개가 인간 사회의 중요한 일부인 것처럼 보이는 수많은 나라에서도, 어떤 개는 반려동물인 반면 다른 어떤 개는 식당 메뉴에 올라 있다.

나는 인간이 어떻게 개를 그리 대할 수 있는지 이해하고픈 마음은 추호도 없지만(아마 도무지 이해하지 못하겠어서일 것이다), 대신 훨씬 더 어려운 질문을 던져 보려 한다. 개들은 어떻게 반응하는가? 개들은 맞서 싸우지 않는다. 우리를 탈출해 야생으로 돌아가 늑대처럼 살거나 들개 무리에 낄 수도 있지만 시도조차 하지 않는다. 그저 얌전히 운명을 받아들이는 듯 보인다.

물론, 우리는 사실 도살을 기다리는 개의 마음이 어떤지 알 수 없다. 모르는 편이 나을지도 모르고, 적어도 나는 알고 싶지 않다. 혹시 개들이 인간을 전적으로 믿노록 진화해 온 탓에 마지막 순간까지도 인간이 배신한 줄 모르는 것은 아닌지는 살펴볼 만한 문제다.

수 세기 동안 전통적으로 개를 먹어 온 나라들에서도 중대한 변화가 일어나고 있다. 중국과 베트남 그리고 한국 모두 개를 도살하고 먹는 것을 반대하는 동물권 단체들이 활동을 펼치고 있으며 갈수록 힘을 얻어 가고 있다. 마찬가지로 이 국가들에서 개를 바라보는 시각도 최근 크게 변화했으며, 이제는 작은 시골 마을에서도 개를 반려동물 또는 가족의 일원으로 대하는 사람들을 드물지 않게 만나 볼 수 있다.

그러므로 우리는 개에 관한 티핑포인트[어느 현상이 계속된 끝에 작은 계기 하나로 폭발적인 변화가 일어날 수 있는 시점]에 이르렀으며, 개가 그저 소유물이기 때문에 개의 마음 같은 것은 몰라도 된다고 보았던 날들로 돌아가지는 않으리라는 것이 나의 입장이다. 참 멋진 일이 아닐 수 없다.

왜 이런 일이 생겨났는지를 알아보던 도중, 나는 어업을 주로 하는 뉴펀들랜드의 원주민 베오투크족과 늑대들에 관한 매력적인 이야기 하나를 접했다. 베오투크족은 개를 기르지는 않았지만 늑대와 친했으며, 이들이 늑대를 다루는 방식은 개와 늑대, 우정, 인간 그리고 폭력에 관한 심오한 무언가를 우리에게 알려 준다.

17세기의 해군 대위 리처드 휘트본Richard Whitbourne 경이 전하는 이 놀라운 이야기를 살펴보자. 휘트본 경은 영국을 침공해 온 스페인 무적함대 130척에 맞서는 영국 전함들 중 한 척을 이끌고 있었다. 1583년, 역사상 가장 치열했던 해상 전투 끝에 영국의 프랜시스 드레이크Francis Drake 경이 스페인의 무적함대를 무찔렀다. 그러자 뉴펀들랜드 섬의 리뉴스 식민지를 '소유'하던 윌리엄 본William Vaughan 경이 휘트본 경에게 리뉴스의 통치를 맡겼고, 이에 휘트본은 1618년부터 1620년까지 리뉴스를 다스렸다.

당시 뉴펀들랜드에는 베오투크족이라는 수렵채집민이 살고 있었는데, 17세기 유럽인과 최초로 접촉할 당시 이들의 인구수는 500~700명 남짓에 불과했다. 이들은 30~55명의 대가족 단위로 독립적인 자급자족 생활을 영위했으며, (호전적인 마오리족에게 정복당한) 뉴질랜드의 모리오리족과 마찬가지로 거의 완전한 비폭력 공동체였다.

수많은 원주민 부족이 물물교환으로 총기를 사들였지만 베오투크족은 총기류를 거부했고, 그 결과 이후 수 세기 동안 재미로 사냥당했다. 결국 이들은 1829년 공식적으로 멸족했다. 1620년, 휘트본은 뉴펀들랜드섬의 식민지화를 촉진하기 위하여 《뉴펀들랜드에 관한 이야기와 발견A Discourse and Discovery of Newfoundland》이라는 책을 펴냈다.

베오투크족은 개들도 길렀다고 추정되지만, 사실 초기에는 그렇지 않았다. 대신 이들에게는 다정한 늑대들이 있었다. 물론 늑대를 대하는 이들의 태도 덕분이었겠지만, 이들은 늑대와 일종의 관계를 형성하곤 했기 때문에 이들의 방식이 곧 늑대를 개처럼 길들이는 규칙처럼 여겨지기까지 했다.

베오투크족과 뉴펀들랜드 늑대들의 관계에 대한 휘트본의 글을 읽어 보자.

> 다양한 사건을 통해 드러난 바에 의하면 그들이 매우 독창적이고 영리한 사람들이라는 점을 잘 알 수 있지만, 부드럽게 정치적으로 대한다면 그만큼 다루기 쉬웠다는 것도 알 수 있었다. 또한 종종 보이는 바에 의하면 그들은 그들 자신이나 자기 늑대들에게 해를 가하면 복수를 꾀한다. 이들은 늑대들의 귀에 표식을 남긴다는 점이 잘 알려졌는데, 그 표식은 영국에서 양이나 다른 짐승들에게 남기는 것과 마찬가지이다. 이곳의 늑대들은 다른 나라의 늑대들만큼 폭력적이거나 게걸스럽지 않으며, 어느 늑대도 (중략) 사람이나 어린아이를 공격했다는 이야기를 들어본 적이 없다.

만일 이 이야기가 사실이라면(사실이 아닐 이유도 없다) 베오투크족은 우리가 오늘날 개들을 대하듯 야생 늑대들을 대할 수 있었다. 이는 나에게 매우 중요한 이야기인데, 왜냐하면 내가 전작《짐승: 선악의 기원에 대한 동물들의 가르침Beasts: What Animals Can Teach Us About the Origins of Good and Evil》을 비롯한 여러 책에서 다루고자 했던 주제이기 때문이다.

나는 우리가 왜 늑대를 비롯한 다른 (그러니까 인간이 아닌) 최상위 포식 동물과 적대적일 수밖에 없는지를 알고 싶었다. 유일한 예외가 있다면 범고래다. 인간은 지난 수천 년간 범고래를 죽였지만, 야생 범고래가 인간을 죽인 일은 아직까지는 없다.

과연 적대감은 '자연스러운' 것일까? 나는 아니라고 말하고 싶다. 적대감은 우리가 만드는 상황에 따라 인위적으로 생겨난다. 인간과 늑대 사이가 적대적이라는 것은 수 세기 전부터 어디에서나 흔히 하는 이야 기였다.

노르웨이에서는 지난 200여 년 동안 늑대가 사람을 죽이거나 해친 일 이 없었는데, 1966년에는 국내에 마지막으로 남아 있다고 알려진 늑대 를 어느 사냥꾼이 사살하는 일이 있었다. (2016년 기준으로 노르웨이에는 68마 리의 늑대가 있었으며, 정부는 이 중 47마리에 대한 사냥을 허용했다.) 그럼에도 최근 한 설문에서 전 국민의 절반가량이 '늑대가 매우 두렵다'고 응답했다. 다시 말해 완전히 비논리적이며 근거조차 없음에도 오랫동안 지속되 어 온 뿌리 깊은 편견이라는 뜻이다.

옐로우스톤 국립공원의 늑대 복원 프로젝트를 이끌었던 더글라스 스미스Douglas Smith는 나에게 보내는 편지에서 늑대들이 사람을 공격한 일은 늑대가 처음으로 국립공원에 들어온 1993년부터 프로젝트가 마 무리되던 2009년까지 단 한 번도 없다고 말했다.

확실히 말할 수 있는 점은 단 하나, 야생의 늑대들이 어느 시점부터 인가 도무지 알 수 없는 이유로 인간과 함께 살기로 했으며 그것으로도 모자라 이종 간에 찾아보기 힘든 특별한 사랑까지 주기 시작했고, 우리는 운 좋게도 이를 누리고 있다. 물론 그 특별한 사랑 때문에 우리는 개들의 죽음에 그토록 크나큰 고통을 느낀다.

2장

그들에게 잘못이 있다면
우리보다 먼저 죽는 것뿐

개들은 자신들의 모든 것을 우리에게 준다.
개들에게는 우리가 우주의 중심이고, 사랑과 믿음의 대상이다.
개들은 남은 음식물을 받는 대가로 우리를 모신다.
인간으로서는 다시없을 최고의 거래가 분명하다.

로저 카라스ROGER CARAS

개들도 나이를 먹는다. 그런데 개들도 나이가 들면 치매에 걸린 것처럼 이상해질까? 그나저나 '치매에 걸린 것처럼 이상하다demented'는 말은 참 못된 말이니 이제는 사라졌으면 좋겠다. 그냥 당황한 것일 수도 있고, 늙은 탓에 그저 예전과 달라 보이는 것일 수도 있지 않은가.

나는 나이 든 개가 나이 든 인간보다는 회복력이 더 강하다고 생각한다. 그것은 어쩌면 (과학적으로 완전히 옳은 말은 아니래도) 개의 탈을 뒤집어쓴 늑대들이기 때문일지도 모른다. 늑대들은 치매에 걸리지 않는 것처럼 보이는데, 그것은 어쩌면 늑대들이 그만큼 오래 살지는 않기 때문일 수도 있고, 어쩌면 인지능력의 저하가 드러난 이후로 무리생활에 충분히 참여하지 못해 설 자리를 잃고 무리에게 '버려지기' 때문일 수도 있다.

'어쩌면'이 계속 붙는 이유는 우리가 야생동물의 생활주기에 대하여 얼마나 아는 것이 없는지를 보여 준다. 하지만 개들에게 치매 징후가 분명하게 나타나는 경우가 거의 없는 이유는 개들이 (최선의 상황이라면) 인간과는 달리 불안 없는 삶을 살기 때문이라고 생각한다.

우리 인간이 불안을 느끼는 이유 중 하나는 자랑스럽게도 우리가 미래를 예측할 줄 알기 때문이다. 나 또한 예외는 아니다. 일흔아홉 살이 되니, 얼마 전까지만 해도 글에서나 보았지 나와 직접 연관이 있으리라고 생각하지는 못했던 것들에 대해서 생각하는 나를 발견한다.

나이 든다는 것, 이런저런 면에서 정상적인 생활을 할 수 없게 된다는 것 그리고 특히 정신상태가 악화된다는 것 따위 말이다. 믿기 힘든 이 가능성들이 계속 걱정되었던 나는, 내 딸이자 치매 가능성을 진단하는 임상간호사인 시몬Simone에게 부탁해 치매 테스트를 해 보았다. 만점을 받아 아무 문제없다고 말할 수 있어 다행이다.

왜 지금 이런 생각이 드는 것일까? 글쎄, 내 아내는 나보다 훨씬 젊고 우리 아들들은 고작 열여덟 살, 스물세 살이다. 이들의 짐이 된다는 것은 생각만으로도 견디기 힘들다. 차라리 고양이처럼 홀로 떠돌아다니다가 아무도 알아차리지 못하게 조용히 죽고 싶다. 아니, 죽는다기보다는 태국으로 가 치앙마이 근처의 어느 작은 마을에서 그곳의 햇살과 음식, 사람들의 친절을 누리며 조용히 살고 싶다.

가족들은 일 년에 한 번 정도만 본다고 한다면, 늙는 바람에 가족들을 힘들게 한다는 생각이 그렇게 들지는 않을 것 같다. 고양이뿐만 아니라 수많은 '야생' 동물도 이와 같은 모습을 보이는데, 그 이유는 추측해 볼 수밖에 없다. 어쩌면 어느 하나에게 나쁜 일이 생길 때 다른 모두에게까지 피해를 주지 않으려 그러는 것은 아닐까?

이런 이야기는 지루한 저녁 만찬 자리에서 꺼내기 좋기는 해도, 나는 내가 말하면서도 정말로 그렇게 되지는 않으리라고 믿는다는 점을 인정하지 않을 수 없다. 레일라가 나를 태국이든지 어디든지 혼자 두지는 않으리라고 생각한다. 레일라가 그렇게 한다고 해도 내가 정말로 잘 적응해서 행복하게 살 수 있을 것 같지는 않다. 나의 세 아이들이 나를 그렇게 내버려 두지 않으리라는 것도 안다. 그러니 이것은 그냥 늙어서도 남을 귀찮게 하지 않을 판타지 같은 것이다.

분명 내 또래의 많은 이들이 나와 같은 생각을 할 것이다. 이는 내가 노인 안락사에 반대하는 이유 중 하나다. 안락사를 원하는 노인들은 무엇보다도 가족들에게 짐이 되고 싶지 않아서 그럴 것이다. 그렇다고 해서 죽어야 하는 것은 아니다. 정말 가족들에게 짐밖에 못 된다고 해도, 그것이 사실이든지 아니든지 가족들까지 그렇게 생각한다고 해도, 안락사를 위해 스위스로 떠나는 것보다는 내 판타지처럼 태국으로 떠나는 편이 나을 것이다.

인터넷에 찾아봐도 개과 동물 치매에 관한 글은 그다지 많지 않고,

있어도 신뢰성이 떨어지거나 비과학적인 이야기들뿐이다. 치매 걸린 개의 모습을 담았다는 영상들도 찾아보았는데, 정원을 빙글빙글 돌고 있는 작고 늙은 개일 뿐이었다. 아마 그 개는 그저 정원이 자기한테 익숙한 영역이기 때문에 늘 하던 일을 반복하며 익숙함에서 즐거움을 찾고 있었을 것이다.

왜 고양이들이 전부 그렇지는 않아도 대체로 홀로 죽으려 하는지는 잘 모르겠지만, 개에 관해서라면 한 가지만큼은 확신할 수 있다. 그 어느 개도 자기 가족인 인간들에게 짐이 될까 봐 걱정하지는 않는다. 그저 가족들의 손길을 계속 받고 싶어 할 뿐이다.

이에 관하여 최근 어느 익명의 수의사가 쓴 글이 널리 알려지기도 했다. 그는 사람들이 개의 마지막 순간에 자리를 지키기가 너무 힘들어 방을 나서 버리는데, 그러면 개들은 미친 것처럼 방 안에 남은 사람들을 하나씩 번갈아 보며 자기 가족들을 찾아내고, 그들이 보이지 않으면 너무나 괴로워한다고 했다.

그는 가족들이 자리를 비우면 수의사인 자신도 너무 괴롭다면서 지켜보기 고통스럽더라도 다시 한 번 생각해서 개들의 마지막 순간에 곁을 지켜주기를 당부했다. 나 또한 그의 말에 동의한다. 그것이 얼마나 슬픈 일이든, 개들의 마지막 순간을 편안하게 만들어 주는 것이 우리가 할 일이다.

고양이 치매에 관한 글은 개 치매에 관한 것보다 더 정보를 찾기 어렵다. 나도 평생 수많은 고양이를 길렀지만(또 다른 저서《감정적인 고양이 목숨은 아홉 개The Nine Emotional Lives of Cats》를 보라) 고양이들이 치매와 비슷한 모습을 보였던 적은 없는 듯하다.

확실히 고양이들이 나이가 들면 사냥에 흥미를 덜 보이는데, 나는 이를 기쁘게 여기곤 했다. 멍청하게도 내가 제발 그만하라고 혼내고 빌어서 그런 줄로만 알았기 때문이다. 고양이들은 늘 내가 탐탁찮다는 표정으로 '내가 네 말에 신경이라도 쓸 것 같니'라고 눈으로 말하며 사냥감을 찾아 온 집 안을 돌아다니곤 했다.

고양이들이 나이가 들면 집 밖에 산책을 나가는 일도 확실히 줄어든다. 대신 창문틀에 앉아 햇살을 담뿍 받거나 사람 무릎에 앉아 한껏 골골(고양이어에서 가장 중요한 단어)송을 부르는 데에서 만족을 얻는다. 또 나이가 들면 밤에는 예외 없이 우리 침대에 올라와 자려고 하는데, 다행히 나와 레일라 모두 이를 영광이자 특권으로 여겼다. 겨울이면 따뜻한 이불 속을 파고들어 우리에게도 체온을 나누어 주곤 했다. 치매를 닮은 모습은 그 어디에도 없었던 것으로 기억한다.

우리는 늘 집 안팎에서 고양이를 키웠다. 여기에 관해서는 현재 논란이 있다. 통계를 보면 실내에만 사는 고양이의 수명은 평균 십일 년(보통 10~16년 사이이지만 20년까지도 살 수 있다)인 반면, 규칙적으로 산책을 나가는 고양이의 수명은 평균 오 년도 채 되지 않는다. 이 때문에 미국 내 대부분의 고양이 보호소들은 고양이를 집 안에서만 기를 것을 조건으로 고양이를 분양하고 있다.

고양이의 수명을 이야기하자면 참 복잡해진다. 고양이가 바깥세상을 한 번도 경험하지 못하는 것이 안되었다고 생각하는 사람이 많고, 그래서 종종 인류 최고의 발명품으로도 꼽히는 고양이 출입문을 내어 동네를 마음껏 돌아다니게 놓아두기도 한다.

우리는 고양이도 자연을 만끽할 필요가 있지 않을까, 언제까지 집 안에서만 사는 것이 과연 좋을까 같은 생각을 한다. 참 일리 있어 보이는 생각이다. 어찌하였든 고양이를 집고양이로 키운다고 해서 그 대가로 감금해서는 안 되기 때문이다. 하지만 규칙적으로 산책을 나가는 고양이의 수명이 짧다는 수많은 연구 결과가 우리를 막아선다.*

차를 조심할 줄 아는 고양이들은 드물다. 그러니 고양이와 오랜 세월을 함께하며 같이 늙어가고 싶다면, 안타깝지만 그들이 익숙하지 않은 바깥세상의 위험으로부터 그들을 지켜 주는 편이 좋다. 사실 바깥세상의 위험은 우리도 익숙하지 않다. 사람도 차에 치여 죽는 경우가 너무나 많지 않은가.

왜 그래야 하는지도 이해하겠고 설득력도 있지만, 야생에서라면 끊임없이 활동했을 동물이 집 안에서만 지내는 것은 부자연스럽다. 수의사들이 '고양잇과 동물 인지기능장애 증후군'이라고 부르는 증상들이

---

* 실외 고양이들은 많은 경우 어린 때 차에 치여 죽거나, 개 혹은 다른 동물들의 공격을 받아 죽거나, 해비로 고양이를 죽이는 악의를 사람들한테 잡히거나, 그 외에도 수많은 이유로 많이 희생한다. 반면 집고양이는 대개 직롭해고, 실찌며, 게을러지고, 질질적으로 운동할 기회가 거의 없다는 등의 문제가 있다. 다양한 통계가 나와 있지만 집고양이가 훨씬 오래 산다는 것만큼은 확실하다.** 실제로 반 한 살을 넘긴 실외 고양이들의 기대수명은 집 내 후반까지라는 이... 영국 수의사의 만도 맞지만, 양국에는 고양이들의 자연 포식자가 많지 않은 반면 미국에서는 흔히 볼 수 있다.

예외 없이 실내에서 사는 고양이들에게 나타나는 것을 보면, 나는 고양이들의 기능저하 중 일부가 생물학적 요인이 아니라 제한적인 활동에서 비롯되었다고 말하고 싶다.

고양이가 너무 심심했을 수도 있는 것이다. 그렇기 때문에 요즘 고양이 집사들은 아파트나 집 안에서만 지내며 바깥에 나가지 않는 고양이들을 위해 전용 안마당 '캣티오catio'를 만들어 주거나 고양이가 바깥을 볼 수 있도록 창가에 선반을 놓아두며, 높낮이가 다른 선반을 줄줄이 이어 재미까지 찾을 수 있게 한다.

상상력을 마음껏 발휘하여 반려묘들에게 생동감 넘치는 놀거리를 만들어 주는 것도 매우 좋은 생각이다. 아이를 키울 때 아이를 위한 환경을 만드는 것처럼 반려묘에게도 고양이를 위한 환경을 만들어 주지 못할 이유가 없다. 고양이와 놀이 시간을 가지면 집사도 재밌고 고양이에게도 좋다.

우리 집 고양이들은 사냥 놀이를 좋아하는데, 물론 고양이들이 사냥꾼이고 내가 사냥감이다. 내가 모퉁이 뒤에서 살금살금 걸어가면 고양이들은 납작 엎드려 나를 기다리다가 뛰어올라 내 발목을 공격한다. 고양이들도 이것이 그냥 놀이라는 것을 분명 알고 있었다.

놀이를 하면서 고양이들이 나에게 장난을 치는 모습을 분명 볼 수 있었는데, 고양이들은 내가 쥐라도 되는 듯 나를 멈추어 세우고 덮치면서 재미있어했다. 고양이들한테는 그것이 정말 재밌고 웃긴 일 같았다. 나에게도 물론 재밌는 일이었다.

매복 놀이는 우리 집 고양이가 단연 가장 좋아하는 놀이였다. 우리는 운 좋게도 차가 다니지 않는 바닷가에 살았기 때문에 인적 드문 밤이 되면 다 같이 해변에 산책을 나갔고, 그곳에서 고양이들과 나 그리고 우리 집 개까지 함께 매복 놀이를 했다. 그것이 장난인 것을 개가 알고 있었는지는 잘 모르겠지만, 고양이들은 확실히 알고 있었다.

우리는 개나 고양이가 깜빡하고 배변 실수를 했다거나(확실히 즐거운 일은 아니다) 집 안을 정신없이 서성거리거나 알 수 없는 이유로 야옹거린다고 해도 그들을 내다 버릴 생각은 하지 않는다.

어찌하였든 우리는 고양이가 왜 우는지 거의 이해하지 못한다. 고양이어가 아직 통역되지 않아서 그렇다. 언젠가는 우리도 실제로 고양이 말을 이해할 수 있게 될 테고, 그때가 오면 옛날에는 그것도 '못' 알아듣고 얼마나 멍청하게 살았는지 믿을 수가 없다며 놀라는 날이 올 것이라고 확신한다.

반려동물 안락사에 반대할 이유는 너무도 많으며 이후 더 자세히 살펴보겠지만, 우선 당연한 사실만을 말해 두겠다. 개나 고양이를 수의사에게 데려가 안락사를 요청해도 되는 경우는 그들이(우리가 아니라 반려동물이) 견딜 수 없는 고통을 겪고 있으며 치료될 가능성이 조금도 없을 때뿐이다. 이렇게 생각했으면 좋겠다. 만약 반려동물이 말을 할 줄 알았더라면, 과연 죽여 달라고 했을까 아니면 사랑하는 가족들과 좀 더 오래 있게 해 달라고 빌었을까?

우리의 문제 중 하나는 야생에서 죽음을 둘러싸고 어떤 일들이 벌어지는지를 거의 알지 못한다는 것이다. 이 주제에 관해서는 연구된 바도 거의 없고, 따라서 우리의 이해도도 매우 낮다. 사실 죽음에 관한 야생 동물의 행태 또한 거의 알려진 바가 없다.

캐나다 브리티시컬럼비아주의 빅토리아 부근에서 어미 범고래가 관찰된 적이 있다. 이 범고래는 십칠 개월간 새끼를 품은 끝에 암컷 새끼를 낳았지만 몇 시간 만에 새끼가 죽는 모습을 지켜볼 수밖에 없었다. 아마 어미가 영양실조 상태였기 때문이었을 것이다. (남획이 만연해 수역 내 야생 연어가 거의 없었다.)

어미 범고래는 이후 16일 동안이나 죽은 새끼를 등에 지고 다녔는데, 이는 그전까지 한 번도 관찰된 적 없는 행동이었다. (물론 우리가 보지 못했다고 해서 일어난 적이 없었다는 말은 아니다.) 어미는 새끼가 자기 등에서 미끄러져 가라앉을 때마다 깊은 곳까지 헤엄쳐 새끼의 시체를 되찾아 왔다.

우리로서는 당시 어미 범고래의 심정이 어땠는지 정확히 알 길이 없다. 어미가 어디까지 알고 있었는지를 확신할 수도 없다. 그곳의 고래 무리가 지난 삼 년간 단 한 마리의 새끼 고래도 낳지 못했다는 사실을 어미가 알고 있었을 가능성도 없지는 않았다. 이는 분명 갓난아이가 죽었을 때 인간이 느끼는 깊은 슬픔과 닮아 있다.

워싱턴주에서 고래들을 관찰하는 연구자들도 이 점을 알고 있었다. 워싱턴대학교 보존생물학 센터의 범고래 생물학자인 데보라 자일스 Deborah Giles는 〈워싱턴 포스트The Washington Post〉와의 인터뷰에서 이렇게 말했다.[1]

"고래나 돌고래가 되었다고 생각해 보세요. 새끼가 가라앉을 때마다 당신은 숨을 가능한 한 길게 참으며 헤엄쳐 내려가 새끼를 머리 위에 지고 수면까지 올라오지만, 그 다음에는 숨을 쉬기 위해 새끼를 머리에서 떨어뜨릴 수밖에 없을 겁니다."

해양탐사선 위에서 어미 범고래를 지켜보았던 자일스는 "J35는 거친 해류와 싸우면서도 이를 반복적으로 해냈다"고 말했다. 자일스는 또 어미 범고래가 며칠 동안 아무것도 먹지 않았을 가능성이 크다고 덧붙였다. 어미 범고래의 헌신은 범고래와 같은 사회적 동물이 자식과 얼마나 강한 유대 관계를 형성하는지를 잘 보여 준다.

"실재하는 일이고, 있는 그대로의 일입니다."

자일스의 말이다.

"보이는 그대로예요. 달리 해석할 수는 없습니다. 동물이 죽은 새끼를 위해 슬퍼하는 것이죠. 어미가 새끼를 떠나보내고 싶지 않은 거예요. 준비가 되지 않았으니까요."

자일스는 인간이 아이를 잃었을 때 주로 보이는 반응과도 비슷하다며 이야기를 계속했다.

"이 부분은 사람들도 잘 이해할 수 있습니다. '세상에, 내 아이가 숨도 몇 번 못 쉬어 보고 죽는다면 나도 그런 감정을 느끼겠지. 나라도 떠나보내기 싫을 거야' 처럼요."

하지만 우리는 개보다 범고래에 대하여 아는 것이 훨씬 적다. 개에 관해서라면 우리는 더 많은 근거를 알고 있는데, 이는 우리가 개와 함께 산 시간이 길기 때문이기도 하고 개와의 유대 관계가 보다 강하기 때문이기도 하다. (야생 범고래와 함께 산 사람은 아직까지 없다. 사실 야생 범고래가 새끼를 낳는 모습도 아직까지 목격된 적은 없다.)

개들은 대형 고양잇과 동물들과는 달리 죽을 곳을 찾아 홀로 돌아다니는 경우가 거의 없다. 아마 우리를 너무 좋아해서 그러는 것이라고 생각한다. 우리와 수만 년을 함께 살아온 개들은 죽음을 마주하는 자세마저 우리와 비슷해졌다. 이것이 순전히 가설이라는 데에는 나도 동의하지만, 그럼에도 일리 있는 가설이다. 증거도 있다.

어떤 개는 반려인과 함께 늙어 간다. 초기 치매를 앓던 내 친구 하나는, 자신의 인지능력이 조금씩 떨어지기 시작했을 당시 채 열 살이 되지 않았던 그녀의 개도 노화로 인한 정신적 증세를 보이기 시작했다고 말했다. 그녀는 개의 증상이 실제로 생물학적 증상인지, 혹은 그녀의 말을 빌리자면 '감염성 공감'이었는지 모르겠다고 했다.

자기 개는 자기가 원하는 바를 기민하게 알아차리곤 했기 때문에 자기가 조금씩 나빠지기 시작하자 개도 자기와 함께 나빠지기를 바랐다는 것, 있는 그대로 함께하고 싶었을 것이라는 것이 그녀의 믿음이었다. 나 또한 그 개가 진짜로 치매를 앓지는 않았다고 생각한다.

여기서 잠깐, 개를 대하는 방식을 보고 인간을 대하는 방식을 배울 수 있음에 주목해 보자. 개가 드디어 늙었다는 이유만으로 노견 전용 시설에 보내 버리고 싶다는 사람은 아직까지 한 번도 만나보지 못했다. (물론 그런 사람들이 존재하지 않는다는 말은 아니다.)

그러한 상황을 맞이한 나의 지인들은 모두 집에서 직접 개를 돌보려 했다. 개들도 집에 있는 편을 더 좋아할 것이라고 생각한다.

치매 때문에 집에 있지 못하고 공공 또는 사설 요양원에서 지내는 사람들 중 대부분도 사실은 집에 있는 편을 선호할 것이 분명하다. 사람들이 여러 이유로 어쩔 수 없이 요양원을 택한다는 것을 알지만, 그럼에도 최선과는 너무나 먼 선택처럼 보인다.

나는 이제 열세 살이 된 우리 개 벤지가 나빠지기 시작하는 모습을 멀리에서 지켜보고 있다. 벤지의 증세를 치매라고 부르지는 않겠지만, 확실히 벤지의 정신 상태는 옛날만큼 기민하지 못해 보인다.

노화의 주요 증상 중 하나는 아파트 안에서 배변을 보는 것이다. (벤지는 정원 없는 집에서 살고 있다.) 일란이 베를린에서 벤지를 돌보는 동안 우리 가족은 시드니에서 지내고 있으며, 몇 달 전 베를린을 방문하여 한 달간 함께 시간을 보냈다.

벤지는 자신의 배변 실수를 그다지 걱정하지 않는 모습이었다. 집 안에서도 마치 야외에 나온 것처럼 볼일을 볼 뿐이었다. 그러면 일란이 아무런 내색 없이 치웠다. 흥미롭게도 벤지는 왕성한 장운동을 자랑하는 대신 대추야자처럼 작은 덩어리 형태의 변을 보았는데, 마치 '쌀 수밖에 없었지만 최대한 얌전하게 쌌어'라고 말하는 것처럼 어딘가 정중한 모양새였다. 벤지는 당황스럽지도 않아 보였다.

하지만 벤지의 사랑하는 능력은 조금도 줄어들지 않았다는 것이 무엇보다도 중요했다. 밤이면 벤지는 일란의 침대에서 잠을 청했고, 나는 일란에게 만약 여자친구가 생겼는데 벤지를 침대에서 재우기 싫어하는 사람이라면 다른 사람을 만나는 것이 좋겠다고 일러두었다.

벤지는 일란의 가슴팍에 고개를 얹고 순수한 사랑을 담은 눈으로 우리 아들의 얼굴을 물끄러미 바라보았다. 벤지는 언제나 그랬듯 지금도 가장 친한 친구와 함께 지내는 기쁨을 누리고 있다.

내 친구들은 개가 늙으면 보통 육체적 노화가 찾아온다고 했다. 노견이 전처럼 산책을 다닐 수 없고, 집 안에서 볼일을 보고, 식욕을 잃고, 걸을 때도 고통스러워 보인다고 했다. 하지만 정신적 노화가 보인다는 경우는 드물었고, 개가 사랑하는 능력을 잃은 것 같다는 이야기는 아직까지 한 번도 들어본 적이 없다.

시마Sima라는 반려견을 길렀던 한 친구의 이야기만이 예외로 꼽힐 수 있겠다. 인생의 막바지에 다다른 시마는 포옹을 거부하기 시작했다. 시마는 밤중에 바깥에 나가고 싶을 때에만 안아달라고 했는데, 반려인으로서는 참 마음 찢어지는 일이었다. (나의 개이기도 했던 시마 이야기는 뒤에서 더 자세히 쓰겠다.)

또 다른 친구 하나가 기르던 개는 늙은 뒤로 배변 실수를 자주 해서 집 안에 종이를 깔아 두어야 했다. 생을 마감하던 마지막 날, 잘 보내 주기 위하여 수의사를 불러온 그날에도 한바탕 설사를 했던 그 개는 마지막 순간까지 애써 종이 위로 기어가 볼일을 보았다.

확실한 답을 알 수는 없을 것 같지만, 그럼에도 커다란 질문 하나를 던져 보겠다. 개들도 자신의 죽음에 대한 생각을 할까? 죽음이라는 개념을 알고 있을까?

괜히 전문가인 척하지 않겠다. 이 질문에 대한 대답은 아무도 모를 것이라 생각하기 때문이다. 답을 알려 줄 만한 경험을 한 사람은 많지만 그 경험들은 일관적이기보다는 매우 다양하다.

분명 개들은 나와는 달리, 완벽하게 건강한 상태라면 앞으로 어떤 상태로 변할지 궁금해하는 데 많은 시간을 쏟지는 않을 것이다. 죽음 이후의 삶(이상한 말임을 인정한다)이 어떨지 궁금해하지도 않을 것이 분명하다. 다시 말하자면 개들은 내세가 있는지, 또는 죽은 다음 어떤 것을 경험하게 될지 따위는 궁금해하지 않는다.

프랑스 출신이었던 나의 아버지 자크Jacques가 여든네 살의 나이로 세상을 떠나시기 직전 나에게 했던 말이 기억난다. 아버지는 죽고 나면 자신에게 어떤 일이 펼쳐질지를 매우 궁금해했다. 특별히 어떤 일이 일어나리라고 믿은 것은 아니었지만, 죽으면 적어도 알게 되지 않겠냐며 설레했다. 이 또한 이상한 말이기는 하다. 아버지라는 사람이 없어지는 마당에 아버지가 무엇을 알게 될 수는 없지 않은가.

죽음에 관한 글을 쓰거나 말로 풀어 생각하다 보면 알 수 없는 영역에 발을 들이기가 쉽다. 죽음 직후에 찾아오는 무(無)를 상상하려 애쓰는 것과 같다. 어떻게 그것을 말로 표현하겠는가? 우리의 정신으로 어떻게 그것을 이해하겠는가?

티브이 프로그램 〈지옥에서 온 고양이My Cat from Hell〉의 고양이 행동전문가 잭슨 갤럭시Jackson Galaxy와 한 팀이자 〈뉴욕 타임스〉에도 수차례 기고한 케이트 벤저민Kate Benjamin은 유방암을 앓고 있었다. 화학요법을 마치고 집에 돌아왔을 때, 그녀가 기르던 아홉 마리의 고양이들 중 가장 아끼던 고양이가 세상을 떠나 버렸다.

이 이야기는 2018년 9월 6일 〈뉴욕 타임스〉에 〈동물매개치료 성행에 고양이 합류As animal assisted therapy thrives, enter the cats〉라는 제목으로 실렸는데, 케이트는 제니퍼 킹슨Jennifer Kingson 기자에게 이렇게 말했다.

"그냥 너무 그리워요. 제가 치료를 받는 동안 거의 초자연적인 방식으로 저의 곁에 있어 주다가, 치료가 끝나니까 '좋았어, 이제 괜찮네. 그럼 나는 이만 갈게' 하고 떠나 버린 것 같아요."

나는 도저히 울지 않고는 기사를 읽을 수 없어 처음부터 다시 읽어야만 했다. 이 이야기에는 다정한 감상이 녹아 있기는 하지만, 그럼에도 비판적인 질문이 떠오를 수밖에 없다.

다른 동물들은 자신들의 죽음을, 그리고 우리의 죽음을 얼마나 이해하고 있을까? 고양이와 개들도 '내가 끝을 향해 달려가고 있구나' 같은 직감을 느낄까? 나는 어느 정도 그럴 것 같다고 생각하는데, 만약 정말 그렇다면 그들은 마지막을 두려워하지 않는 듯하다.

죽음이 머지않았음을 감지한 많은 사람이 완전히 무너지거나 극도의 두려움과 불안, 공포를 느끼는 경우는 꽤 많다. 하지만 개나 고양이가 그랬다는 이야기는 한 번도 들어본 적이 없다. 아마 그들도 소중한 친구들을 더 이상 보지 못하게 될 것 같다는 느낌을 어렴풋이 받을 수는 있을 것이다.

혹시 진짜로 죽음에 관하여 알고 있지는 않을까? 답을 말하기는 너무 어렵고, 어느 쪽이든지 증거를 찾기도 어려운 질문이다. 어쩌면 종교인들처럼, 우리의 이별이 잠시뿐이라고 믿는 것은 아닐까? 나도 그렇게 믿을 수 있었으면 좋겠지만, 안타깝게도 그러지 못하고 있다.

나는 한 번 죽으면 끝이라고 생각하고, 내세는 없으며, 남겨진 추억 외에는 망자의 그 무엇도 살아남지 못한다고 믿는다. 개와 고양이에게는 이것이 잘된 일일지도 모르겠지만, 그들의 반려인에게는 축복처럼 들리지는 않을 것이다.

사랑하는 동물이 어김없이, 혹은 적어도 대부분의 경우 우리보다 훨씬 먼저 끝을 맞이할 때, 대개 우리는 완전히 절망하고 만다. 앞에서도 말했던 것처럼 반려동물은 우리의 자식이나 다름없고, 그들이 죽어 갈 때면 우리는 죽음을 물리쳐 줄 수 없어 크나큰 무력감을 느낀다. 어린 아이, 개, 고양이, 심지어 다 큰 어른들도 당혹스러울 정도의 무력감을 느낀다.

살아 있는 모든 것은 언젠가는 죽고, 고통스러운 사실이지만 그 누구도 이를 온전히 이해할 수는 없다. 살아가면서 죽음을 생각해야 할 일

은 다행히도 많지 않지만, 개나 고양이와 함께 산다면 그래야 할 일이
너무나 많아진다. 그래도 되지 않는다면 얼마나 좋을까.

3장

노견과
함께 산다는 것

개를 기르는 사람들은 대부분 그 개보다 오래 산다.
개를 기른다는 것은 엄청난 행복을 얻고,
미래에는 그만큼 엄청난 슬픔을 떠안는 일이다.

마조리 가버MARJORIE GARBER

개들은 보통 일곱 살에서 스무 살 사이에 생을 마감하며, 몸집 크기에 따라 달라진다. 그 이유는 확실히 알 수 없지만, 아마 선택적 육종selective breeding과 연관이 있을 것이다. 예시로 그레이트데인 종은 생후 일 년 동안 처음 몸무게의 백 배로 성장한다. 야생에서는 이런 경우가 없다.

인간과 달리, 개들은 어떤 일생을 보냈는지가 수명을 크게 좌우하지는 않는다. 그렇기 때문에 소형 푸들이라면 아마 적어도 열네 살까지는 사는 반면 대형 견종이 열두 살을 넘기는 경우는 드물고, 그레이트데인의 경우 평균 일곱 살에 죽음을 맞이한다. 그럼에도 나는 버니즈 마운틴 도그의 유달리 짧은 수명이 그들의 행동이나 몸집 때문일 것 같다는 생각을 지울 수가 없다.

다른 동물들의 경우는 이러한 연관성이 없어 보인다. 고래와 코끼리의 수명은 굉장히 긴 반면, 작디작은 쥐의 수명은 짧다. 몸무게 65톤에 몸길이가 60피트[약 18.3미터]에 달할 정도로 커다란 북극고래는 200년을 살 수 있다. 고양이의 경우에도 마찬가지인데, 고양이들은 종에 따른 몸집 차이가 크지 않아서일 수도 있다.

가장 큰 고양이인 메인쿤은 수컷이 12~18파운드[약 5.5~8.2킬로그램], 암컷이 10파운드[약 4.5킬로그램] 이하 정도로 큰데, 추운 날씨의 북쪽 국가들에서 발달한 종이기 때문에 눈길을 산책하기 용이하도록 두터운 털이 발달했을 것이다. 하지만 개와 비교하면 고양이들 간의 몸집 차이는 그다지 크지 않다. 작은 개는 5파운드[약 2.3킬로그램]도 채 되지 않지만, 큰 개는 150파운드[약 68킬로그램]까지 나갈 수 있다.

어렸을 적의 나는 사람이 키가 너무 크면 작은 사람보다 오래 못 산다고 믿는 경향이 있었는데, 그 근거는 들리는 이야기(그리고 내가 키가 작다는 사실)뿐이었고 과학적인 근거는 거의 없었다. 그러나 사람들 사이에는 분명 엄청난 체구 차이가 있고, 조금 덜 분명하지만 남성은 평균적으로 여성보다 더 빨리 죽는다. 또한 남성은 여성보다 때 이른 죽음을 맞이할 가능성이 훨씬 높으며, 세계보건기구(WHO)에 따르면 특히 성차별이 심한 국가일수록 그러하다. 남녀가 공평한 나라일수록 남성의 수명이 더 길다.

이 같은 노화의 사회적 배경은 개에게는 적용되지 않지만, 암컷 개들도 수컷 개들보다 평균적으로 약간 더 오래 산다. 공격성과 관련이 있을까? 그럴 수도 있는데, 중성화한 개가 더 오래 살기 때문이다. 수컷이든지 암컷이든지 마찬가지다. 나는 몸집이 큰 수컷 개가 몸집이 큰 암컷 개들보다 다소 공격성이 강하다고 생각하지만, 이에 관하여 충분한 연구가 이루어졌다고 확신하지는 못하겠다. (하이에나 같은 몇몇 예외를 제외한다면, 동물들은 일반적으로 수컷이 암컷보다 더 공격성이 강하다.)

개 또는 고양이와 함께 사는 사람들 중 거의 대부분이 반려동물의 죽음을 경험하게 될 텐데, 이는 그들의 수명이 너무 짧기 때문이다. 앞에서도 말했지만, 우리는 그들의 죽음을 맞이할 준비가 되어 있지 않다.

고함도 쳐 보고, 화도 내고, 운명을 저주하면서 사랑하는 반려동물이 좀 더 오래 살기를 바란다. 개를 키우는 사람이라면 더더욱 그렇다. 이들은 반려견이 대형 앵무새만큼 오래 살기를 바라진 않겠지만(대형 앵무새는 대부분 우리보다도 훨씬 오래 산다), 분명 고양이들 만큼만이라도 오래 살기를 바랄 것이다. 기네스북 세계기록에 기록된 최장수 고양이는 서른여덟 살까지 살았으며, 평균 수명도 12~15년으로 개들보다 훨씬 길다. 최장수 개는 스물아홉 살이었다.

개, 고양이와 우리의 관계는 자식과 부모의 관계나 마찬가지이기 때문에, 반려동물을 잃는다는 것은 자식을 잃는 것과 매우 비슷하다. 앞에서 했던 이야기를 또 하는 줄은 나도 알고 있지만, 개와 고양이 그리고 다른 반려동물이 우리와 어떤 관계를 맺는지를 이해하는 것이 너무나 중요하기 때문에 그러는 것이다.

이 관계를 알아보지 못하는 사람들은 개와 고양이를 소중히 여기는 사람들이 이상하다고 생각하기도 하고, 때로는 그러한 사람들을 대놓고 싫어하기까지 한다.

칼 오베 크나우스고르Karl Ove Knausgaard는 얼마 전 〈뉴요커The New Yorker〉에 개 키우는 작가들을 비판하는 글을 기고했다. 농담일 수도 있지만, 그는 '훌륭한 작가들 중 개를 키우는 사람들이 한 명이라도 있었을까?' 물었고 '없다'는 대답을 내놓았다.

버지니아 울프Virginia Woolf, 어니스트 헤밍웨이Ernest Hemingway 그리고 커트 보니것Kurt Vonnegut을 잊은 것이 분명했다. 심지어 훌륭한 작가이기도 했던 지그문트 프로이트도 개를 키웠다.

자기중심주의자가 집안에 하나 이상 있으면 안 된다는 것이 그의 논지였는데, 개들이 전혀 자기중심적이지 않다는 것을 잊은 것이 분명했다. 오히려 개들은 우리를 중심으로 살아간다.

개나 고양이의 갑작스러운 죽음은 어떤 의미에서는 자연의 섭리를 거스르는 일 같다. 적어도 감정적으로는 그렇게 느껴진다. 왜? 반려동물들은 우리에게 그토록 의존적이고 연약한 아이들이고, 그토록 빨리 죽어야 할 만한 짓은 추호도 하지 않기 때문이다.

우리가 반려동물들과 얼마나 많은 시간을 보내는지 생각해 보면 알 수 있다. 우리는 집에 있는 시간 내내 반려동물과 함께 있다. 혼자 산책을 나가도 개를 데리고 나가고, 때로는 몇 시간씩 걷다 온다. 자기도 모르는 새에 반려동물에게 비밀을 털어놓기도 한다.

반려동물은 절대 우리를 비난하지 않고, '그런 말을 하다니 믿을 수가 없네, 어떻게 그렇게 멍청할 수가 있어?' 같은 눈빛을 보내지도 않는다. 그 어떤 반려인도 반려동물만큼 당신을 이해해 주지도 용서해 주지도 못할 테고, 그만큼 당신과 함께 있으려 하지도 않을 것이다.

아내나 남편과 한 시간쯤 껴안고 있을 수는 있지만, 고양이는 오후 내내 당신 무릎에 앉아 있을 수도 있다. 개들은 당신이 두 손 두 발 다 들고 산책을 데려가기 전까지 온종일 당신 발치에 앉아 있을 수도 있다. 두 경우 모두 독특한 친밀감이 드러난다.

당신의 개가 보통의 개들과 마찬가지로 사회화가 잘 되어 있고 당신과 유대 관계도 잘 형성되어 있다면 이러한 친밀감도 문제없이 생겨날 것이다. 둘 사이의 감정적 분위기는 변하지 않는다.

이처럼 반려동물과 친해지는 의식을 치른다는 것은 이들의 공간에 들어가 산다는 것이나 다름없는데, 야생에서는 동물들이 같은 방식을 통해 자신의 짝과 친밀한 관계를 형성하기 때문이다. 과장일 수도 있다. 사실 우리는 대형 고양잇과 동물이나 늑대들이 일상에서 어떤 친밀한 교류를 나누는지 제대로 알지 못한다.

야생에서, 그것도 야생동물이 꾸려놓은 환경 안에서 야생동물과 오랜 기간 친밀하게 함께 살았던 이는 아직까지 아무도 없으며 아마 앞으로도 없을 것이다. 우리가 그들이 아니기 때문이기도 하지만, 그들이 우리와 함께 살면 다소 우리와 닮아지기 때문이기도 하다.

흥미로운 예외들도 간혹 있는데, 늑대 같은 야생동물을 갓난 새끼일 때부터 키워 온 사람들이나 야생 곰과 이상하리만치 친밀한 관계를 형성한 사람도 있다. 이들에 관해서는 뒤에서 더 이야기하겠다.

베를린에 머물 당시 나는 전 세계의 환경오염을 해결하기 위하여 일하는 멋진 여성 한 명을 만났다. 상당한 직책을 맡고 있는 데다 그 분야의 지도자 중 하나로 손꼽히는 분이었다. 내가 집필 중인 책에 대하여 이야기하자 그녀의 두 눈에 눈물이 차올랐다.

나는 왜 우는지 이야기해 줄 수 있냐고 사정했다. 그러자 그녀는 반려견 잭Jack에 대한 이야기를 해 주었고, 나는 그 눈물을 완전히 이해할 수 있었다. 그녀가 이야기를 꺼내 준 것만으로도 굉장히 용감한 일이라고 생각하며, 같은 상황에 처한 다른 이들에게도 많은 도움이 될 것이라고 믿는다.

영광스럽게도 여기서 그녀의 이야기를 소개한다.

저는 아프리카에 농장이 하나 있습니다. 더 정확하게 말하면 아프리카에 농장을 가진 친구가 있어요. 국립공원과 경계를 맞댄 이 아름다운 농장은 언덕으로 둘러싸인 데다 가까이는 강도 흐릅니다. 코끼리와 하마가 우리 이웃이었어요. 거기서 저는 잭이라는 개 한 마리를 키웠는데, 그야말로 아프리카 개였죠. 늘 행복하고 배고프고 언제든 달

음박질할 준비가 되어 있는 애였어요.

농장에 가면 차에서 잭을 내려 주고 집 현관까지 잭이랑 제 도요타 자동차랑 경주를 하곤 했습니다. 잭은 달리는 것을 좋아했고, 저는 잭이 내리쬐는 태양 아래 먼지 휘날리는 길을 내달리고는 아카시아나무가 드리운 연못에서 시원한 물을 마시는 모습이 좋았어요.

하지만 어둠은 그다지 멀리 있지 않았습니다. 햇살 가득했던 그날들을 저희는 술과 약으로 채우곤 했어요. 소란스러운 내면의 문제들을 잠재우기 위해서였죠. 그러니까 이 일도 햇살과 그림자, 술과 약이 공존하던 그 어느 날에 벌어졌습니다. 제 친구가 차를 운전하고 있었고 잭은 옆에서 뛰고 있었어요.

잭의 척추가 자동차 바퀴에 깔려 으스러지던 소리가 아직도 똑똑히 기억납니다. 저는 차에서 뛰어내려 잭에게 두 팔을 뻗었어요. 잭은 저한테 기어 오면서 고통과 두려움 그리고 혼란이 가득한 눈으로 저를 쳐다보았죠. 제 품까지 기어 온 잭은 그대로 숨을 거뒀습니다.

그날 밤 저는 농장의 바오바브나무 아래에 잭을 묻고 작은 무덤을 만들었습니다. 이런 일이 벌어지도록 놔둔 제 자신, 나약하고 우유부단하며 자기 파괴적이고 무책임한 제 자신도 그곳에 같이 묻어 버렸어요. 말도 안 되게 멍청한 일로 잭을 죽게 만들었다는 고통과 수치가 제 인생을 바꾸어 놓았습니다.

그런 식의 삶을 그만두고 제 자신을 '씻어 내는' 데 꼬박 일 년이 걸렸지만 어쨌든 성공했고, 다시는 그 길로 돌아가지 않았어요. 버티기 힘들 때마다 저는 그 햇살 좋던 끔찍한 날을 떠올리고, "왜 이런 거야?"
라고 묻던 잭의 눈을 떠올려요. 잭이 제 인생을 구해 줬다는 걸 이제는
알겠어요.

어린아이들은 특히 반려동물이 자신의 가장 친한 친구였다는 말을
많이 한다. 진심으로 그렇게 생각하는 것이다. 내가 어릴 적 개, 고양이
들과 함께 살았을 때 느꼈던 감정들을 제대로 기억하는 것이 맞는다면
아이들은 '동물들에게 무엇이든지 말할 수 있고, 다른 누구에게도 말하
지 않았던 것까지 털어놓는다.' 물론 그런 말을 한다고 반려동물에게
혼나지도 않는다.

동물들은 우리의 말에 반박하지도 않고, 우리를 가르치려 들지도 않
고, 못마땅한 듯 눈썹을 치켜 올리지도 않는다. '아버지 오실 때까지 기
다려'라는 말도, '너무 충격적이다'거나 '너한테 너무 실망했어' 같은 말
도 들을 일이 없다.

아이들은 반려동물이 그런 표현을 할 수 없을 뿐만 아니라 마음속으
로도 그런 생각조차 가질 수 없다고 믿는다. 또 동물들이 그 무엇도 비
난하지 않으며 세상 모든 것을 사랑해 줄 것이라고 생각한다. 부정적
인 판단이 끼어들 틈이 없다. 이런 관계를 누가 마다하겠는가?

핀란드 감독 아키 카우리스마키Aki Kaurismäki의 미묘한 영화 〈희망의 건
너편The Other Side of Hope〉은 집중하지 않으면 자칫 무슨 말을 하려는지 놓

칠 정도로 메시지를 은근하게 보내는 영화이다.

어느 장면에서는 식당 주인이 들어서자 종업원이 개 한 마리를 숨기려고 애쓰고, 이를 본 식당 주인은 내일까지 개를 내보내라고 말한다. 보통은 개에게 어떤 일이 더 일어날지 보여 줄 것 같지만, 이 영화는 그렇지 않다. 영화의 맨 마지막 장면에서 주인공인 난민이 찰나뿐이지만 처음으로 미래에 대한 한 줄기 희망을 보는데, 바로 그 순간 앞의 장면에 등장했던 개가 등장해 그의 얼굴을 핥는다.

그 순간만으로도 우리는 그 개가 그와 평생을 함께하리라는 것을 알 수 있다. 아무도 그러지 않을 때조차 주인공에게 행복을 가져다주었던 그 개가 바로 이 영화의 희망이었던 것이다. 감독은 이 점을 알고 있었고, 우리가 이를 이해하리라는 것도 알고 있었다. 개를 키우는 사람이라면 '누구나' 이를 이해할 수 있다니 놀랍지 않은가.

친구들과 이 주제를 놓고 이야기하던 도중 나는 완전히 별개의 두 가지 사실을 알게 되었다. 하나는 많은 이들이 가족들보다 반려동물과 더 친한 사람들을 두고 수군댄다는 점이었다. 유명한 예시로 모차르트 Mozart가 있다.

모차르트는 삼 년 동안 찌르레기를 길렀는데, 찌르레기의 노랫소리가 좋다는 음악적 이유에서 그랬을 것이 분명했다. 새가 죽자 모차르트는 새를 위해 정성들여 장례식을 치렀다. 문제는 새가 죽기 불과 며칠 전에 모차르트의 아버지가 돌아가셨는데, 그때는 모차르트가 아무런 장례식도 준비하지 않았다는 점이었다.

유명 블로거 리 키나스톤Lee Kynaston 또한 기르던 고양이가 죽었을 때 자기 아버지가 돌아가셨을 때만큼이나 큰 영향을 받았다는 글을 영국의 일간지 〈텔레그래프The Telegraph〉에 기고해 큰 반응을 얻었다. 나 또한 그의 글을 읽고 납득할 수 있었다.

그날 밤 나는 눈물을 그칠 수가 없었다. 그토록 깊고 황망한 슬픔을 받아들일 준비가 채 되지 않았을 때였다. 하얗고 까맣던 그 작은 동물, 새천년이 밝은 이후로 계속 내 삶의 일부가 되어 주었던 우리 고양이를 잃은 고통은 사실 지난 1997년 아버지가 암으로 돌아가셨을 때의 고통만큼이나 강렬했다.
이 말에 논란의 여지가 있다는 건 나도 안다. 처음에는 나도 그런 생각을 한다는 것만으로도 죄책감이 들어 괴로웠다. 하지만 사실이었다. 이런 이야기를 하면 내가 비정하고 무례하며 아예 미쳤다고 생각하는 사람도 많다. 애완동물이 죽은 걸, 한낱 동물이 죽은 걸 어떻게 사랑하는 이의 죽음과 비교할 수 있냐는데, 글쎄. 사실 충분히 그럴 수 있는 일이다. 그 동물도 내가 사랑하는 존재였기 때문이다.

개에 관한 글에서 가장 많이 등장하는 단어는, 적어도 내가 아는 한 단 한 번의 예외도 없이 '사랑'이다. 어떤 개와 살았던 시간을 회고하는 글에서는 더더욱 그렇다. 사람들에게 저마다 각기 다른 의미로 다가올 이 추상적인 단어가 개에 관해서만큼은 이상하리만치 예외 없이 떠오른다. 그들은 어떤 경계도 없이 우리를 사랑하는 것처럼 보인다.

어느 면에서는 너무 예상 밖의 일이라 충격적으로 느껴질 수도 있다. 우리는 이 사랑을 받을 준비가 되어 있지 않은데, 이미 느껴 본 적 있는 사람이 아니라면 정말이지 있음직하지 않고 비현실적으로 느껴질 사랑이라 그렇다.

나와 정말 친한 어느 부부를 처음 만났던 날이 기억난다. 뉴질랜드 오클랜드에서 만난 이들 부부 중 아내가 나에게 어떤 일을 하는지 물었다. 나는 고양이에 관한 책, 그러니까 고양이의 감정이 얼마나 복잡한지에 관한 책을 쓴다고 말했고, 그녀는 "누가 그 같은 일에 신경을 써요?"라고 답했다.

솔직히 말하면 그런 감상을 그토록 솔직하고 격 없이 내보인다는 데 놀라기는 했다. 우리가 서로를 막 소개받은 때였고, 그녀가 나에게 거의 처음으로 한 말이었기 때문이다. 하지만 나는 곧바로 그녀를 용서했다. 그녀는 놀라울 만큼 지적인 사람이었던 데다가 아동 전문가였기 때문이다. 아동의 권리를 위해 평생을 바쳐 싸운 사람에게 어떻게 트집을 잡을 수 있겠는가? 그녀는 그저 살면서 동물까지 신경 쓸 여력이 (혹은 그럴 마음이) 없었을 뿐이었다.

시작이 별로 좋지 않기는 했어도 우리는 친구가 되었고, 이것이 벌써 이십 년 전의 일이다. 어제 그녀는 이메일로 나에게 사진 한 장을 보내 왔는데, 예상했겠지만 그녀는 얼마 전부터 기르는 강아지에게 참을 수 없는 사랑을 느끼는 중이다.

그렇다, 사람들의 마음을 바꿔 개를 좋아하도록 만드는 것은 꽤 쉽다. 우리는 반려견을 다른 가족들만큼이나 (혹은 개들 때문에 화날 일은 거의 없으니 다른 가족들보다 더) 사랑한다. 그런데 가족들과는 이런 일이 많지 않지만, 개들의 경우에는 그 곁을 떠나야 할 일이 종종 생긴다. 쉬운 일은 아니다.

때로는 우리만큼 개를 사랑해 줄 누군가를 찾아 입양을 보내야만 하는 경우가 있다. 개를 데리고 가기 힘든 나라로 이주할 수도 있고, 어떻게든지 개를 데리고 가기가 불가능한 상황에 처할 수도 있다. 그런 경우라면 절대로 보호소에 맡기지는 말 것을 추천한다. 개가 다시 자신의 집을 찾을 수 있을지 확신할 수 없기 때문이다.

확실히 입양처를 찾을 수 있다고 하더라도 어떤 집인지 확인할 수가 없다. 믿음직스러운 사람이자 개들, 특히 당신의 개를 사랑하는 좋은 친구를 찾아 우리의 사랑하는 친구를 맡아 줄 의향이 있는지 물어보는 수밖에 없다. 나의 개였던 시마가 바로 이런 경우였다.*

우리 집을 떠나 내 친구 제니 밀러Jenny Miller와 여생을 함께했던 시마에 대한 이야기로, 제니의 글이다.

나의 소울메이트 반려견은 시마였다. 시마는 보더 콜리와 골든 리트리버의 믹스 같았는데, 주황빛 긴 털은 골든 리트리버를 닮았지만 코

---

* 시마의 입양 전 이야기는 나의 저서 《개들은 사랑에 대하여 거짓말을 하지 않는다》에서 볼 수 있다.

는 보더 콜리처럼 뾰족해서 언뜻 보면 여우같기도 했다. 시마는 비범하리만치 똑똑했는데 보더 콜리 쪽의 특성인 것 같았고, 심성은 골든 리트리버 그 자체였다.

시마가 나의 운명적인 소울메이트라는 것을 언제 깨달았는지는 잘 기억나지 않는다. 내가 정말로 원했던 직장에 지원했다가 불합격 통보를 받고는 소리 없이 울고 있었을 때였을까? 시마가 나에게 다가오더니 발치에 고기 살점이 붙은 커다란 뼈를 내려놓았는데, 이건 제프리의 개들 세 마리가 서로 경쟁해 얻을 수 있는 가장 좋은 전리품이었다.

제프리는 해외로 이민을 떠났고 장기간 여행도 많이 다녔기 때문에 혹시 나에게 시마를 길러 주지 않겠냐고 물어 왔다. 그렇게 우리의 기나긴 여정이 시작되었다.

특별히 운동을 좋아하지 않는 나는 시마가 물 위에 뜬 나뭇가지를 쫓아 헤엄치며 물장구를 치는 모습, 마른 땅에서는 이리저리 뛰어다니며 입안 가득 나뭇가지를 모으는 모습을 보며 대리만족을 느낄 수 있었다.

시마는 "가져와"라고 했을 때 얌전히 가져오는 개가 아니었다. 나뭇가지를 던져 주면 절대로 놓지 않았고, 열 개를 던져 주면 열 개 다 물어와 자기 입에 물고 있었다. 사실 시마는 이런 습관 덕분에 목숨을 건진 적도 있었다.

한동안 우리는 캘리포니아 북부의 어느 작고 보수적인 마을에 살았는데, 그곳 사람들 중 다수가 개를 쇠줄에 매어 두고 바깥에 방치하는 등

잔인하게 학대했다. 우리는 근처의 노지로 산책을 나갈 때마다 그렇게 매인 개 한 마리를 지나쳤다. 그 개는 늘 우리의 팔다리를 물어뜯는 게 소원이라는 듯 맹렬하게 짖어 대고 으르렁거렸지만, 목줄에 매여 있었기 때문에 실제로 그러지는 못했다.

여느 때와 다름없이 공터에서 나뭇가지를 던지고 잡기 놀이를 한 어느 날, 시마는 어김없이 나뭇가지들을 물고 집에 가고 싶어 했다. 나는 늘 나뭇가지를 내려놓고 가야 된다는 편이었는데, 나뭇가지를 마음대로 몽땅 집에 가져갔다가는 더 이상 던지고 놀 나뭇가지가 남아나지 않을 것 같았기 때문이었다.

이날은 내가 무슨 짓을 하건 시마가 말을 듣질 않고 나뭇가지를 내려놓지 않았다. 시마에게는 강인한 턱만큼이나 굳센 고집이 있었기 때문에, 결국 포기한 나는 전리품을 입에 문 시마와 함께 집을 향해 걷기 시작했다.

어김없이 그 사나운 개를 지나쳐 가는데, 이번에는 개를 묶어 둔 쇠사슬이 끊기더니 그 개가 으르렁거리며 다가와 공격 자세를 취하는 것이었다. 시마는 누군가 공격해 올 때 겁먹어 몸을 사리는 일이 없었지만, 한편으로는 입에 문 나뭇가지들을 놓을 리도 절대 없었다.

시마는 나뭇가지들을 입에 문 채 별다른 반응 없이 서 있었고, 사나운 개는 당황한 듯 보였다. 한쪽이 싸움을 거부하는데 어떻게 싸움이 벌어지겠는가? 결국 그 개는 다른 쪽으로 가 버렸다.

시마가 노년에 접어들고 관절에 문제가 생기기 시작하자 나도 시마의 건강에 좀 더 집중하기 시작했다. 나는 시마에게 유기농만을 요리해 주었고 돈으로 살 수 있는 최고의 보조 식품들을 먹였다. 결국 골반이 망가졌을 때에는 보통 인간 환자를 돌보지만 은연중에 동물 환자도 치료하던 천재 척추 지압사를 찾아가기도 했다. 시마는 잘 이겨내 주었다.

그러나 시간이 흐를수록 시마의 건강은 급격히 나빠지기 시작했다. 시마가 집 안에 소변을 실수하기 시작했을 때 나는 몇 없는 요실금 치료사를 찾아냈고, 시마는 이번에도 차도를 보여 주었다. 나는 심지어 경주마에게 사용하는 전신 보충제처럼 비싸고 효과적인 관절 보충제도 찾아 먹였다.

평소처럼 산책을 나간 날이었다. 걷는 도중 시마의 뒷다리가 완전히 뒤틀렸고, 고통스러워 보였다. 그 순간 나는 알았다. 나의 모든 세포 하나하나가 안 된다고 비명을 지르고 있었지만, 그럼에도 나는 알고 있었다. 세상의 중심축이 삐끗 어긋나는 것만 같았다. 시마와 함께할 날이 얼마 남지 않았음을 나는 그 순간 깨달았다.

그날 후로 시마는 산책을 나가려고 하지 않았다. 시마는 서양식 수의학이든 대체요법이든 가리지 않고 최고의 치료를 받았지만, 상태는 나아지지 않았다. 시마는 다시 소변 실수를 보기 시작했고, 대부분은 하루 종일 일어나려 하지도 않았다. 어쩌다 한 번씩은 시마의 상태가 갑자기 좋아져서 걸을 수 있는 날도 있었다. 시마의 마지막을 위해 방문 수의사를 예약해 두었던 날도 그랬다.

당시 수의테크니션으로 일하던 제프리의 딸 시몬도 제프리의 제안으로 도와주러 와 있었다. 어린 시절을 함께한 친구를 낯선 곳에서 다시 만났기 때문에 시마가 조금이라도 안심할 수 있었다고 생각하고 싶다. 나의 친구 엘스베스Elsbeth가 자기 장소를 빌려 주었는데, 이에 대해서는 늘 매우 고맙게 생각하고 있다. 수의사는 시마가 움직일 수 있는데도 내가 마지막 조치를 취하기로 결심한 데 다소 놀란 눈치였다.

하지만 시마는 극심한 고통을 겪고, 전혀 즐겁게 살지 못하고 있었다. 곧 내가 이사를 가야 할 시점이 다가오고 있었기 때문에, 몇 주를 더 미루더라도 결국은 시마가 마지막 남은 날들을 안전하고 편안한 환경에서 보내지 못할 터였다. 나는 마음이 너무 아파 말을 잇지 못했고 엘스베스가 대신 설명해 주었다. 정말이지 다른 방법이 없었다.

수의사가 진정제를 투여하자 시마가 조용히 엎드렸다. 마지막 주사를 놓을 시간이 다가오자 나는 수의사에게 시마가 손 냄새를 맡게 해 주라고, 그래야 친구인 걸 알 거라고 부탁했다. 마침내 주사가 들어갔고, 그때까지 오랫동안 잊고 살았던 눈물이 내 두 눈에서 하염없이 흘러내렸다.

이후 며칠 동안 나는 시마가 고통과 괴로움에서 벗어났다는 생각에 홀가분하기도 했고, 기쁘고 행복하기도 했다. 슬픔은 뒤늦게야 찾아왔고 수년이 지나도록 흐려지지 않았다. 몇 주 동안 시마 생각을 안 하다가도 무언가를 보고 문득 시마 생각이 물밀듯 들기도 했다. 지금도 시마가 '가져와'라는 명령은 쫄보들이나 듣지 하고 잔뜩 흥분해 나뭇가지를 모으고 놀던 공터 근처로는 못 다닌다.

이 글에서 충분히 느껴지듯, 나로서는 시마를 크게 사랑해 줄 집을 찾을 수 있어 참 다행이었다.

추측일 뿐이지만, 이십여 년 전만 하더라도 인간에게는 있고 동물에게는 없는 능력이 무엇이냐고 묻는다면 사람들은 아마 사랑이라고 대답했을 것이다. 대부분의 사람은 동물이 우리든지 다른 동물이든지 사랑할 줄 모른다고 생각했다. 이러한 인식이 왜 이토록 극적으로 변화했는지는 알 수 없지만, 어찌하였든 큰 변화가 있었다.

사실 나는 여기서 더 나아가 어떤 동물들은 우리보다 더 큰 사랑을 할 수 있다고 믿는 사람이 이제는 상당히 많아졌다고 말하고 싶다. 물론 개를 말하는 것이다. 아니면 이렇게도 말할 수 있겠다. 개들은 다른 종류의 사랑, 양면성 없이 순수한 사랑을 할 수 있다. 앞에서도 여러 번 했던 말이지만, 이를 깨달은 사람들 중 거의 모두가 아마 난데없이 깨달았을 것이라고 생각한다.

내가 할 수 없는 무언가를 '다른' 동물이 할 줄 안다면, 우리는 이를 어떻게 알아차릴 수 있을까? 우리는 종종 나보다 더 재능 있는 사람들을 만난다. 노래를 더 잘하는 사람, 더 똑똑한 사람, 더 사려 깊은 사람이 있으며 예술이나 운동에 더 소질 있는 사람들도 있다. 누군가가 다른 이들보다 더 크게 사랑할 줄 안다고 하면, 아마 그 말을 곧이곧대로 믿기는 힘들 것이다.

그러니 개와 함께 살아 보지 않은 사람들은, 개에 집착하는 친구들이 자기가 받아 본 그 어떤 사랑보다 더 큰 사랑을 개에게서 받고 있다고 하면, 그 친구가 말을 부풀렸거나 틀린 말을 하고 있다고 혹은 드디어 미쳤다고 생각할 것이다. 직접 경험해 보기 전까지는 그런 사랑이 존재한다고 믿기 어렵기 때문이다.

한 번이라도 경험해 본다면 그 사랑 없이 지금까지 어떻게 살아왔나 싶을 것이다. 마찬가지로 고양이와 개를 비롯한 반려동물과 사랑에 빠지면 우리도 그토록 순수하고 강렬한 사랑을 되돌려 주게 되지만, 일단 그 사랑을 느껴 보기 전까지는 자기도 그럴 줄은 꿈에도 모른다.

이 같은 사랑이 존재한다고 하면 까다로운 철학적 질문들이 몇 가지 뒤따른다. 잠시 내 말이 맞고, 대부분의 개가 우리에게든지 다른 개들에게든지 정말로 그러한 사랑을 펴부을 수 있다고 가정해 보자. 그렇다면 이렇게 물을 수 있다. 개들은 왜 그 정도의 사랑을 할까? 그 사랑은 왜 존재할까? 무엇을 위한 사랑일까?

자연에도 이와 유사한 개념이 있을까? 바로 이것이 핵심 질문이다. 아마 우리가 생각해 볼 가장 흥미로운 질문들 중 하나일 것이다. 반려견들이 느끼는 사랑과 비슷한 감정이 자연세계에도 존재할까? 안타깝지만 그 답은 한동안 알기 어려울 것 같다. 해답을 찾기에는 자연세계 속 동물들의 관계에 대하여, 특히 사랑 관계에 대하여 알려진 것이 충분하지 않기 때문이다.

야생에서 애정이 드러나는 사건들은 수도 없이 볼 수 있으며, 이를 부인할 사람은 아무도 없다. 하지만 애정과 사랑은 무엇으로 구분할 수 있을까? 그 중대한 한 단계를 어떻게 넘어설 수 있을까?

애정은 누구에게서나 관찰할 수 있는 감정이고, 특별한 정의가 필요하지도 않다. 반면 사랑은 주관적인 감정이고, 나 자신을 제외한다면 다른 사람들의 마음속에 사랑이 존재하는지 확실히 알 길은 없다. 당신의 아내가 당신을 사랑한다는 증거는 많을 수도 있지만, 진실은 그녀만이 아는 것이다.

나는 야생동물과 우리의 반려동물이 모두 사랑을 느낀다고 믿는다. 나로서는 그렇게 보인다. 하지만 확실히 알 길 없는 추측일 뿐이다.

새들 중 평생 짝짓기를 하고 자기 짝이 죽으면 애처로이 슬퍼하는 새들은 우리가 느끼는 감정과 비슷한 무언가를 느끼는 것이 분명하고, 우리는 이를 가리켜 사랑이라 부른다. 고래들은 기나긴 평생에 걸쳐 짝과 함께 사는데, 그렇다면 단순한 애정보다 더 깊은 무언가를 느끼는 것이 아닐까?

이 부분에 관해서는 제인 구달Jane Goodall의 선도적인 연구를 시작으로 침팬지와 보노보[피그미침팬지라고도 한다]는 물론 다른 동물들에 대해서도 세심한 연구가 진행되고 있다.

내 생각으로는 대부분의 관찰자가 '애정'을 넘어 '사랑'이라는 말을 써
도 괜찮다고 생각할 테지만, 너무나 주관적인 느낌이기 때문에 앞으로
도 모두가 만족할 만한 답은 구할 수 없을 것이다. 나는 기꺼이 공개적
으로 이를 사랑이라 부르겠지만, 그렇게 하지 않는 과학자들이 있다는
것도 안다.

예시로 지금 이 순간 인터넷을 뜨겁게 달군 고래들을 살펴보자. 바
다의 유니콘이라고 불리는 일각돌고래는 북극해에 사는 이빨고래로,
송곳니가 발달해 툭 튀어나온 거대한 엄니를 가지고 있다. 그런데 얼
마 전, 길을 잃은 (혹은 고아가 된) 어린 일각돌고래 한 마리가 청소년기 흰
돌고래(벨루가) 무리에 끼어 다닌다는 소식이 보도되었다.

이 특이한 행동을 관찰했던 과학자들은 일각돌고래가 "그중에서도
인기가 많더라"고 말했다. 하지만 일각돌고래가 흰돌고래들을 사랑한
다거나 흰돌고래들이 일각돌고래를 사랑한다고 보도했다면 우리가 이
일화를 얼마나 꺼림칙하게 느꼈을까. 아마 재미있다고 하기는 꽤 힘들
었을 것이다.

왜 그럴까? 본질적으로는 우리가 남의 감정을 꿰뚫어 볼 수 없기 때
문이다. 그러한 것은 오직 상상력을 동원했을 때에만, 아주 잠시라도
나와 남의 경계를 애써 지우고 상대방의 정신이나 마음을 들여다봐야
만 가능하다. 과학적인 방법이 아니라는 것은 인정한다. 하지만 이토
록 특별한 무언가를 이해하려는 모든 시도를 거부하는 것 또한 과학적
인 방법은 아니다.

실제로 동물 과학자들은 동물도 감정이나 생각을 가진다는 주장이 논란이 될 수 있음을 알고 늘 조심스러운 태도를 보여 왔다. 어떻게 확신하겠냐는 것이 그들의 입장이다. 반면 오늘날에는 우리가 지금까지 필요 이상으로 조심해 왔으며 이제는 상상력을 좀 더 자유롭게 펼쳐야 한다는 데 나와 의견을 같이 하는 동물 연구자도 많다.

여기에 더하여 내가 하고픈 이야기의 핵심으로 돌아가자면, 사실 개들은 늘 우리의 마음을 들여다보며 살아왔다. 개들은 독특한 능력이 발달해 있어 우리의 감정을 직감하고 공감할 수 있다는 주장도 있을 수 있다. (정확히 말하면 내가 그렇게 주장하고 싶다.)

거의 모든 개가 반려인의 허벅지에 머리를 놓고 사람을 올려다본다는 사실은 이를 경험해 본 사람들에게 지적 깨달음이라는 전율을 선사한다. 우리가 인류 역사상 전례 없는 무언가를 목도하고 있는 셈이다.

지금까지 한 이야기의 방점이 고양이가 아니라 개에 찍혀 있다는 점은 나도 알고 있다. 왜 그럴까? 사람이 고양이에 대해 느끼는 사랑에는 조금의 의심도 없지만, 고양이가 사람에 대해 사랑을 느끼는지는 그만큼 확신이 들지 않는다. 물론 애정도 있고 우정도 있을 것이다.

개와 고양이 양쪽 모두와 오랜 세월을 함께 살아온 나는, 내가 길렀던 수많은 고양이 중 그 어느 고양이에게도 똑같이 사랑받는다는 느낌을 받아 본 적이 없다. 물론 좋아한다는 느낌은 받았다. 나아가 사랑과 비슷한 느낌도 있었다고 할 수 있다. 하지만 개들이 나에게 준 것과는 무언가 다른 느낌이었다. 솔직하게 말하려고 노력하고 있지만 한편으로는 아주 확신하지는 못하겠다. 우리 고양이들이 아니라 내가 잘못 알고 있을 수도 있기 때문이다.

개와 비교하자면 고양이가 인간과 함께한 지 상대적으로 얼마 되지 않았다는 점을 명심해야 한다. 개와 인간의 관계는 적어도 3만 5천 년 전부터 시작되었다고 본다. 고양이와의 관계도 9천 년 전에 시작되었으니 짧지는 않지만, 말하자면 인간의 동반종co-species이 될 만큼 충분히 긴 시간은 아니다. 인간과 고양이가 공진화했다는 주장은 아직 들어본 적이 없지만, 개와의 공진화는 요즘에는 사실상 진부한 주장이다.

그럼에도 우리는 분명 고양이들과 매우 깊은 유대를 형성하며, 이에 대해서는 이 책에서도 차차 살펴볼 것이다. 또한 고양이의 죽음은 개의 죽음만큼이나 우리에게 큰 슬픔을 던진다. 많은 사람, 특히 고양이와 오랜 세월 함께 살아 보지 않은 사람들이 잘못 생각하기도 하지만, 고양이가 개만큼 사람과 가까워질 수 없다는 말은 절대 아니다.

고양이의 평균 수명이 개보다 길기 때문에 우리가 보통 개보다는 고양이와 오래 함께 산다는 것 또한 명심해야 한다. 한 고양이와 이십 년 넘게 살고 있다는 사람들도 드물지 않게 찾아볼 수 있다. 우리는 고양이와 매우 친밀한 유대를 형성하고, 죽음이 끼어들면 그만큼 짙은 슬픔을 느낀다.

그럼에도 개의 사랑과는 어딘가 다를 수 있는데, 고양이가 보다 독립적인 성격이라 그렇게 느껴진다는 이도 있고 고양이가 개들과는 달리 우리를 '전적으로' 신뢰하지는 않는다는 인식 때문이라는 이들도 있다.

나는 고양이가 죽음을 맞이하는 방식 때문이라고 생각한다. 틀렸을 수도 있지만, 내가 알기로는 집에서 고양이를 안락사시키는 경우는 개들보다는 적은 듯하다. 고양이는 자기가 알아서 죽음을 맞이하는 것처럼 보이는데, 앞에서 말했다시피 마지막으로 누울 자리를 찾아 다른 곳으로 떠나기도 하지만 때로는 혼자서 조용히, 자기만의 방식으로 죽음을 맞이하기도 한다.

죽음을 맞이하는 개들은 조용히 잠들 수 있게 해 달라며 우리에게 도움을 요청하는 것처럼 보이지만, 고양이들의 경우는 그렇지 않은 듯하다. 마치 이미 어떻게 해야 하는지 알고 있는 것 같기도 하다. 왜 그럴까? 나도 잘 모르겠다. 내 경험에도 한계가 있기 때문에, 어쩌면 나보다 고양이를 더 잘 아는 분이 답을 알려 줄지도 모르겠다. 다음 장에서는 고양이와 죽음에 대하여 더 자세히 이야기해 보겠다.

4장

죽음에 대해 잘 아는 듯한
고양이들

고양이는 신이 빚은 걸작이다.

레오나르도 다 빈치|LEONARDO DA VINCI

이제는 널리 알려진 사실이지만, 개들은 훈련을 받으면 암 덩어리의 냄새를 맡을 수 있으며 그 정확도는 어떤 암 전문가의 진단보다도 훨씬 높다. 다만 암을 찾아냈을 때 개들이 그 환자에게 유감을 느끼는지는 확실히 알 수 없다. 그 개들은 암을 찾아내서 슬플까? 아니면 그냥 병을 찾아내고 보상으로 간식을 받는 게임일 뿐일까? 단정하기는 어렵다.

지뢰탐지견들은 찾아낸 지뢰에 대하여 아무런 감정도 느끼지 않는 것이 사실이지만, 9·11 테러 당시 구조견들이 생존자의 흔적을 더 이상 찾아내지 못하자 우울해한 경우도 있었다. 구조견들이 그저 '게임'이 재미없어서 우울해졌다고 주장할 수는 없다고 생각한다. 구조견들도 자기가 사람들을 위해 매우 중요한 일을 하고 있었음을 알고 있었다고 생각한다.

연구자들은 개들이 임박한 죽음의 냄새를 맡을 수 있는지도 궁금해 하지만, 실제로 연구된 바는 없다. 반면 고양이들은 죽음의 냄새를 맡을 수 있는 것처럼 보인다. 적어도 한 고양이는 그랬다. 실험을 통해 증명된 것은 아니지만 자연스럽게 수년 위로 떠오른 이 사건은 전 세계 뉴스의 헤드라인을 장식했다.

2007년, 〈뉴잉글랜드 의학저널The New England Journal of Medicine〉은 브라운 대학교 의학대학의 조교수이자 노인의학 전문의인 데이비드 도사David Dosa가 쓴 한 쪽 분량의 글을 〈고양이 오스카의 어느 하루A Day in the Life of Oscar the Cat〉라는 제목으로 게재했다.

미국 로드아일랜드 프로비덴스에 위치한 치매 및 알츠하이머 환자를 위한 시설, 스티어하우스 양로원 및 재활센터에 새끼 고양이 때 입양된 두 살배기 고양이에 관한 이야기였다. 오스카의 기이한 재능(이를 재능이라고 부르고 싶다면)은 전 세계가 주목한 '사실'이었다.

오스카는 때때로 환자의 방에 들어가 환자의 머리맡에 앉아서는 골골거리며 가만히 기다렸고, 그러면 환자는 몇 시간 내로 어김없이 죽음을 맞이했다. 오스카는 매일 여러 방을 돌아다녔지만 한 방에 오래 머무르는 경우는 환자가 곧 생을 마감하는 경우뿐이었다. 오스카는 이를 어떻게 아는 것일까? 아마 모두가 그 답을 알고 싶어 할 것이다.

기사가 실렸던 2007년 당시만 하더라도 오스카는 이 시설에서 환자 스물다섯 명 이상의 죽음을 관장했다(오스카가 해 온 일, 할 수 있는 일을 부를 만한 마땅한 단어를 찾기는 쉽지 않다). 2010년에는 그 수가 오십 명이 되었고, 2015년이 되자 무려 백 명에 달했다. 오스카는 어김없이 정확했다.

이 시설에는 오스카를 비롯해 여섯 마리의 고양이가 있지만, 다른 고양이들은 오스카처럼 소위 말하는 죽음의 천사 같은 능력을 보여 주지 않았다. 이곳은 반려동물에 친화적인 시설이며, 오스카가 사는 (혹은 관장하는) 층의 41개 병상에서는 알츠하이머, 파킨슨 등 여러 질병을 앓는 말기 환자들이 치료를 받았다.

간호사들은 오스카가 친근한 고양이가 아니라고 말한다. 자기를 쓰다듬으려는 사람들에게 하악질을 하고(중요한 일을 하고 있어서 그런 것일까?) 보통은 시크한 태도를 보였다. 오스카가 소임을 다하는 모습을 의사들이 처음으로 알아차렸을 당시 오스카는 생후 육 개월에 불과했다.

오스카가 머리맡에 앉아 스물다섯 번째 죽음을 지켜볼 즈음에는 시설 직원들도 오스카가 자리를 잡고 앉는 순간 가족들에게 전화를 걸었다. 오스카는 어느 모로 보나 그저 낮잠을 자는 것처럼 보였지만, 직원들은 이놈의 고양이가 늘 정확했기 때문에 가족들에게 전화를 걸곤 했다.

여기서 세 가지 질문이 곧바로 떠오른다. 첫째, 오스카는 무슨 짓을 했던 것일까? 더 자극적으로 물어보자면, 오스카는 자기가 무슨 짓을 하고 있다고 생각했을까? 둘째, 오스카는 어떻게 그런 일을 했을까? 셋째, 정말 사실일까?

우선 세 번째 질문에 답해 보자. 의학계에서 존경받는 권위자이자

《암: 만병의 황제의 역사The Emperor of All Maladies: A Biography of Cancer》와 《유전자의 내밀한 역사The Gene: An Intimate History》를 쓴 저명한 저자 싯다르타 무케르지Siddhartha Mukherjee는 오스카의 일화가 사실이라고 믿는다. [5]

물론 이 이야기가 확증편향의 또 다른 예시라며 회의를 드러내는 사람들도 있다. 이 이야기가 사실이라고 믿고 싶기 때문에 그 바람과 반대되는 요인들을 우리가 무시한다는 뜻이다. 예컨대 오스카가 머리맡에서 낮잠을 잤지만 다음 날에도 환자가 멀쩡했던 적은 몇 번일까?

이제 첫 번째 질문으로 넘어가 보자. 도대체 어느 고양이가 곧 죽을 사람만 껴안아 준다는 말인가? 동정심이 많은 고양이? 기묘한 고양이? 못된 고양이? (몇몇 사람은, 그런 사람들이 거의 없었으면 좋겠지만 어찌하였든 몇몇 사람은 오스카 때문에 환자들이 죽었다고 생각했다.) 아니면 그저 조용히 낮잠 잘 자리를 찾는 고양이?

잠시 내 이야기를 해야겠다. 먼 옛날 내가 열이 펄펄 끓었던 적이 있는데, 그때 같이 살던 여자가 내가 끙끙대며 신음하는 소리가 듣기 싫었는지 나를 조용한 복도로 내쫓았다. 나는 복도에 누워 불평했지만 들어 주는 이는 고양이 요기Yogi(나는 마음에 드는 이름을 몇 번이고 다시 쓰는 경향이 있다) 말고는 아무도 없었다.

요기는 내 불평을 들어 준 것으로도 모자라 내 배 위에 몸을 말고 앉았으며, 내려가라고 아무리 사정해도 듣지를 않았다. 덕분에 나는 꽤 신이 났으며(다행히 고양이 오스카와 그 악명 높은 능력을 모를 때여서 망정이지 만약 알았더라면 긴장할 뻔했다), 이 일을 요기가 당시 여자친구보다 더 나은 친구라는 증거로 삼았다. (돌이켜 보면 맞는 말이었던 것 같다.)

인정하기 싫지만, 이제와 생각해 보면 요기는 그저 따뜻하고 편안하게 누울 자리를 원했고 고열이 있던 내 배 위가 거기서 제일 따뜻한 자리였을 수도 있다. 이 생각이 썩 마음에 들지는 않는다.

이제 이 이야기에서 가장 논쟁적인 부분인 두 번째 질문으로 넘어가 보자. 이 논쟁에 뛰어들었던 의사들 중 대부분은 오스카가 환자의 방 안에 들어가 킁킁거리며 공기 냄새를 맡으며, 그렇기 때문에 오스카가 죽은 세포에서 나는 냄새 등 인간은 맡지 못하는 냄새를 감지할 수 있다고 믿었다.

이 설명은 꽤 인기 있는 설명인데, 무슨 일이 생겼을 때 인간보다 동물이 더 잘 알아차릴 수 있다는 생각을 싫어할 사람은 없기 때문이다. 동물을 보고 지진이 날 것이다, 해일이 일어날 것이다 하는 이야기들은 흔하다.

나는 이 가능성을 배제하지는 않겠지만, 다른 고양이가 그런 능력을 선보인 경우는 한 번도 알려지지 않았다는 사실을 설명할 수 있어야 한다. 물론 개를 좋아하는 사람들은 완벽하게 합리적인 설명을 내놓을 수 있다. 모든 고양이가 이런 것을 할 수 있기는 하지만, 귀찮아서 안 하는 것이 아닐까?

여기서 잠깐 싯다르타 무케르지 박사의 글을 읽어 보자. 그는 에세이 말미에 이런 말을 적었다.

알고리즘이 대부분의 사람보다 사망 패턴을 더 잘 이해할 수 있다고 하면 나는 본질적인 거부감을 떨쳐 낼 수가 없는데, 같은 프로그램이 검고 하얀 털가죽에 싸여 확률 수치를 쏟아 내는 대신 발톱을 숨기고 우리 곁에 몸을 말아 앉는다고 하면 왜 거부감이 훨씬 덜한지를 나 스스로에게 계속 물을 수밖에 없다.

다시 말하면 우리는 죽음이 목전에 닥쳤음을 그 어느 의사보다도 더 정확히 아는 기계를 발명할 수는 있겠지만, 그 아이디어가 즐겁게 느껴지지는 않을 것이다. 고양이가 그렇게 해 주면 좋겠으니까. 게다가 알고리즘은 환자가 수개월 내로 죽는다는 것을 예측할 수 있지만, 고양이 오스카는 몇 시간 내의 죽음을 예측할 수 있다.

고양이를 사랑하기는 하지만 죽음을 예측할 능력은 그 누구에게도 (심지어 의사들에게도) 없을 것이라 생각하는 나는, 이 이야기를 듣고 흥미로운 딜레마에 빠졌다. 이 이야기를 처음 듣는 사람들은 거의 모두 오스카의 능력을 믿는데, 신비로운 능력을 가진 고양이라니 너무도 매력적이기 때문이다.

하지만 오스카 이야기가 꽤 뜬구름 잡는 이야기이고, 아무리 좋게 말해도 기이한 이야기임을 직시해야만 한다. 최고의 의사들도 가장 수준 높은 알고리즘을 장착한 가장 정교한 컴퓨터도 누가 그날 밤 죽을지를 예측할 수 없는데, 어떻게 한낱 고양이가 이를 해낸다는 말인가?

어느 한 고양이가 해낸다면, 다른 고양이들도 해내지 않을까? 다른 고양이들도 할 줄 안다면, 왜 안 할까? 우리가 고양이를 더 잘 대우하고 존경해야 할까? 사실 이것은 맞는 말이다.

나는 오스카 이야기가 처음 보도된 이후로 고양이 입양률이 치솟았다고 생각하고 싶다. 만약 고양이들이 우리가 언제 죽을지 안다면 잘만 설득하면 우리에게 그 사실을 알려 줄 수도 있고, 떠나는 사람의 곁에 앉아 마지막 위로도 건네 줄 수 있다면 누가 고양이를 입양하지 않고 배기겠는가? 고양이의 다음 능력도 있지 않을까? 죽음을 피하는 방법을 우리에게 알려 주지는 않을까?

고양이들이 우리를 보는 것만으로 우리가 언제 죽을지를 안다는 것이 사실로 밝혀진다면, 그 다음에는 어떤 일이 벌어질까? 어떻게 우리에게 알려 달라고, 혹은 알려 주지 말라고 고양이를 설득할 수 있을까? 나라면 당장 달려가서 고양이를 입양할까? 아니면 집에서 얌전히 자고 있는 고양이를 내쫓을까?

다음에 사람들과 식사할 일이 있으면 이 이야기를 들려주고 다른 사람들의 의견을 물어보라. 아마 고양이가 우리보다 낫다고 생각하는 사람들이 생각보다 꽤 많다는 사실에 놀라게 될 것이다. 나는 많은 동물이 우리보다 훨씬 깊은 감정을 느끼는 존재라고 주장해 온 사람이므로, 고양이가 죽음을 '감지'할 수 있지만 굉장히 예의 바른 동물이기 때문에 자기들끼리만 알고 있는 것도 불가능하지는 않다고 생각한다.

조금 놀리기는 했지만, 사실 이 이야기는 매우 진지하고 흥미로운 질문들을 우리에게 던지고 있다. 앞서 말했다시피 개들은 그 어떤 의사나 기계보다도 정확하게 암의 냄새를 맡을 수 있다. 암은 질병이지만, 오스카가 냄새를 맡은 죽음이란 과연 무엇이었을까? 무언가 신체적 죽음의 냄새를 맡은 것일까? 아니면 그냥 죽음이 가까이에 왔음을 '알았던' 것일까?

죽음을 발견한 오스카는 그 자리에서 낮잠을 자지만, 그것 말고도 다른 영향을 받지는 않을까? 확신할 수는 없다. 오스카가 신경 쓰지 않을 것이라는 의견이 많겠지만, 반대로 고양이가 죽음에 무관심하다는 많은 이들이 모두가 틀렸고 오스카를 비롯한 고양이들이 '인간의 이해를 뛰어넘은' 무언가를 알고 있을 가능성도 있다.

그렇다, 실제로 오스카가 죽음에 대하여 무언가 알고 있을 가능성도 있다. 그런데 오스카가 죽어 가는 이를 위로하기 위해 머리맡에 앉는 것이라 하면 너무 멀리 갔을까? 꼭 그렇지만은 않다.

고양이와 인간의 건강이 어디까지 나아갈 수 있을까? 글쎄, 적어도 고양이의 골골송이 인간을 진정시키고 행복하게 만들어 주는 효과가 있다는 의학적 견해에는 누구나 동의할 것이다. 이에 관해서는 별다른 논란도 없을 것이라 생각한다.

미주리대학교 수의대학의 고양잇과 동물유전학 및 비교의학 연구소 소속 수석연구원 레슬리 라이온스Leslie Lyons는 '고양이의 골골거림은 스트레스 경감 효과가 있고, 골골거리는 고양이를 쓰다듬는 행위는 진정 효과가 있다'고 언급했다.

골골송은 고양이와 인간의 호흡곤란 증상을 완화시키고, 혈압을 낮

추며, 심장병 위험도 감소시킨다. 실제로 고양이 집사가 심장마비에 걸릴 확률은 40퍼센트가량 낮다.[5]

과연 고양이들이 사람의 목숨을 살리고 싶어 한다고 말할 수 있을까? 정말 그럴까? 그 증거는? 실제로 집에 불이 났을 때 고양이들이 자고 있는 사람을 깨우려 했다는 이야기는 드물지 않게 찾아볼 수 있다. 현관에 고양이 출입문이 있어 혼자 도망갈 수 있었던 경우도 마찬가지였다.

그렇다면 고양이는 인간을 돕기 위해 어떤 일까지 할 수 있을까? 안타깝지만 개만큼 많은 것을 하지는 않는 듯하다. 시각장애인 안내견은 있지만 안내묘는 없잖은가.

9·11 테러 당시 쌍둥이빌딩에 고양이가 있었다 하더라도 아마 쏜살같이 사라졌지, 반려인이 어두운 계단을 더듬어 내려갈 수 있게 도와주지는 않았을 것이라 생각할 수밖에 없다. 반면 최소 두 마리의 안내견이 반려인을 도와 내려왔다고 알려져 있다.

로젤Roselle이 78층에 있던 마이클 힝슨Michael Hingson을, 또 솔티Salty가 71층에 있던 오마르 리베라Omar Rivera를 도와 내려온 것이다. 다만 두 마리 모두 다른 사람들을 구하기 위해 다시 건물로 들어가지는 않았다는 점을 유의해야 한다.

인터넷에는 데이지Daisy라는 이름의 골든 리트리버가 무너지는 세계무역센터에 세 번이나 다시 들어가 900여 명의 사람들을 구출했다는 이야기가 널리 퍼져 있지만, 안타깝게도 전적으로 지어낸 이야기이다.

좋은 이야기이기는 했다.

고양이를 위해 한마디 하자면, 고양이들이 불타는 건물에 뛰어 들어가 자기 새끼 고양이들을 구출해 오는 경우는 상당히 많다. 다만 아기 인간이 아니라 새끼 고양이를 구했음에 유의하자.

사람이 죽는다는 사실, 혹은 언젠가는 죽을 것이라는 사실을 개 혹은 고양이가 알고 있는지는 분명하지 않다. 자기들 또한 언젠가는 죽는다는 것을 알고 있는지도 확실하지 않다. 그렇다고 해서 죽음이 코앞에 있거나 있는 것 같을 때에도 두려움을 느끼지 못한다는 말은 아니다.

다만 나와는 달리, 개와 고양이는 단 한순간도 앞으로의 죽음을 걱정하며 보내지는 않는 듯하다.

여기까지 글을 써 보니, 내가 이 주제에 대하여 전문가처럼 말하려고 애쓰고 있지만 사실 누구도 전문가가 되지는 못할 것이라는 생각이 든다. 마치 건물에 불이 났을 때 남자보다 여자가 다른 사람을 구할 가능성이 높다고 주장하는 꼴이기 때문이다. 혹은 재난이 닥치면 사람들은 대체로 다른 사람에게 무슨 일이 일어나는지 신경도 안 쓰고 자기 자신만 챙긴다고 말하는 것과 같다. (고양이를 대입해 보라.)

이에 대해서는 다음과 같이 정확하게 반박할 수 있다. 너무 성급한 일반화 아닌가? 자기가 본 적 없는 일은 아예 없는 일이라고 생각하는 건가? 모든 사람이 저마다 각기 다르고, 저마다 완전히 다르게 행동한다는 것을 모르나?

처음 보는 사람이 물에 빠지거나 불길에 휩싸이는 등 위험에 처하면 누군가는 그를 구하기 위해 자기 목숨을 걸지만 또 그렇게 하지 않는 사람들도 있다. 우리 모두 인간에 대하여 아주 조금밖에 알지 못하며, 인간에 대하여 아무리 많이 공부하더라도 한계가 있을 수밖에 없다.

보다 넓은 관점에서 역사를 바라보면, 오십여 년 전까지만 하더라도 굳건했던 믿음이 더는 사실이 아니게 된 경우를 찾아볼 수 있을 것이다. 널리 논의된 바와 같이, 얼마 전까지만 하더라도 우리는 인간 고유의 능력이 무엇이냐 물으면 도구 사용, 문화전파, 언어, 감정복잡성, 공감, 속임수, 예술감상(미적감각), 건축 등 그 목록을 줄줄이 읊을 수 있다고 생각했었다.

인간에게만 있다던 이 능력들은 이제는 하나씩 하나씩 보다 정교한 관찰 및 연구의 대상으로 넘어가고 있다. 심지어는 몇몇 동물에게 종교적 감각이 있을 가능성도 제기된다. 그러므로 앞서 내가 '고양이는 그렇게 하지 않는다', '개들은 저렇게 하지 않는다' 같은 말을 했어도 매우 제한적인 관점에서 말하고 있음을 알아주기를 바란다. 나의 말을 종교적 복음이나 과학적인 증명이 아니라 논의의 시작점으로 여겨 주면 좋겠다.

능력에 관한 것만이 아니라, 모든 고양이와 개는 인간만큼이나 저마다 성격까지 독특하다는 것을 나는 완전히 인지하고 있다. 그럼에도 고백하건대 이를 늘 염두에 두고 말하기란 참 어렵다.

오늘 아침만 해도 어느 아이 엄마가 아홉 살 난 아들과 생후 13주짜리 강아지를 데리고 내 수의사 아내에게 진찰을 받으러 찾아왔는데, 이 동장 안에 있는 강아지를 보자마자 나는 알 수 있었다. 그 개는 이동장 문을 열어 주자마자 내 손을 핥으며 꼬리를 맹렬하게 흔들 테고, 자기를 보러 온 나를 비롯한 모든 사람을 보고 온몸으로 신날 터였다.

갓난아이들도 이러는 경우가 있지만 대부분의 아기들은 그렇지 않다. 반면 생후 13주 차 강아지 모두가 사실상 이 강아지와 거의 똑같이 행동한다고 말해도 과장은 아니라고 확신할 수 있다. 이맘때의 강아지들은 기쁨을 드러내고 우리의 마음을 홀랑 빼앗도록 '설계된' 존재다. 예외는 없다.

물론 이후 상황에 따라 저마다 매우 다른 강아지로 성장할 테지만, 강아지 때라면 하나같이 사는 것이 너무 즐거워 미치겠다는 것처럼 반응한다. (나이 든 개들도 그런 반응을 보이기는 하지만, 내 짧은 경험으로 미루어 보자면 여느 강아지만큼 격한 반응을 보이는 동물이 또 없었다. 반면 내가 만나 본 수많은 강아지는 하나같이 그랬다.)

사실 이는 진화의 신비와도 관련이 있다. 모든 새끼 동물이 사랑스러운 이유가 부모 동물을 더욱 확실히 곁에 두고 보살핌을 받기 위해서라는 이론도 있음을 물론 알고 있다. 그런데 여기서 궁금한 게, 과연 인간뿐만 아니라 다른 동물들에게도 강아지가 사랑스럽게 보일까?

포식동물이 다른 새끼 동물을 잡아먹는 경우가 왕왕 있으니 아주 보편적인 사실은 아닐 것이다. 하지만 코끼리들이 작고 여리고 귀여운 새끼 동물들 앞에서 즐거운 듯한 반응을 보이며 그 어떤 경우라도 공격성을 드러내지 않는다는 이야기를 들어 보면 사실일 가능성도 있어 보인다.

새끼 고양이들도 사랑스럽지만, 그 방식은 약간 다르다. 새끼 고양이들은 너무나 귀엽고 자기들끼리 놀 때면 특히 더 사랑스럽지만, 강아지와는 달리 사람을 보고 좋다고 난리치지는 않는다. 고양이들은 새끼 때부터 자립심이 강하며 홀로 시간을 보내려고 한다.

만약 강아지가 놀자고 하는데 아무런 반응도 보이지 않는다면 강아지는 예상하지 못했다는 듯 당황할 것이다. '이것은 무슨 뜻이야?'라고 말하는 듯 불안해할 수도 있다. 강아지들은 당신이 자기와 함께 놀아 줄 것이라고 확신하며, 거절당하는 경우는 거의 없다.

우리가 왜 개와 고양이들을 속절없이 사랑할 수밖에 없는지는 지금까지 한 이야기들을 보면, 좀 더 잘 이해할 수 있을 것이다. 개와 고양이의 일생이 처음부터 끝까지 우리가 사랑할 수밖에 없도록 설계되었기 때문이다. (극히 최근에야 밝혀졌지만, 개들은 심지어 우리의 걱정을 자아내기 위해 일부러 눈썹을 움직일 줄도 안다. 고양이에 관해서도 이와 비슷한 점들이 곧 발견될 것이라 본다.)

이들은 첫날부터 우리에게 있는 그대로의 기쁨을 가져다준다. 그러니 죽음 때문에 이 특별한 경험을 뺏기는 것이 충격적일 수밖에 없다. 사랑하는 사람이 세상을 떠나면 그 사람의 양면적인 삶을 되돌아볼 수 있지만, 개와 고양이가 죽으면 그러지도 못한다. 개와 고양이에게 무슨 비난을 할 수 있겠는가?

대부분의 사람(적어도 이런 주제를 곱씹는 사람들)이 가장 궁금해하는 질문은 아마 반려동물이 죽을 때 고양이를 사랑하는 사람들도 개를 사랑하는 사람들만큼 거다란 상실감을 느끼는지에 관한 것이다. 물론 정답은 '그렇다'이다.

인터넷에 조금만 찾아보더라도 수많은 증거를 찾을 수 있으며, 그 이야기들을 보면 고양이에 대하여 아무리 회의적인 사람일지라도 우리와 고양이의 유대가 매우 깊을 수 있으며 고양이가 죽으면 그만큼 슬퍼한다는 사실을 납득할 수 있을 것이다.

실제로 고양이의 죽음을 슬퍼하는 과정이 더 힘들다고 주장하는 사람들도 있다. 고양이의 평균 수명이 개보다 길며, 따라서 고양이와 함께 사는 시간이 개의 경우보다 더 길기 때문이라는 것이다. 한 고양이와 이십 년을 넘게 같이 사는 경우는 드물지 않다.

종종 사람들은 '친구라고는 고양이밖에 없는 늙고 외로운 여자'를 가리켜 수군대는데, 마치 늙는다는 것, 여자인 것, 또 고양이와 함께 사는 것이 이상하고 병적이라는 투다. 고양이와 우리의 유대는 깊으며, 이에 대해 의문을 제기하거나 어떤 식으로든지 놀리거나 얕보는 행위는 절대 옳지 않다. 그 여자와 고양이가 매우 오랜 시간 밤낮으로 함께했을 수도 있다는 사실을 기억해야 한다. 이런 관계에는 진지한 감정이 쌓인다. 이 정도로 친했던 고양이가 세상을 떠난다면 정말로 삶이 뒤

바뀔 수도 있다.

만약 당신의 친구 중에도 이 여인과 같은 사람이 있다면, 그녀의 곁에 머물러 주고 고양이 이야기를 들어 주면 좋겠다. 아마 멋진 이야기를 들을 수 있을 것이다. 멋대로 판단하지 말기를 바란다. 그랬다가는 그저 멍청이처럼 보일 테니 말이다.

우리는 고양이의 무엇을 그리워하게 될까? 무엇보다도 고양이는 늘 우리 곁에 있다. 우리가 집에 돌아가면 대부분의 고양이는 마치 '안녕? 어디 갔다 왔어? 집에 올 시간이 되었더라고'라는 듯 우리를 반겨 준다.

본래 야생동물인 고양이가 우리 집에 살고 있다는 점도 언제까지나 놀랍게 느껴질 것이다. 참 영광스러운 일이다. 그러니 우리는 삶의 동반자로 선택받았다는 느낌을 그리워하며, (먼 옛날 소리 소문 없이 정글 숲을 헤치고 다니던 습성 그대로) 모든 것을 살포시 스치고 다니는 이 동물의 순수한 우아함도 그리워하게 된다.

고양이들은 우리 무릎에 앉기도 하고, 운이 좋으면 우리 옆에서 자기도 한다. 고양이와 한 침대에 자는 것만큼 더 기쁜 일은 많지 않다. 고양이들은 온몸을 쭉 늘어뜨리고는 우리 옆에 찰싹 붙고는, 곧 마법처럼 우리를 치유해 주는 그르렁 소리를 내며 잠에 든다. 완전 야생동물이었던 고양이가 당신의 품에 안겨 자도 좋다고 생각할 만큼 당신을 믿는 것이다.

어떻게 온 마음으로 그리워하지 않을 수 있을까? 고양이를 잃은 상처를 치유할 유일한 방법은(물론 오랜 시간이 걸릴 것이다) 가까운 보호소로 가 당신에게 고양이가 필요한 만큼이나 당신을 필요로 하는 또 다른 고양이를 찾는 방법뿐이다.

한 번 고양이와 같이 살았던 사람이 고양이 없이 살기는 매우 힘들다. 나도 그렇다. 지난 일흔아홉 해를 사는 동안 나는 열두 마리도 넘는 고양이와 함께 살았지만, 지금 우리는 시드니에 살고 있고 이사도 자주 해야 하기 때문에 앞으로는 고양이를 기르지 못할 것 같다. 참 가슴 아픈 일이다.

때문에 창의적인 해결책을 모색하고 있기도 하다. 고양이를 '공유'하는 방법은 어떨까. 스페인에서는 길고양이가 모여 사는 해변에 매일 찾아가는 것으로 마음을 달래곤 했지만, 여전히 고양이와 함께 잠을 잘 때 느꼈던 그 친밀감이 그립다. 살면서 그보다 더 행복했던 경험은 많지 않았다.

고양이와 죽음에 관해서 계속 생각하다 보니 우리가 다른 동물의 죽음에 대해 거의 아무것도 모른다는 생각이 들었다. (혹자는 우리가 우리 자신의 죽음에 대해서도 제대로 모른다고 말할 수도 있겠다.) 동물들은 죽음에 관하여 우리가 가능하다고 생각했던 것보다 훨씬 더 많은 것을 느낄 수 있을지도 모른다. 또 고양이와 함께 살며 계속 고양이를 생각하다 보니 고양이가 가진 다른 종류의 지식에 대하여 우리가 얼마나 무지한지도 알 수 있었다.

고양이 오스카는 확실히 다른 누구도 알지 못하는 무언가를 알고 있었다. 오스카가 특별했던 것일까? 아니면 다른 고양이들이 이를 비밀로 두고 있는 것일까? 어느 쪽이든, 우리는 자기들의 삶을 통해 우리의 삶에 은총을 내려 주는 이 작은 호랑이들에게 보다 세심한 주의를 기울여야 한다.

5장

이제는 마주해야 하는
마지막 순간

반려동물들은 우리가 무슨 일을 왜 하는지 알지 못한다.
그저 우리가 곁에 있다는 것만,
우리가 괜찮다고 말해 준다는 것만
그리고 우리가 그들을 사랑한다는 것만 안다.

익명의 수의사

나는 대체로 안락사를 좋아하지 않는다. '대체로'라는 것은 인간의 경우라는 뜻으로 보아도 좋겠다. 이유는 그다지 복잡하지 않다. 제2차 세계대전 당시 제3제국[히틀러 치하의 독일]이 정신질환자를 살해했던 것과 관련한 많은 글을 읽었기 때문이다. 아름다운 주제는 아니다.

나는 또한 현재 네덜란드, 벨기에 그리고 미국의 안락사에 관한 논쟁도 지켜보고 있다. 여기서 썩 유쾌하지 않은 사실들을 들었는데, 무엇보다도 벨기에에서는 우울증을 앓는 아동의 안락사를 허용하려는 움직임이 있다고 한다. 믿을 수가 없었던 나는 이에 관하여 깊이 알아보았고, 관련한 글을 더 많이 읽을수록 더더욱 경악을 금할 수 없었다.

2015년 6월 22일, 〈뉴요커〉의 레이첼 아비브Rachel Aviv 기자는 안락사를 열정적으로 옹호하는 웜 디스텔만스Wim Distelmans 의학박사의 논쟁적인 행보를 보도했다.[7] 디스텔만스 박사는 이른바 우울증 말기, 그러니까 '치료를 거부하는' 우울증 환아*를 비롯하여 매우 미심쩍은 경우에도 안락사를 옹호했다.

질병에 대한 치료를 거부할 때마다 안락사 후보에 오를 수 있는 세상을 상상해 보라. 문제는 디스텔만스가 언제 안락사를 허용하고 언제 불허할지 결정하는 정부기관, 연방 안락사위원회의 공동회장이라는 점이다. 이 위원회는 지금까지 단 한 차례도 안락사를 불허하지 않았다.

디스텔만스는 안락사를 집행하는 기관도 운영하고 있으므로, 다른 것은 몰라도 최소한 이익충돌이 발생한다. 그가 다수의 정신의학자와 함께 안락사의 '향방'을 논의할 장소로 아우슈비츠 수용소를 선택하면서 거의 모든 곳에서 비난을 받고 있다는 소식을 전할 수 있어 그나마 다행이다. 물론 이곳은 나치가 그들 기준으로 '살 가치가 없는' 사람들을 살해했던 바로 그 중심지이므로, 우생학적 살인이 얼마나 끔찍한 짓인지 냉엄하게 상기시켜 줄 수도 있겠다.

하지만 디스텔만스는 2013년 이곳 아우슈비츠 수용소에서 안락사에 관심 있는 의사, 심리학자, 간호사 등 칠십여 명의 '건강 전문가'를 대상으로 세미나를 개최하면서, 이곳이 '세미나를 개최하고 관련 이슈를 검토하여 혼란을 숙고하고 불식시킬 고무적인 장소'라고 평했다. 물론 세

---

* 드물지만, 이런 경우가 존재한다는 것만으로도 충분히 우려할 만하다.

계에서 가장 끔찍한 장소 중 하나인 이곳을 견학하며 정확히 무슨 짓을 했는지에 관한 혼란도 논의에 포함시켜야겠다.

다행히도 우리의 사랑스러운 동물들에 관해서라면 위와 같은 주제는 논하지 않아도 된다. (경고 차원에서 꺼낸 이야기였다.) 적어도 개 혹은 고양이가 우울증 증세를 보인다며 안락사를 고려하는 경우는 한 번도 본 적 없다.

말해 두겠는데, 개나 고양이가 우울해 보인다는 이유로 죽일 수는 없다. 무엇 때문에 우울한지 원인을 찾아낸 다음에 그 원인을 제거해야 한다. 하지만 개를 행복하게 해 주는 것은 너무 쉬워서 딱히 쓸 말도 없다. 그냥 같이 있어 주기만 하면 되기 때문이다.

(개들이 항우울제를 복용해야 하는지 여부는 이 책과 너무 동떨어진 주제이기 때문에 여기서 다룰 수 없다. 간단히 말하자면, 나는 개나 고양이 그리고 인간의 약물 사용을 지지하지는 않는다. 식이요법, 보조식품, 운동 등 동물에게나 인간에게나 더 좋은 선택지가 많다. 일반적인 견해는 아니라는 것을 알고 있지만, 나는 모든 종류의 정신과 약물을 상당히 경계하는 편이다. 끔찍한 부작용이 뒤따를 수도 있다는 것이 가장 큰 이유다.)

그렇지만 임박한 마지막이 느껴지는 순간도 언젠가는 찾아올 것이다. 마지막이 티도 내지 않고 찾아와 어느 날 우리 일상에 끼어든다면, 그래서 평소와 다름없이 반려견이나 반려묘와 딱 붙어 누워 잠에 들었는데 다음 날 아침에 일어나 보니 반려동물이 숨을 쉬지 않는다면, 아마 그나마 좀 나을 것이다. 이론적으로 가능한 이야기이지만, 사실 이런 경우는 거의 없다.

그보다는 천천히 악화되는 경우가 훨씬 많다. 산책을 가자는 뜻으로 목줄을 꺼내 들었는데, 개가 문가로 달려가 기쁨의 엉덩이춤을 추는 대신 그저 슬픈 눈으로 당신을 올려다보는 것이다. '오늘은 안 갈래, 하지만 내 생각해 줘서 고마워'라고 말하는 듯하다. 게으름이나 고집이 아니라 고통 때문이라는 것은 머지않아 당신도 알게 된다.

개들은 투덜대지 않으니 좀처럼 아픈 티를 내지 않지만, 체력이 조금씩 떨어지는 것이 보일 것이다. 때로는 매우 느리게 진행되어 세세한 변화들을 하나하나 옆에서 지켜볼 수 있는 경우도 있지만, 증세가 난데없이 드러나는 경우도 있다. 당신이 지금까지 알아 온 개가 갑자기 전혀 다른 개로 바뀌어 버린다. 아니, 같은 개지만 당신이 알지 못했던 한계들이 갑자기 생겨 버린다.

지금 당장 수의사를 불러 마지막 순간을 맞이해야 하는 때가 아니라면 우리는 무엇을 해야 할까? 바로 내가 가장 좋아하는 의학 용어, 대기관찰watchful waiting[경과를 관찰하며 기다림]을 하면 된다. 더는 나아질 수 없음을 알아도 그저 기다려야 한다.

이 기간은 매우 길어질 수 있으며, 반려견과 반려인 모두에게 행복한 시간이 될 수 있다. 많이 껴안고 많은 사랑을 보여 주며 많은 시간을 같이 보내는 기간이 될 것이다. 당신의 반려견은 긴긴 겨울밤 내내 침대에 몸을 말고 누워 당신만을 쳐다볼 것이다.

더는 바깥에 나갈 수 없으므로 그 아이의 세상은 점점 작아지고, 당신만이 그의 세상이 된다. 반려견의 전부가 되는 것이다. 반려견은 불평하는 대신 작아진 세상을 애정으로 가득 채우고, 당신에게 애정을 퍼붓는다.

갑자기 당신이 더 필요해져서가 아니라 그냥 그것이 그 아이의 본성이기 때문이다. 원래 그렇게 만들어진 아이이지만 상황이 이렇게 변하다 보니 그 애정이 보다 잘 보일 뿐이다. 본래의 애정이 보다 순수한 형태로 드러난다고도 할 수 있겠다.

이 시기, 그러니까 관계가 끝을 맺어야만 하기 직전의 시기에 반려견과의 사이가 가장 좋았다는 사람들도 있다. 물론 개들도 그렇게 느꼈을 것이다.

내가 본 어느 감동적인 동영상에는, 같은 시기 암에 걸린 젊은 반려인과 반려견이 다른 누구에게서도 받을 수 없는 특별하고 독특한 사랑으로 서로를 지지하는 모습이 담겨 있었다. 거의 200만 명이 시청한 7분 길이의 이 영상에 달린 수천 개의 댓글들을 읽어 보면, 사람들이 이들의 이야기에 얼마나 감동했는지 알 수 있다. 울지 않고서 영상을 볼 수 있었던 사람은 아마 없을 것이다.[8]

반려동물들은 자기를 놓아 줄 타이밍을 반려인에게 알려 줄까? 꼭 그렇지는 않다. 당신이 그들을 붙잡는 만큼 그들도 당신을 붙잡는다. 당신이 그들을 떠나고 싶지 않은 만큼 그들도 당신이 자기를 떠나지 않기를 바란다.

놓아 줄 때가 왔다는 것을 어떻게 알 수 있을까? 솔직히 말하자면 우리는 알 수 없다. 하지만 우리뿐만 아니라 그 누구도 모른다는 것이 중요하다. 마냥 수의사에게 데려간다고 정답을 찾을 수 있는 것은 아니며 잘 모르는 수의사라면 더더욱 그러하다. 수의사의 대답이 정답이 아닐 수 있기 때문이다.

우리는 단서를 찾을 수 있으며, 각기 넘지 말아야 할 선을 그어 놓을 수 있다. 예를 들어 배변 실수는 어떤가? 나는 배변 실수 정도는 넘지 말아야 할 선이 될 수 없다고 생각한다. 내가 직접 겪고 있는 경험에 의거하여 하는 말이다.

앞에서도 말했듯, 지금 내가 이 글을 쓰는 순간에도 베를린에서는 내 아들과 벤지가 함께 살고 있다. 우리의 사랑하는 노란빛 래브라도 리트리버, 벤지는 나의 저서 《사랑하길 멈추지 못하는 개가 있다The Dog Who Couldn't Stop Loving》의 주인공이기도 하다. 벤지는 여전히 일란과 함께 두 시간씩 베를린 공원으로 산책을 다니고, 날씨가 추워질수록 더 행복해한다.

벤지도 배변 실수를 시작했다. 거실에서만 그러는 것이 아니다. 벤지는 아주 어렸을 때부터 지금까지 일란과 함께 자는데, 요즘은 간혹 축축해진 침대 때문에 일란이 잠에서 깰 때도 있다. 유쾌한 경험은 아니라는 데 동의한다.

하지만 나나 일란이나 벤지의 배변 실수가 마지막을 뜻한다고 생각하지는 않는다. 배변 실수야 치우면 된다. 개 기저귀를 써 볼 수도 있고, 고무 매트나 플라스틱판을 써도 되고, 청소하기 쉬운 개 이불을 사람 침대 위에 깔 수도 있다. 해결할 수 있는 문제일 뿐이다. (초기 징후인 것도 맞다.)

그렇다, 벤지가 사랑에 관한 부분을 제외한다면 이전과는 많이 다른 개가 될 시점이 천천히 다가오고 있는 것이 사실이다. 벤지는 새로운 공원에 가면 여전히 상당히 빠르게 뛰쳐나가곤 하지만, 대부분은 예전보다 훨씬 느려졌다.

일란은 벤지가 산책하기 고통스러운 것인지, 그냥 산책할 기운이 없는 것인지 모르겠다고 했다. 벤지는 여전히 하루 세 번씩 산책을 나가며 야외에 있으면 참 즐거워하지만, 변화는 분명히 찾아오고 있다. 대형 래브라도 리트리버 치고 벤지는 상당히 늙은 편이다.

일란도 이 같은 시기를 겪는 것이 너무나 고통스러웠으므로 나에게 전화를 걸어 조언을 구했다.

"아버지, 마지막이 왔다는 것을 제가 어떻게 알 수 있을까요? 그리고 미리 말씀드리는데요. 아버지, 만약 마지막으로 수의사를 불러야만 하는 때가 되면 어머니랑 같이 호주에서 오셔서 그 순간을 함께해 주셔야 해요. 저 혼자서는 못하겠어요."

그의 말이 맞다. 하지만 나나 레일라에게도 쉬운 일은 아닐 것이다.

나는 수많은 동물을 길렀지만 수의사와의 마지막 순간을 바로 옆에서 지켜본 적은 한 번도 없고, 본다면 내가 어떤 반응을 보일지도 잘 모르겠다.

퍼피는 내 품 안에서 숨을 거두었고, 태피는 독극물을 먹고 죽었으며, 미샤는 자다가 조용히 세상을 떠났다. 로스앤젤레스에서 아버지가 돌아가실 때 나는 버클리에 있었고, 뉴질랜드에서 어머니가 돌아가실 때 나는 호주에 있었다.

퍼피의 경우를 제외한다면 이상하게도 나는 일흔아홉 해를 사는 동안 다른 이의 죽음을 지켜본 적이 없다. 사랑하는 이의 마지막 순간을 정말로 꼭 지켜보고 싶다고 말하지는 못하겠다. 이상한 기분일 것이 분명하기 때문이다.

마지막 순간이 평화로웠으며 그 자리에 있어 다행이었다고 말하는 사람들도 있다. 물론 당신의 친구는 당신이 그 자리에 있어 주기를 바랄 것이다. (반려견이 마지막 순간에 반려인을 찾으려 두리번거린다던 어느 수의사의 말이 생각난다.) 하지만 친구의 마지막을 곁에서 지켜본다는 생각만으로도 버거울 뿐이다.

장 활동을 마음대로 통제하지 못하는 것이 그다지 심각한 문제가 아니라고 한대도, 만약 이 징후가 실제로 더 심각한 문제의 예고편이라면 그 다음에는 어떤 일이 벌어질까? 음식을 거부한다면? 눈에 띄게 고통스러워한다면? 물을 거부한다면? 자리에서 일어나지 못한다면? 걷지 못한다면? 그러면 상황은 훨씬 더 심각해질 것이다.

다만 나는 그 순간이 닥쳤을 때(분명 1~2년 내로 닥칠 것이다) 우리 쪽에서 일방적으로 조취를 취할 필요가 없기만을 바라고 있다. 벤지가 내 얼굴을 보며 지금이라고 말해 줄 수도 없고, 내가 벤지의 얼굴만 보고 벤지가 원하는 바를 제대로 해석할 자신도 없다.

그러니 차라리 어느 날 아침 눈을 뜨지 못하고 세상을 떠나기를 바라고 있다. 일란이 잠에서 깨어나도 벤지는 깨어나지 못하는 것이다. 일란은 슬픔을 주체하지 못하겠지만, 그래도 이 경우라면 고통은 벤지의 몫이 아닐 테고 벤지에게 마지막 주사를 놓을 결정도 일란의 몫이 아닐 것이다.

이 글을 읽는 여러분들은 아마 벤지에게 마지막 주사를 놓아 주는 것이 가장 다정한 해결책이라고 생각할 수 있다. 어쩌면 가장 용감한 방법일 수도 있겠다. 하지만 솔직히 말하면 나는 상상조차 하지 못하겠다.

벤지의 머리를 내 무릎 위에 누이고, 전적인 신뢰가 담긴 벤지의 눈을 마주하며, 수의사에게 고개를 끄덕이고는 마지막 주사를 놓아 주는 나의 모습을 도무지 상상할 수가 없다. 그 모든 것을 견디는 내 모습이 그려지지가 않는다.

친애하는 어느 친척이 안락사를 간청할 때 그 결정은 나의 몫이 아니었다. 하지만 벤지는 동의도 거부도 할 줄 모르는 개다. 결정은 나의 몫이며, 나는 벤지가 말을 할 줄 알았더라면 어떤 말을 했을지 확신할 수가 없다.

어쩌면 때가 왔다고 말해 줄 수도 있지만, 어쩌면 하루만 더 기다려

달라고 일주일만 더 기다려달라고 말할 수도 있다. 어쩌면 벤지도 나처럼 밤중에 눈을 감아 아침에 일어나지 못하는 상상을 해 보았고 그편이 훨씬 낫다고 생각할지도 모른다.

수의사를 불러 개 또는 고양이에게 마지막 주사를 놓아 주는 일이 누군가에게는 무척 쉬운 일처럼 보인다는 것이 조금 불편하다. 누군가라고 하는 이유는 대부분의 사람이라면 이것이 일생일대의 결정임을 잘 알고 있기 때문이다.

이러한 선택을 내리는 것이 이기적일 때도 있고, 선택을 내리지 않는 것이 오히려 이기적일 때도 있다. 반려동물과 상의할 수만 있다면 얼마나 좋을까. 반려동물은 해답을 알고 있지만 그것을 우리에게 알려 줄 수는 없다. (자신의 반려동물들이 자기에게 때가 왔음을 알려 준다고 말하는 사람들도 있다.)

나는 우리가 과연 옳은 때에 옳은 결정을 내렸는지 결코 확인할 수 없다는 것이 가장 큰 문제라고 생각한다. 이 문제에 관해서라면 도움을 구하기도 쉽지 않다. 반려동물을 처음 집에 들일 때부터 우리가 짊어진 짐처럼 느껴지기도 한다. 하지만 당신의 반려동물을 잘 아는 친구에게 의견을 묻는다고 해서 해로울 것은 없어 보인다. 결국 결정은 오롯이 당신이 내려야만 한다.

몸의 고통이 너무나 심하고 나아질 방법이 없으며 다른 모든 길도 막혔다는 것이 확실하다면, 이제 끔찍하지만 수의사를 모실 때가 된 것이다. 다만 그 순간이 너무 빨리 찾아올 수 있다는 걱정이 종종 들기도 한다.

내가 안락사를 옹호하기를 망설이는(반려동물이 느끼는 고통의 정도를 판단하기란 어렵거나 불가능한 일이기는 하지만, 그래도 견딜 수 없는 신체적 고통을 느끼는 경우는 물론 예외이다) 이유 중 하나는 우리 어머니에 관한 경험 때문이다.

나의 어머니는 심각한 치매 환자였다. 어머니는 아흔일곱 해를 살다가 내가 벤지에게 바라는 방식 그대로 돌아가셨다. 두 눈을 감고서는 다시 뜨지 않으셨다. 돌아가시기 몇 년 전, 극심한 치매 증상을 목격한 나는 어머니에게 혹시 죽었으면 좋겠다고 생각하지는 않는지 물었다. 어머니는 크게 충격 받으신 듯했다.

"절대 아니지!"

어머니가 격렬하게 뱉은 답이다.

사실 나는 어머니의 삶의 질이 매우 낮다고 생각했지만, 어머니도 그렇게 생각하셨는지는 잘 모르겠다. 어머니는 거의 온종일 기분이 좋으셨고, 여전히 자기가 한 농담에도 잘 웃었으며, 늘 미소를 짓고 계셨다. 나조차 고통스러웠지만 어머니는 고통을 느끼지 않으셨다.

어머니는 잘 걷지도 못하셨고, 음식도 거의 드시지 못했다. 하지만 내가 그녀의 마음속으로 들어가 멋대로 그녀의 삶의 질을 판단할 수는 없는 것이었다. 만약 의사가 어머니의 생을 마감하려 했다면 내가 가만히 놓아두지 않았을 것이다. 하지만 어머니가 참을 수 없는 고통에 시달리고 계셨다면 내 반응도 아마 달라졌을 것 같다.

이는 동물에 관해서도 마찬가지이다. 인간이든지 다른 동물이든지, 견딜 수 없는 고통을 느끼고 싶은 이는 아무도 없다.

벤지에게도 비슷한 일이 일어났으면 좋겠다. 이에 동의하지 않는 독자가 있다면, 부디 당신의 반려견이나 반려묘가 가장 편안한 집에서 마지막 순간을 맞이하기를 바라겠다. 차가운 동물병원을 택하지도, 무엇보다 반려동물에게 낯선 수의사를 택하지도 않기를 바란다.

인간의 의식에 관해서는 내가 할 말이 별로 없지만(심지어 마지막 장의 동물을 위한 의식도 편집자가 설득해서 넣은 것이다), 반려동물을 보내기 전날만큼은 그 동물이 이해할 수 있는 의식들로 그날을 가득 채우기를 강력히 추천한다.

가장 좋아하는 장난감을 들고 가장 좋아하는 장소에 앉아 많이 쓰다듬어 주고, 사랑한다는 말도 많이 해 주고, 간식도 많이 주고, 주변 사람들도 들러서 마지막 인사를 하고 가기를 바란다. 친구로 지냈던 다른 동물들이 들르는 것도 좋겠다. 반려동물이 다른 사람이나 동물을 만나기 너무 힘들 것 같다면, 가까운 가족들하고만 하루를 보내는 것이 좋을 것이다.

그 순간이 얼마나 아름답든, 당신이 그토록 두려워하는 순간이 곧 다가올 것이다. 그 슬픔을 어떻게 이겨 내야 한다고 말해 줄 수가 없는데, 정말이지 나도 모르기 때문이다. 위로될 만한 사실이 있다면, 당신의 반려견이나 반려묘는 아무런 고통도 느끼지 못할 것이다.

그럼에도 나는 벤지의 눈을 바라보았을 때 벤지가 이것은 우리의 마지막이고 다시는 나를 보지 못한다는 것을 알고 있을까 봐, 그런 생각으로 나를 마주볼까 봐 두렵다.

하지만 벤지가 그렇게 생각할 가능성은 거의 없다. 그보다는 그저 잠에 드는 것이라고, 깨어나면 여느 때처럼 침대일 테고 곁에는 내가 누워 있을 것이라고, 늘 그랬듯 내 얼굴을 핥아 주고 앞으로도 나와 함께할 것이라고 생각할 가능성이 크다. 나도 그렇게 생각할 수 있으면 좋겠다.

장 프란세스Jean Frances라는 나의 친구는 기르던 고양이 두 마리를 떠나보낸 사연을 다음과 같이 보내 주었다. 꿈 부분이 특히 놀랍다.

나는 암으로 죽어 가는 친구의 친구에게 키티Kitty를 입양받았다.

키티가 열다섯 살 즈음일 무렵 신장에 문제가 생겼다. 키티는 몇 주 동안 입원해 집중 치료를 받았지만 아무런 반응도 보이지 않았다고 했다. 포기하고 싶지 않았던 나는 수의사에게 집에서 치료를 계속하는 방법을 배워 왔는데, 여기에는 특수액을 피하주사로 주입하는 방법도 포함되어 있었다. 첫날 밤은 나에게나 키티에게나 곤욕이었다.

키티는 본래 내 침대에서 잤지만, 이제는 침대에 올라오고 싶어도 그러질 못했다. 키티를 안아 올려 주고 싶었지만, 밤에 화장실이라도 가고 싶을 때 다시 내려가거나 올라오지 못할까 봐 걱정되었다. 그래서 나는 키티가 밥을 먹는 곳 근처, 평소 시간을 보내는 상자와 가까운 곳에 침대를 하나 설치했다.

키티는 걸어가며 가래 끓는 소리를 냈는데, 지금 돌이켜 보면 죽음이 묻은 울음소리였다. 다음 날 이른 아침 부엌에 가 보니 키티가 쉬고 있다가 갑자기 경련을 일으키기 시작했고, 그 순간 나는 키티가 곧 죽을 것임을 직감했다.

아직 동물병원도 열지 않은 시간이었기 때문에 나는 어쩔 줄을 모르고만 있었다. 그러다 키티는, 바로 내 눈앞에서, 고개를 내젓고 큰 울음소리를 내더니 생을 놓아 버렸다.

나는 너무나 무력한 기분이 들었다. 마비된 듯 그 자리에 서서 키티가 죽는 모습을 지켜보는 것 말고는 할 수 있는 게 없었다. 나는 나의 또 다른 고양이 스위티 파이Sweetie Pie에게도 마지막 순간이 온다면 그토록 기나긴 시련을 주지는 않겠다고 다짐했다.

키티가 죽을 수밖에 없단 걸 받아들이기 싫은 내 욕심 때문에 쓸데없이 길고 불필요한 트라우마를 키티한테 안겨 준 것만 같았다.

스위티 파이는 그 이후로도 오래도록 보송보송하게 살았지만, 열아홉 살이 되자 스위티 파이의 건강 또한 나빠지기 시작했다. 몸무게가 급격하게 줄었고, 갑상선에 문제가 생겼으며, 녹내장과 만성 눈병을 달고 살았고, 배변 실수를 하기 시작했다. 여러 의학적 치료를 받았지만 차도가 없었고, 몸무게는 계속 줄기만 했다.

다수의 친구가 스위티 파이를 보내 주는 게 어떻겠냐고 했지만, 나는 그러고 싶지가 않았다. 어느 친구는 나보다 스위티 파이에게 무엇이 필요할지를 생각해 보라고 조언했다. 또 다른 친구는 스위티 파이의 존엄성을 지켜 주어야 한다며 스위티 파이도 배변을 흘리면서까지 살고 싶지는 않을 것이라고 했지만, 나로서는 그렇게 생각하기가 여간 어려운 게 아니었다.

어쩔 줄을 모르던 나는, 무엇이 옳은지 판단할 지혜를 달라고 기도했다. 다음 날 밤, 나는 이상하지만 선명한 꿈을 꾸었다.

꿈에서 나는 스위티 파이를 교회에 데려가 축복해 달라고 빌었지만, 결국에는 마지막 조치를 위하여 고양이를 교회에 맡기고 나와 버렸다. 교회를 나섰지만 진심으로 작별 인사를 하지 못했다는 생각에 끔찍한 기분이 들었던 나는, 다시 교회로 돌아갔다.

교회에 도착하자 그곳 사람들은 스위티 파이가 마지막을 맞이하기 위해 벌써 다른 장소로 옮겨졌다고 했다. 나는 너무 늦지 않기만을 바라면서 서둘러 그 장소로 갔다. 이상하게도 그곳은 일반적인 동물병원과는 달리 폐차장으로도 사용되는 곳이었다.

나는 스위티 파이가 이미 죽은 건 아닌지 두려워하면서 제발 스위티 파이를 볼 수 있게 해 달라고 빌었다. 다행히 스위티 파이는 아직 살아 있었고, 그곳 사람들이 스위티 파이를 나에게 데려와 주었다.

나는 고양이를 품에 안으면 내가 너를 위해, 너의 고통을 줄여 주기 위해 너를 그만 보내 주려 한다고 말할 생각이었다. 하지만 스위티 파이는 나를 보자마자 내가 자기를 구하러 온 줄 알고 너무나 반가워했다. 그런 상황에서 나는 도무지 하려던 말을 할 수가 없었고, 그 순간 나는 스위티 파이의 이름을 부르며 잠에서 깨어났다.

스위티 파이는 침내 위 내 발치에서 자다 깨서 조용히 야옹거리며 내 부름에 대답했다. 나는 그게 너무나 행복했고, 아직 스위티 파이를 보내 줄 때가 아님을 확실히 알 수 있었다.

다음 두 달 동안에도 스위티 파이의 건강은 계속 나빠져 갔다. 나는 스위티 파이를 데리고 더 많은 검사를 받았고 또 다른 동물병원에서도 진찰을 받았지만, 불행하게도 좋은 소식은 듣지 못했다. 사람들은 스위티 파이에게 자연사가 너무 고통스러울 것이라고 했지만, 나는 언제쯤 그만 포기하고 안락사를 예약해야 하는지 도무지 알 수가 없었다.

두 번째 동물병원의 수의사는 또 다른 치료를 해 보자고 했지만, 치료가 성공했는지 실패했는지 알려면 몇 주는 기다려야 했다. 나는 일단 안락사로 예약을 잡아 두었지만, 스위티 파이가 견뎌 주어서 그날 안락사 대신 일반적인 검진만 받게 되기를 바랐다.

일주일 쯤 지난 어느 날, 잠에서 깨어 보니 스위티 파이가 내 곁에 누워 있었다. 스위티 파이는 일어나려 했지만 그러지 못했다. 기운이 없는 듯했다. 그 모습을 보는 순간 나는 깨달았다. 우리 고양이는 아픈 게 아니라 죽어 가고 있었다.

나는 스위티 파이를 부엌으로 데려가 밥과 물을 조금 주었고, 아주 조금만 먹은 스위티 파이를 다시 자리로 데려다 주었다. 나는 동물병원에 전화를 걸어 바로 다음 날로 예약을 앞당겼다.

다음 날 아침 나는 다시 한 번 스위티 파이를 안고 부엌으로 가 물그릇 앞에 내려 주었지만, 이번에는 스위티 파이는 고개조차 가누지 못했고 앞으로 고꾸라져 물그릇에 기댔다. 다행히도 한 시간만 기다리면 예약 시간이었고, 내가 집을 비울 때 스위티 파이를 돌봐 주곤 했던 친구가 이번에도 우리와 함께 동물병원에 가 주었다.

비가 추적추적 오는 가운데 나는 스위티 파이를 새로 산 수건으로 감싸 안고 병원으로 갔다. 깊은 연민을 보여 주었던 수의사는 모든 조치가 끝날 때까지 스위티 파이를 안고 있어도 좋다고 했다. 스위티 파이는 포옹과 뽀뽀를 마지막 기억으로 가지고 우리 곁을 떠났다.

나는 스위티 파이를 위해 미리 깨끗한 수건과 장미를 넣은 특별한 상자를 준비해 두었다. 집으로 돌아온 우리는 우리 집 옆에 스위티 파이를 묻어 주었고, 지금 그곳에는 장미 덤불이 자라나고 있다.

이 이야기를 보면 마지막 결정을 내린다는 것이 얼마나 혼란스럽고 어려우며 고통스러운 일인지를 잘 알 수 있다.

물론 이를 집행할 권한은 수의사들에게 있지만, 워낙 죽음과 가까이에서 일하고 계속해서 안락사를 집행하는 직업이다 보니 눈앞에 있는 동물이 지금까지 큰 사랑을 받으며 살았고 앞으로도 깊은 그리움을 자아낼 것이며 그렇기 때문에 지금 이 순간의 결정이 다른 어떤 결정보다도 중요하다는 사실을 간혹 세심하게 헤아리지 못하는 수의사가 있을까 봐 걱정이 된다.

동물 친구가 죽기 딱 좋은 시간 같은 것은 존재하지 않지만, 다른 때보다 좀 더 나은 때를 고를 수는 있다. 그때가 언제인지를 정확히 알 수만 있다면 얼마나 좋을까.

나는 아직도 동물이 마지막을 맞이할 때 그 자리에 있어 주는 것이 무엇보다도 중요하다고 생각한다. 진심으로 그렇게 생각하지만, 그럼에도 우리가 벤지를 베를린에 남겨 두고 호주 시드니로 와 살게 된 이유를 설명해야겠다.

이 년 전 벤지를 데리고 베를린으로 이민을 떠날 때까지만 하더라도 우리는 그곳에서 평생 살 생각이었지만, 어쩌다 보니 일 년 만에 다시 호주로 돌아올 수밖에 없었다. 당연히 벤지도 데리고 와 함께 지내려고 했다.

하지만 베를린에서 벤지를 돌봐 주었던 수의사는 벤지의 나이라면 사십 시간에 달하는 장거리 여행이 치명적일 수도 있다고 경고했다. 그러므로 자기는 양심적으로 여행 허가를 내 줄 수가 없다는 것이 그의 설명이었다.

벤지가 장거리 여행을 견뎌 낸다 하더라도 호주에 들어오면 우리와 멀리 떨어진 멜버른 시에서 몇 주에 걸친 격리 생활을 해야만 했다. 우리는 벤지가 이 모든 것을 견뎌 내지는 못하리라는 데 동의했다.

앞서 말했듯, 벤지는 난생 처음 보는 사람과 지내고 있지 않다. 그와 평생을 알고 지냈던 벤지의 가장 친한 친구, 우리 아들 일란이 벤지의 곁에 있다. 이제는 벤지가 예전과는 많이 다른 개가 되었지만, 둘은 여전히 행복하게 지내고 있다.

레일라와 나는 올해(2019년) 중으로 베를린으로 가 벤지에게 마지막 인사를 건네려고 한다. 쉽지 않을 것이다. 사랑하는 반려동물에게 작별 인사를 하기란 누구에게도 쉬운 일이 아니다. 나는 그것을 이 책을 쓰면서 보다 확실히 알게 되었다.

6장

인간과 마음을 나누는
야생의 친구들

슬픔은 사랑을 위해 우리 모두가 치르는 값이다.

콜린 머레이 파크스COLIN MURRAY PARKES

길들여지지 않은 동물의 죽음에 관해서는 어떤 이야기들이 있을까? 개, 고양이, 새들처럼 수천 세대에 걸쳐 인간의 반려동물로 살아왔던 동물의 죽음과 비교하자면 어떤 점이 다를까?

우선 우리가 정말 야생동물과 친구가 될 수 있는지가 궁금할 것이다. 얼마 전까지만 하더라도 그 가능성을 의심하는 회의론이 널리 퍼져 있었다. 하지만 인터넷 덕분에 이제 우리는 지금까지 알려지지 않았던 세계 각지의 이야기들을 접할 수 있다.

그중에는 거의 길들여지지 않았거나 사실상 완전히 야생의 동물과 일종의 관계를 형성하는 데 성공한 사람들도 있다. 하지만 주의해야 할 점이 있다. 인간과 친해진 야생동물들은 대부분 실제로 야생에서

사는 종이기는 하지만, 저마다의 이유로 오랫동안 인간과 끈끈한 관계를 맺어 왔다.

야생동물 보호소는 내가 이번 장에서 말하려는 철학적 이야기의 대부분을 직접 눈으로 관찰할 수 있는 특별한 장소다. 보호소에서 살게 된 동물들은 대부분 야생동물이거나 야생동물이었다는 뜻이다. 이곳에는 야생의 본성을 간직한 동물들도 있고, 정말 길들여지지 않은 동물들도 있다.

보호소에서는 꽤 흔치 않은 일들이 일어나고, 나 또한 내가 방문했던 영감 가득한 보호소 여러 곳에서 그와 같은 일들을 수차례 목격했다. 보호소의 동물들은 이곳이 안전하며 자신이 학대받지 않는다는 것을 알고 있으며(어쩌면 죽임을 당할 일도 없다는 것을 알지 않을까?) 보호소 사람들이 친구라는 것을 안다.

그중에서도 내가 특히 아끼는 보호소는 캘리포니아 북부 시에라네바다의 작은 언덕에 위치한 애니멀 플레이스Animal Place다. 이곳은 불굴의 여인 김 스툴라Kim Sturla가 설립했다. 마지막으로 방문했을 당시 나는 특히 이곳에 사는 칠면조들에게서 깊은 감명을 받았다. 칠면조가 그토록 다정해질 수 있는 줄도 몰랐고, 칠면조와 그토록 강한 애착 관계가 생길 수 있는지도 몰랐다.

김이 나에게 들려준 이야기를 살펴보자.

칠면조 구역에서는 보통 외양이 암컷보다 화려한 수컷 칠면조들이 깃털을 뽐내며 돌아다닌다. 하지만 나는 트레이시Tracey만큼 아름다운 암컷 칠면조를 본 적이 없다. 온몸의 깃털이 새하얗고 유달리 꼬리 깃털이 길었던 트레이시는, 마치 우아한 백조가 연못을 가로지르듯 정원을 활보하곤 했다.

어릴 적 잘나가는 여자아이들이 전형적으로 그랬던 것처럼, 트레이시 또한 꽤 못된 아이였다. 트레이시는 엘리Ellie의 머리를 아무런 이유 없이 쪼아 대곤 했는데, 아마 기가 막히게 아름다운 칠면조들부터 순서대로 먹이를 먹을 수 있다는 규칙을 알려 주려는 듯했다.

엘리는 특별할 게 없는 칠면조였다. 몸집이 작고 꼬리털도 짧았는데, 어쩌면 트레이시가 쪼아 대고 털을 뽑아 대는 탓에 좀 더 짧아졌을 수도 있다. 나는 엘리만큼 다정한 칠면조를 본 적이 없다. 칠면조를 사랑과 친절로 대하는 이 보호소에서 지내 본 사람들은 누구나 엘리가 다정하단 걸 알 수 있었다.

밥을 먹을 때에는 엘리를 쓰다듬으면 안 되었는데, 그랬다가는 엘리가 밥 먹는 것도 잊고 애정을 갈구하고 나설 테고 결국에는 트레이시까지 찾아와서 두 배로 애정을 갈구할 게 분명하기 때문이었다.

저녁마다 잠자는 우리로 칠면조 아가씨들을 데려갈 때면 엘리는 풀밭에 털썩 앉아서는 바위처럼 꼼짝도 하지 않았고, 날갯죽지 아래를 몇 분씩 쓰다듬고 간질여 주면 그제야 자러 가곤 했다. 개들이 등허리의 '바로 그곳'을 쓰다듬어 주면 좋아하는 것과 다를 게 없었다.

지난 수년간 나는 같은 악몽을 몇 번이고 반복해서 꾸었는데, 듣기로는 동물을 사랑하는 사람들이 흔히들 꾸는 꿈이라고 했다.

꿈속에서 나는 바깥에서 일을 하고 있었는데, 어느 순간 내가 우리 개들을 까맣게 잊고 있었다는 걸 깨달았다. 꼬박 하루 동안 밥도 물도 주지 않고 잊어버린 것이다. 꿈속의 나는 내 실수 때문에 개들이 죽지는 않았을까 걱정하곤 했다.

몇 달 전 새집으로 이사를 오고 나서부터는 내가 우리 칠면조들에게 꿈속에서와 똑같은 짓을 하지는 않을까 진심으로 걱정되기 시작했다. 이사 온 집에서는 바깥의 칠면조들이 우리에서 꺼내 달라거나 밥을 달라고 난리를 쳐도 내가 일하는 집 안에서는 그 모습이 보이지 않는 구조였다.

당시 나는 할 일이 너무 많아 힘겨운 상태였고, 이른 아침부터 책상에 앉아 있었다. 우리의 칠면조들을 바깥에 풀어 줘도 코요테가 들어오지 못하는 안전한 시간이 되기 전까지, 나는 몇 시간이고 칠면조들을 까맣게 잊은 채 일에 몰두하곤 했다.

어느 바빴던 날에는 오전 11시가 되어서야 칠면조들이 생각났고, 그제야 알람을 맞춰야겠다는 생각이 들었다. 그래서 코요테가 더 이상 주변을 어슬렁거리지 않는 아침 8시에 칠면조 기상 및 외출 알람을 맞춰 두었고, 오후 4시 30분에 저녁밥 알람을 맞춰 두었다.

칠면조들을 우리에 다시 넣는 시간은 우리 집 개들을 보고 알 수 있었는데, 해가 질 때마다 바닷가로 산책을 가자고 졸랐기 때문이다. 산책을 갔다가 돌아오는 길에 칠면조들을 풀어 둔 정원에 들러 아이들이 잠을 자는 우리에 다시 넣어 주기만 하면 되었다.

그날 아침부터 나는 전날 저녁에 모아 둔 자료로 칼럼을 쓰기 시작했고, 해가 저무는 것도 모르고 하루 종일 글쓰기에만 정신없이 몰두했다. 동거인들이 나 대신 개들을 데리고 바닷가에 산책을 다녀올 정도였다. 유나이티드 항공 비행기에 탑승한 프렌치 불도그를 머리 위 선반에 실었다가 개가 사망한 사건에 관하여 〈로스앤젤레스 타임스The Los Angeles Times〉에 기고할 칼럼이었다.

캄캄해진 지 한참 지나서야 일을 마친 나는 대충 저녁을 만들어 먹은 뒤, 드러누워 넷플릭스로 드라마를 좀 보다가 잠자리에 들었다. 그렇게 최악의 악몽이 현실이 되었다.

"가 보지 마."

동거인 클리브Clive가 무거운 목소리로 나를 걱정해 주었다.

하지만 나는 사랑했던 이의 사체를 외면할 위인이 못 되었다. 정원으로 가니 그곳에는 아무렇게나 흩어진 깃털들과 깨진 칠면조 알들, 길게 늘어진 내장과 간처럼 보이는 장기가 바닥을 뒹굴고 있었다.

구석에 사체 두 마리가 놓여 있었다. 한 마리는 시체라기보다는 빈 가죽만 남아 있었다. 코요테들이 트레이시의 살을 깨끗하게 파먹은 것이다. 몸무게가 40파운드[약 18킬로그램]쯤 되었을 코요테는 25파운드[약 11킬로그램]가량의 트레이시를 다 먹어 치우고는 배가 불렀는지 엘리의 몸에는 거의 입을 대지 않았다.

그렇지만 엘리도 머리가 잘려 있었는데, 엘리가 고통 없이 단숨에 죽었을 것 같아 차라리 다행이라는 생각도 들었다. 엘리의 머리가 정원 어디에서도 보이지 않는 것도 차라리 다행이었다. 그 작은 부리에 입을 맞추고 내 입술에 닿는 따뜻한 숨을 느끼는 게 너무나 행복했기에, 그 작은 부리가 숨도 못 쉬고 놓여 있는 모습을 보았다면 아마 나는 견디지 못했을 것이다.

일이 많지 않은 날이면, 나는 아침부터 정원에 나가 칠면조들을 안아 주고 곁에 앉아 커피를 마시며 명상하곤 했다. 하지만 그날은 아이들의 사체 옆에 앉았다. 햇볕이 내리쬐기 시작하자, 사랑하는 우리 칠면조들에게서는 마트 정육 코너 같은 냄새가 나기 시작했다.

나는 팜 보호소의 수지 코스튼Susie Coston에게 전화를 해야겠다는 생각이 들었다. 수지는 칠면조를 사랑하는 사람이었으므로 내 고통도 이해해 줄 터였다. 수지는 자기도 오랜 세월 동안 수천 마리의 동물을 돌보다 보니 누군가가 자기 탓으로 죽을 때의 기분을 알게 될 수밖에 없었다고 했다.

수지는 충분히 생길 수 있는 일이라며, 특히 어제의 나처럼 스트레스를 심하거나 하루 일과가 틀어질 때면 그럴 수 있다며 나를 달랬다. 또 우리 칠면조들이 단숨에 죽었을 게 분명하다고도 말해 줬다. 인간과는 달리, 코요테는 무언가를 죽일 때 늘 신속하게 해치운다고 했다.

트레이시와 엘리는 도축업장에서 구조해 온 아이들이었으므로, 두 아이의 친구들은 그대로 도살장에 실려 가 컨베이어 벨트의 쇠사슬에 거꾸로 매달려 묶였으리란 사실도 떠올렸다.

수지는 내가 이 일을 알리기 위해 노력하지 않아도 된다고 말했다.

"사람들이 어떻게 볼지 알잖아요."

물론 잘 알았다. 전화벨 소리에 목욕시키던 아이를 욕조에 두고 욕실을 나섰다가 다른 엄마들과는 달리 곧바로 돌아오지 않고 아주 잠깐 아이를 깜빡해 버린 엄마들이, 인생 최악의 날에 동정과 위로 대신 경찰조사를 받게 된다는 사실을 떠올렸다.

나도 그들 중 하나였기 때문에 잘 안다. 그날 밤, 우리 칠면조들이 잡아먹히는 동안에도 나는 강아지를 비행기 좌석 위 선반에 넣어야 한다고 주장했던 승무원과 거기에 동의한 여자를 비난하고 있었다.

하지만 이제는 나도 내게 의지하던 두 동물을 내가 완전히 배신했음을 알고, 그 때문에 고통스럽다. 나에게 모진 비난이 쏟아진다면, 아마 나는 앞서 멍청한 짓으로 비극을 초래하고 모질게 비난을 받았던 사람들에게 공감할 수 있게 될 것이다.

칠면조가 죽은 게 누구에게나 비극처럼 보이지는 않음을 나도 안다. 대부분의 사람에게 칠면조는 그저 점심거리일 뿐이다. 하지만 이제는 내가 얼마나 가슴 아픈지를 이해할 독자가 많은 시대가 되었다고 생각한다.

우리가 쓰다듬을 동물과 먹을 동물을 나누는 경계는 우리가 멋대로 그은 경계이며, 그렇기 때문에 나라마다 달라진다는 사실을 점점 더 많은 사람이 알아차리고 있다.

슬프다면 슬픈 것이다. 수화물 선반에 들어간 프렌치 불도그이든 정원에서 놀던 내가 사랑하는 칠면조들이든, 죄책감과 슬픔은 매한가지다.

이 칠면조들을 가리켜 야생동물이라 해야 할지 집동물이라고 해야 할지 모르겠다. 어느 쪽이든지 킴이 느끼는 슬픔에는 차이가 없었을 것이다. 반면 어떤 동물들은 정말 야생의 동물이라 사람이 사는 곳에서는 살 수 없는 경우도 있다. 사자 크리스티안Christian이 그랬다.

동물원에서 태어난 크리스티안은 1969년 런던의 해로즈백화점을 통해 호주 출신의 존 랜들John Rendall과 '에이스' 안소니 버크Anthony "Ace" Bourke에게 팔렸다. 처음 한 해 동안은 두 사람과 사자 한 마리 모두 행복한 시간을 보냈다.

하지만 사자가 한 살이 되자, 도시는 거대한 성체 사자가 살 곳이 못 된다는 것이 분명해졌다. 영화 〈야성의 엘자Born Free〉의 스타 빌 트래버스Bill Travers와 버지니아 맥케나Virginia McKenna는 존과 에이스를 찾아갔을 때 크리스티안을 보고는 두 사람에게 조지 애덤슨George Adamson의 도움을 받아 보라고 조언했다.

케냐 출신의 환경운동가이자 아내 조이Joy와 함께 암사자 엘사Elsa를 길러 방생했던 애덤슨은, 크리스티안을 케냐의 코라 국립 보호구역에 방생하여 야생으로 돌려보내기로 했다.

애덤슨이 크리스티안을 야생으로 방생한 지 일 년 후, 에이스와 존은

크리스티안을 만날지도 모른다는 실낱같은 희망을 안고 아프리카에 가기로 결심했다. 만약 크리스티안을 만난다면 그 사자는 두 사람을 기억할까? 아니면 공격할까? 이제 크리스티안은 그곳에서 사자 무리의 우두머리가 되었다고 했다. 얼마든지 위험할 수 있는 상황이었다.

세 사람은 친구를 찾기 위해 초원을 누비고 다녔고, 결국 크리스티안을 찾아냈다. 만남의 순간을 담은 유튜브 비디오는 이제 조회수 6000만을 기록하고 있다.⁹⁾ 나는 에이스와 개인적으로 친구이기도 하며, 단 한 번의 만남이 왜 그의 일생에 그토록 아로새겨졌는지 잘 알고 있다.

영상 속 크리스티안은 그가 이끄는 사자 무리와 함께 있다. 크리스티안은 세 사람을 보더니 마치 고양이가 아무것도 모르는 새를 잡으려는 모양새로 살금살금 천천히 다가왔고, 어느 순간부터는 달려오기 시작했다.

에이스는 이때 자기 심장도 마구 달렸다고 했다. 잠시 후면 일생일대의 만남이 이루어질 수도 있었지만, 그것이 아니라면 한때 친구였던 거대한 성체 사자에게 갈기갈기 찢겨 죽을 수도 있었다.

크리스티안은 마구 달려오더니 뒷발로 서서 두 남자를 마치 잃어버린 형제라도 찾은 듯 껴안았다. 오랜 친구를 만나 너무나 신난 사자가 두 사람을 번갈아가며 온 얼굴을 핥아 대는 모습은 영상에서도 볼 수 있다.

그 순간, 너무나 놀랍게도 크리스티안 무리의 사자들이 두 사람에게 다가오더니 마치 집고양이처럼 두 사람의 다리에 몸을 비볐다. 두 사람은 몸을 숙이고는 지금껏 서로 한 번도 만나 본 적 없는 완전한 야생의 사자를 쓰다듬었다.

애덤슨은 한 발 멀리 떨어져 있었는데, 사자들이 낯선 사람도 받아 줄지 확실하지 않아서였다. 하지만 걱정할 필요가 없었다. 친구의 친구도 환영이었다.

이 영상을 보면 누구든지 미소를 감출 수가 없을 것이다. 대형 고양잇과 동물이 다른 종의 동물을 기억하고 다시 만나 기뻐할 것이라고는 예상하기 힘들었을 것이다. 나아가 이 영상에서처럼, 모든 인간이 동물을 먹거나 적으로 대하지 않고 친구로 대한다면 자연 세계는 이와 같은 모습이지 않을까 생각해 본다.

인간이 야생동물을 구조했을 때, 그 야생동물이 감사 인사를 한다고밖에 볼 수 없는 방식으로 구조자와 계속 얼굴을 보며 지내거나 심지어는 구조자 곁에 눌러앉는 경우도 있다. 악어 포초Pocho와 이 악어의 목숨을 구해 준 남자, 치토Chito의 경우가 바로 그렇다.

코스타리카 시케레스의 가난한 어부였던 치토는 1989년 어느 날 레벤타존강 둑에 누워 있는 악어 한 마리를 발견했다. 악어는 왼쪽 눈 옆에 총을 맞은 채 혼자 무력하게 누워 있었다. 몸집이 큰 악어였지만 무게는 150파운드[약 68킬로그램]도 채 되지 않았고, 천천히 죽어 가고 있었다.

불쌍한 악어를 그대로 지나칠 수 없다고 결심한 치토는 악어를 자기 배에 태우고는 집으로 데려왔다. 이후 육 개월 동안 치토는 아픈 악어의 곁에서 자면서 밥을 챙겨 주었고, 악어는 조금씩 힘을 되찾았다.

훗날 그는 이렇게 회고했다.

"음식만으로는 충분하지 않았어요. 그 악어가 살 의지를 되찾으려면 저의 사랑이 필요했어요."

악어가 끔찍하리만치 무서웠던 치토의 아내는 포초가 떠나지 않으면 자기가 떠난다고 했지만, 치토는 포초를 택했다. 삼 년간의 끈질긴 치료 끝에 포초는 완전히 건강을 되찾았고, 몸무게도 16피트[약 4.9미터]의 몸길이에 걸맞게 1,000파운드[약 450킬로그램]대를 회복했다. 야생으로 돌아갈 준비가 끝난 것이다.

치토는 마지못해 포초를 집 근처 강에 풀어 주고 마지막 인사를 고한 뒤 홀로 집으로 돌아와 잠에 들었다. 그런데 다음 날 아침 일어나 보니 포초가 아무렇지도 않게 치토네 집 베란다에서 자고 있었다. 이때부터 둘은 떼려야 뗄 수 없는 사이가 되었다.

둘은 강에서 같이 헤엄을 치기도 했다. 치토가 강에 뛰어들면 포초는 일단 입을 벌리고 이빨을 드러낸 채 헤엄쳐 오기는 했지만, 뛰어든 사람이 치토인 것을 가까이서 본 다음에는 입을 닫고 여느 때처럼 치토가 뽀뽀해 주기를 기다렸다.

둘은 함께 헤엄치며 노는 '공연'을 관광객들에게 선보이기도 하면서 이십 년을 함께 살았다. 포초는 2011년 자연사했으며, 장례는 국장으

로 치러졌다. [10]

정말 놀라운 이야기다. 악어와 인간 사이의 우정이 관찰된 적은 이전까지 없었다. 모두 불가능할 줄로만 알았다. 악어는 인간을 잡아먹는 몇 안 되는 동물들 중 하나이기 때문이다.

남아프리카공화국의 영화감독이자 포초와 치토에 관한 다큐멘터리를 찍은 로저 호록스Roger Horrocks는 앞서 남아프리카공화국에서 동굴 다이빙을 하다가 동굴 안 악어와 코앞에서 마주친 적이 있었다. 그 악어는 사람들이 찾아와 기쁜 것처럼 보였으며, 거의 웃는 듯한 자신의 모습을 사람들이 찍는 동안 얌전히 기다렸다.

그때부터 호록스는 야생 악어를 '길들일' 수 있는지 궁금해하기 시작했고, 그렇게 포초와 치토의 이야기를 접하고 코스타리카로 가 둘의 모습을 찍었다. 호록스는 그곳에서 본 광경이 얼마나 충격적이고 놀라웠는지를 다큐멘터리에 잘 담아냈다.

치토는 보름달이 뜬 밤이면 물속으로 미끄러지듯 헤엄쳐 들어가며 포초를 불렀다. 호록스는 경악할 수밖에 없었다. 악어는 밤중에 가장 공격적이기로 유명하기 때문이다. 밤은 악어들의 사냥 시간이었다.

생태계 최고의 포식자 중 하나인 악어와 힘없는 먹잇감, 그러니까 비무장 인간을 가르는 장벽을 누가 감히 넘을 수 있다는 말인가? 호록스의 다큐멘터리를 보면, 실제로 그 장벽이 무너지는 모습은 물론이며 이론상으로는 불가능해 보였던 두 이종 간의 친밀감까지 볼 수 있다.

물론 누구든지 악어를 좋아할 수 있고, 나아가서는 악어를 사랑한다며 바보를 자처할 수도 있다. 하지만 거대한 파충류 정점의 포식자에게 사랑을 되돌려받을 수 있다고 믿으려면 도대체 얼마나 바보여야 하겠는가?

이 특별한 다큐멘터리, 〈악어와 헤엄치는 남자The Man Who Swims with Crocodiles〉의 말미에서 호록스는 포초가 있는 물속에 자기가 들어가면 어떤 일이 일어나는지를 보기 위해 자진해서 물속에 들어갔지만, 하마터면 매우 안 좋은 결말로 끝날 뻔했다. 거대한 악어는 결코 안심할 수 없는 보디랭귀지를 선보였고, 치토와의 관계가 다른 인간까지 포함하지는 않음을 분명히 보였다.

포초가 세상을 떠나자 치토는 크게 낙심했다. 당연한 일이었다. 치토는 포초를 정말로 사랑했고 그 사랑을 되돌려받았다고 생각했다.

실로 특별했던 둘의 관계를 보고 있으면, 둘 사이의 사랑이 서로 익숙해서 생겨난 것인지 아니면 익숙함과는 상관없는 다른 이유 때문인지가 궁금해진다. 이에 대해 호록스는, 포초가 죽기 일보 직전에 치토에게 구조되었기 때문에 보통이라면 공격성을 자극했을 뇌의 특정 부위에 변화가 일어났을 것이라는 가설을 내놓았다.

호록스가 경고한 대로, 그리고 내가 들은 바로 야생의 포식동물과 친구가 되었다고 믿었던 수많은 사람이 그 동물에게 공격을 당하거나 심지어는 죽임을 당하면서 환상이 무참히 깨지는 경우도 많았다. 서로 수년을 함께했던 사이라도 마찬가지였다.

당신이라면 상어가 사람에게 아무런 적의도 없어 보인다고 해서 그 상어와 함께 헤엄치겠는가? 나는 그렇게는 못 한다.

안타깝지만 많은 사람이, 물고기와 친해지는 것은 물론이며 그 이외의 어떤 관계도 맺을 수 없는 동물이라고 생각한다. 일전에 《코끼리가 울고 있을 때When Elephants Weep》를 쓰기 위해 자료조사를 하던 도중 UC버클리대학교의 어느 저명한 생물학 교수를 만났던 일이 기억난다.

어류를 연구하던 그 교수는 상상할 수 있는 모든 종류의 물고기들에 대하여 엄청난 지식을 자랑했다. 그는 많은 물고기를 작은 수족관에서 길렀는데, 그것을 본 나는 물고기들이 그토록 좁은 곳에서만 지내느라 지루할 것 같지 않느냐고 물었다.

그러자 그는, 물고기가 좁은 곳을 지루해한다던가 어떤 감정을 느낄 수 있다던가 하는 것 자체가 말도 안 된다며 벌컥 화를 냈다. 벌써 몇 년 전의 일이므로, 그가 훌륭한 교수라면 지금쯤은 생각이 바뀌었으리라고 믿고 싶다.

물고기가 비범할 정도로 다양하고 복잡한 동물이며 조류나 포유류와 자신을 동등하게 여길 수 있을 정도의 정신적, 사회적, 감정적 능력을 가지고 있다는 내용을 담은 조너선 밸컴의 멋진 책, 《물고기는 알고 있다》를 읽었더라면 아마 더더욱 생각이 바뀌었을 것이다. *

나는 이 책에서 밸컴이 소개한 놀라운 이야기를 읽고, 그 주인공인

탈리 오다비아Tali Ovadia에게 연락하여 보다 자세한 이야기를 들려 달라고 부탁했다.

그녀가 나에게 답신으로 보내 온 이야기는 이렇다.

삼 년 전 나는 복어 한 마리를 데려오기 위해 펫 숍에 갔다. 집에는 이미 다른 물고기들이 사는 커뮤니티 수조가 있었지만, 복어는 홀로 지내야 한다는 걸 알고 있었기 때문에 12갤런[약 45.4리터] 크기의 수조도 장만했다.

나의 첫 번째 복어가 된 이 작은 민물고기 파하카 복어는 닥터 수스Dr. Seuss의 만화에 등장하는 캐릭터와 똑 닮은 복어였다. 이 복어의 만화 같은 얼굴이 끌리기도 했고, 내가 그 무지갯빛 눈을 바라볼 때 나에게 마주쳐 오는 시선이 마음에 들었다. 나는 이 복어에게 완전히 사로잡혔고, 그렇게 망고Mango와 나의 관계가 시작되었다.

수년 동안 나의 매력적이고 작은 물고기와 나는 예상을 뛰어넘는 유대를 형성했고, 그 때문에 나는 망고에게 밥을 주기 위해 파티에서 일찍 나오기도 하고, 집을 비울 때면 이웃에게 우리 망고와 함께 있어 달라고 부탁하기도 하고, 말로 다 할 수 없을 만큼 늘 망고를 생각했다. 본질적으로 나는 이 물고기를 그 무엇보다도 사랑했다.

집에 돌아가는 길은 언제나 늘 즐거웠는데, 내가 현관에 들어설 때마다 망고가 자기 수조 앞쪽으로 미친 듯이 헤엄쳐 나와 온몸을 흔들어 댔기 때문이다. 매일매일 우리는 서로의 눈을 약간 지나치다 싶을 정

도로 오래 바라보면서, 그래, 대화했다. '내가 널 보고 있어'가 주된 감
상이었다.

맹세컨대 망고도 나를 보며 웃었다. 그렇게 십일 년이 흘렀고 망고와
나 사이에는 다른 여느 관계처럼 우리만의 일상이 있었다. 나는 지극
정성으로 망고를 돌보았고 망고 없는 삶은 한순간도 생각해 보지 않
았다.

그러다 어느 날, 내가 집에 왔는데도 망고가 헤엄쳐 오지 않았다. 처음
있는 일이었다. 마지막이 시작되었음을 안 나는, 수의사를 집으로 불
러 내가 망고에게 해 줄 만한 일은 없는지 물었다. 그녀는 망고가 이미
수명을 넘기도록 오래 살았고 아마 암에 걸린 것 같다고 말했다. 억장
이 무너졌다.

그때부터 열흘 동안 나는, 다정하고 작은 망고가 이곳에서의 시간이
다할 때까지 힘겹게 싸우다 희미해지는 모습을 지켜보았다. 나는 수
조가 가득 차도록 울면서, 망고와 같은 수조에 있었던 옥으로 만든 부
처상과 함께 망고를 뒤뜰에 묻어 주었다.

아직도 나는 내 작은 물고기와 나 사이의 그토록 깊었던 유대가 놀랍
기만 하고, 아직도 매일 망고가 그립다.

탈리의 이야기에서 그녀가 느꼈다는 감정에 의문을 표할 권리는 그
누구에게도 없다고 생각한다. 하지만 누군가는 물고기 망고가 느꼈다
는 감정에 의구심이 들 수도 있겠다. 나는 의심이 가지는 않지만, 그럼

에도 나는 (얼마나 좋은 환경이든지 상관없이) 사로잡힌 동물의 감정은 완전한 야생동물의 감정을 그대로 비추지는 않는다고 생각한다.

나는 작고한 발 플럼우드Val Plumwood의 이야기에 완전히 마음을 빼앗겨 버렸다. 지난 2008년 숨을 거둔 발 플럼우드는 호주 출신의 에코페미니스트 사상가다. 그녀는 유명한 사건 하나로 전 세계적인 지명도를 얻었지만, 차라리 그 일이 일어나지 않았더라면 좋았을 것이라고 생각했을 것이 분명했다. 이에 관한 자세한 이야기는 나의 전작《짐승》에 실었으니 여기에서는 간단하게만 살펴보자.

호주 다윈 부근의 장엄한 카카두 국립공원을 방문했을 당시(이곳은 이 사건이 있고 몇 달 뒤 영화 〈크로커다일 던디Crocodile Dundee〉의 촬영지로 낙점되기도 했다), 플럼우드는 이스트앨리게이터 관리소에 진을 치고 공원 경비대에게 4미터 길이의 유리섬유 카누를 빌려 이스트앨리게이터강을 탐험하러 나섰다.

어쩌면 그녀는 악어늪Alligator Lagoon이라고 불리는 강의 이름을 듣는 순간 마음을 바꾸는 것이 더 나았을 뻔했다.

빗줄기가 쏟아지는 가운데 급하게 점심이라도 먹을 요량으로 늪 한가운데에 솟아 있는 바위에 카누를 대고 보니, 무언가가 나를 지켜보고

6장 | 인간과 마음을 나누는 야생의 친구들

있는 것만 같은 낯선 감각이 들었다. 물길을 타고 도로 내려온 지 채 5~10분도 되지 않았는데, 굽이를 돌고 보니 올라오는 길에는 본 기억이 없는 나뭇가지 같은 게 강 중류에 떠 있었다. 물살에 떠밀려 가까이 가 보니 나뭇가지에서 눈 한쌍이 튀어나오는 게 보였다.

플럼우드는 머리 위로 드리운 나무를 붙잡았지만, 기어 올라가기도 전에 악어가 앞발로 그녀의 몸을 낚아채고 물속으로 끌어당겼다.
"내 팔다리를 몸에서 찢어 내려는 듯 빠르게 돌면서 부글부글 끓는 어둠 속으로 나를 끌어 내렸고, 터질 것 같은 폐로는 물이 울컥울컥 넘어왔다."
악어는 잠시 그녀를 놓아 주었다 이내 다시 낚아채서는 세 번이나 '죽일 요량으로' 그녀를 굴려 댔고, 그녀는 가까스로 가파른 진흙 둑 위로 도망쳤다. 왼쪽 다리뼈가 드러날 정도로 큰 부상을 입었지만 그녀는 관리소까지 무려 3킬로미터를 기어갔다. 그녀는 한 달 동안 다윈의 병원에서 집중 치료를 받았으며, 이후 상당한 범위의 피부이식을 받았다.
훗날 그녀는 그 당시를 회고하며 다음처럼 깊고 차분한 통찰을 보여 주었다.

내가 써 내려가던 이야기와 그보다 더 큰 이야기들이 모두 찢겨 나갔던 그 순간, 나는 내가 먹잇감에 불과한 충격적이리만치 무심한 세상과 마주할 수 있었다. 믿을 수 없는 마음에 '이런 일이 나한테 왜 일어나, 나는 인간이야. 나는 그냥 먹잇감이 아니라고!' 같은 생각이 끝까지 남기도 했다.

인간이라는 복잡한 존재에서 그저 고깃덩어리로 전락한다는 건 충격적인 경험이었다. 돌이켜 보니 인간뿐만 아니라 다른 모든 동물도 자기가 그저 먹을거리일 뿐만은 아니라고 항변할 수 있겠다는 생각이 들었다. 우리는 식용동물이지만, 그보다 더 많은 것을 할 수 있는 존재라고.

그래서 경비대가 그녀를 공격했던 악어를 찾아내 사살하자고 권했을 때, 그녀는 제안을 거절하면서 악어 또한 그저 자기 할 일을 했을 뿐이라고 말했다. 정말이지 그랬다. 악어는 그저 배가 고팠고, 아무런 악의도 없었을 것이다.

이처럼 섬뜩하지만 교훈적인 이야기를 꺼낸 이유는 플럼우드가 호주에서만 볼 수 있는 완전한 야생동물, 웜뱃과 특별한 우정을 맺은 이야기를 소개하기 위해서였다.

웜뱃은 호주에만 있는 유대목 동물[캥거루 등 주머니에 새끼를 넣어 다니는 동물]로 비버와 오소리의 혼종처럼 생겼다. 호주를 방문한 관광객들은 웜뱃을 거대한 들쥐로 착각하기도 한다. 정말 들쥐 같기는 하지만, 웜뱃의 덩치는 최대 몸길이 4피트[약 1.2미터], 몸무게 100파운드[약 45.4킬로그램]까지 클 수 있다. 이렇게 큰 덩치 덕분에 웜뱃을 잡아먹는 동물들은 많지 않다. 달릴 때에도 시속 25마일[약 40킬로미터]의 속도로 우사인 볼트Usain Bolt보다 빠

6장 | 인간과 마음을 나누는 야생의 친구들

르게 달릴 수 있다.

웜뱃은 인간을 두려워하지 않으며, 호주의 시골길을 따라 운전하다 보면 도로 옆에 한가하게 누워 있는 웜뱃을 흔히 볼 수 있다. 태어날 때에는 몸집이 콩알만 하며, 생후 일 년간을 어미의 주머니 속에서 지내고, 그 이후로는 굴을 파고 어미와 찰싹 붙어 지낸다. 웜뱃의 신진대사는 매우 느린 편인데, 주식인 캥거루풀을 소화하는 데 14일가량이 걸린다.

호주인들은 웜뱃이 다소 멍청하다고 생각하지만, 웜뱃의 대뇌반구는 다른 그 어떤 유대목 동물보다도 상대적으로 큰 편이다. 포획된 웜뱃은 새로운 환경에 꽤 쉽게 적응하며, 금세 집동물이 되고, 심지어 이름을 부르면 오기까지 한다. 그런데 도대체 왜 사람들은 야생동물을 포획해 노예처럼 길들이려 하는 것일까? 나에게 이런 일들은 늘 잘못된 일처럼 보였다.

이제 플럼우드가 '자기' 웜뱃에 대하여 건네는 이야기를 들어 보자.

나의 웜뱃 비루비Birubi는 얼마간 병을 앓은 끝에 1999년 8월 18일 수요일에 세상을 떠났다. 나는 비루비가 너무나 그리웠고, 자꾸만 시야 끝에서 비루비가 찬장 귀퉁이로 숨어들거나 베란다를 가로지르는 환영 (혹은 '귀신')이 보였다.

비루비가 죽은 지 한참이 지난 후에도 달빛 내린 풀밭을 훑어보며 계속해서 비루비의 모습을 찾아보곤 했다. 비루비는 십이 년이 넘는 긴 세월 동안 내 삶의 일부였기 때문에, 더는 비루비가 나를 기다려 주거나 인사해 주지 않으리라는 것을, 이제는 영영 떠났다는 것을 믿을 수가 없었다.

비루비는 부모도 없이 영양실조와 병을 떠안은 채로 야생동물 구조센터를 통해 나에게 왔다. 비루비의 어미는 옴 진드기 때문에 죽었을 가능성이 컸다. 유럽인들이 개를 데리고 들어오면서 함께 들여온 옴 진드기는, 수많은 웜뱃을 고통스럽게 만들고 때 이른 죽음으로 몰아넣곤 했다.

당시 인간 아들을 잃은 지 얼마 되지 않았던 나는 비루비와 강한 유대를 형성했다. 막 우리 집에 왔을 때의 비루비(이 이름은 구조센터에서 비루비를 처음 돌보았던 사람이 붙여 주었는데, 아마 '북'이라는 뜻인 듯했다)는 털이 복슬복슬한 한 살 배기였지만 아직 젖을 떼지 못한 채였다. 비루비는 어미가 죽은 충격에 심하게 시달리는 것처럼 보였고, 보살핌이 절박한 상태였다.

비루비는 어미에게 웜뱃식 가정교육을 꽤 잘 받은 듯했다. 배변은 굴 바깥에서 (이제는 우리 집 밖에서) 봐야 한다는 것과 덤불에 숨어 살아남는 방법도 조금은 어미에게서 배운 것 같았다. 비루비는 우리 집에 온 지 채 하루도 되지 않아 미닫이 유리문을 여는 방법을 터득했고, 원할 때마다 (그러니까 자주) 문을 열고 바깥에 나가 덤불에 숨었다.

자기 세계와 나의 세계를 자유로이 드나들 수 있었던 비루비는 우리 사이의 균형을 적극적으로 조정하고 만들어 나갔으며, 나의 세계에

6장 │ 인간과 마음을 나누는 야생의 친구들

들어온 동시에 웜뱃다움도 전혀 잃지 않았다. 비루비는 자기가 확실하게 아는 사람을 제외하면 대부분의 사람을 경계했고, 집 안이 너무 시끄럽거나 부산스러우면 바깥에 나가곤 했다.

근처 숲속에 굴을 파고 자리를 잡은 비루비는 거의 매일 저녁마다 한 시간쯤 우리 집에 들러 개인적, 정신적 그리고 물질적 지원을 받아 갔다. (비루비가 찾아오면 나는 뿌리채소와 씨앗도 먹는다는 웜뱃의 식성에 걸맞게 당근과 으깬 귀리를 챙겨 주었다.)

첫 한 해 동안 비루비는 어느 날은 바깥에서 자고, 어느 날은 내 침대에서 나와 함께 잤다.

나는 비루비의 마음이 미지의 영역이며 내가 그걸 다 알 수는 없음을 늘 의식하고 있었다. 우리가 그 간극을 넘어 연결되어 있다는 감각은 우리 관계에서 특히 마법 같은 부분이었다. 나는 그 감각이 나와 비루비가 엄마와 아들 같은 관계를 이룰 수 있었던 구심점이라고 생각한다.

비루비는 다른 웜뱃들과 마찬가지로 그리고 개들과는 달리, 사람의 의지로 바꿀 수 없는 탄력적이고 고집 센 동물이었다. 그는 인간의 우위나 인간이 세계의 주인이라는 허세를 인정하지 않았으며, 독립적인 자아가 강했고, 자기의 이익이나 권리를 야무지게 챙겼다.

이처럼 웜뱃은 성격이 완고하고 인간과 자기들을 동등하게 보는 탓에 농부들과 심각한 마찰을 빚었지만, 나는 그게 너무 좋았다. 내 상대가 진짜 타자a real other이며 이 관계에서 나뿐만 아니라 그의 입장까지 따져야 한다는 뜻이기 때문이었다.

개들에게 하는 것처럼 인간의 의지를 주입하기 위해 혼내고 벌주고 훈련시킬 이유가 없었다. 그런 건 아무런 효과도 없을 게 분명한 데다가 우리 관계의 기초를 완전히 위험에 빠뜨릴 수 있었기 때문이었다. 내가 자유롭고 경계심 많으며 본질적으로 야생인 동물과 그토록 친밀하고 풍성하게 알고 지낼 수 있었던 것은, 누군들 믿기 어려울 정도로 특별한 일이었다고 생각한다. 우리의 관계는 야생동물과 집동물, 숲과 집, 비인간과 인간 그리고 자연과 문화를 나누는 경계들을 가로질렀다.

숲속 오솔길을 비루비와 나란히 걸었던 일, 숲속에 사는 웜뱃이 우리 집 벽난로 앞 흔들의자 팔걸이에 앉아 있는 모습을 책상에 앉아 내가 보던 일들은 마치 어린아이의 상상이나 이야기만큼이나 마법 같았다. 비루비에게는 경계선을 넘어설 용기와 자유가 있었다. 우리에게도 그런 게 있을까?

"잘 왔어. 조심해서 가, 비루비야. 우리가 너를 기억할게."

플럼우드는 무엇을 슬퍼하는 것일까? 무엇이든지 그녀가 슬프다면 슬픈 것일 테다. 우리는 이 점을 마음에 깊이 새겨야 한다. 누군가의 슬픔을 가리켜 가짜라고 손가락질하거나 슬퍼할 권리도 없다며 비난할 자격은 누구에게도 없다.

흔치 않은 무언가를 잃으면 슬픈 것이 당연하고, 웜뱃과 그토록 가까웠던 사람은 지구상에 많지 않으니 플럼우드도 아마 그 이유로 슬펐을 것이다. 혹은 그토록 신비하고 아름다웠던 관계가 한때는 존재했지만 지금은 존재하지 않는다는 사실 때문에 슬펐을지도 모르겠다.

어쩌면 많은 사람에게 해당하는 이야기일 수도 있겠다. 우리가 사랑하는 동물이 바로 여기, 우리 곁에서 우리를 알고, 우리를 보고, 우리에게 여러 감정을 품고 살았는데 이제는 우리 곁을 떠나 우리와 함께 있지도 않고, 앞으로 우리를 보거나 우리에게 감정을 품을 수도 없다면.

여기서 잠시 앞의 두 이야기가 어떻게 다른지 생각해 보자. 플럼우드는 악어에게 공격받은 이후로, 우리가 먹이사슬의 완벽한 정점이 아니며 어쩌면 먹이사슬이라는 개념 자체가 잘못되었을 수도 있다는 교훈을 얻었다. 플럼우드는 "그 평행세계에서 나는 갑자기 작은 식용동물이 되었고, 나의 목숨은 쥐새끼의 목숨만큼이나 하찮았다"고 썼다.

악어에게 우리는 고기일 뿐이다. 아마 상어에게도 그럴 것이다. 하지만 우리는 마치 모든 동물이 하나의 화목한 대가족인 것처럼(사실 화목한 대가족도 늘 화목하지는 않다) 인간이 거대한 포식동물과 교류할 수 있다는 판타지를 좋아한다. (나처럼 상당히 좋아하는 사람들도 있다.)

그러니 누군가가 악어나 상어, 회색곰 혹은 대형 고양잇과 동물과 친구가 되었다는 이야기에 매료되는 것이다. 정말로 그런 동물들과 친구가 되는 사람들도 있지만 사실 판타지가 실현되는 경우는 많지 않으며, 판타지에 빠져 있다가 치명적인 실수를 저지르기도 한다.

예를 들어 하마는 인간 '친구'를 배신하고 한 입에 삼켜 버리는 것으로 잘 알려져 있고, 대형 고양잇과 동물들도 마찬가지다. 곰들도 그렇다. 특히 캄차카 반도의 거대한 러시아 곰이라면, 아마 다른 어떤 동물보다도 위험할 수 있다.

지금은 작고한 위대한 캐나다인 찰리 러셀Charlie Russell과 그의 곰들이 생각난다. 2018년 일흔여섯의 나이로 세상을 떠난 찰리 러셀은 독학으로 곰 전문가가 된 사람이었다. 그는 실로 훌륭한 전문가였다. 많은 이들이 그를 세계에서 제일가는 불곰 권위자로 여겼다. 러셀은 러시아 동부 캄차카 반도의 오지에서 회색곰들과 십이 년을 함께 지내며 그들의 행동을 연구하고 그들과 함께 사는 방법을 터득했다.

대부분의 사람은 곰들이 홀로 다니고 성격이 더러우며 위험한 동물이라고 생각한다. 실제로 그럴 수도 있다. 하지만 찰리는 곰들이 "영리하고 사회적인 동물이며 완전히 오해를 받고 있다"고 믿었다. 그리고는 이를 증명하기 위해, 캄차카 반도의 외지고 컴컴한 숲속에 직접 작은 오두막을 짓고 그곳에서 십 년 동안 매년 삼 개월씩 지내면서 조금씩 곰들과 친구가 되어 갔다.

문제는 그가 택한 곳처럼 외진 지역에도 다른 목적으로 곰들에게 관심을 보이는 사람들이 있었다는 점이었다. 이들의 목적인 곰의 쓸개는 아시아의 일부 지역에서 강장제와 약재로 여겨지는 데다가 같은 무게의 금만큼 값어치가 나갔다.

2003년에도 러셀은 캄차카 반도를 찾아갔지만 그곳의 곰 친구들은 이미 이 세상에 없었다. 모두 학살당한 것이다. 쓸개 하나가 경고장처럼 오두막 대문에 못으로 박혀 있었다.

러셀이 곰에 관심을 가지게 된 것은, 저명한 자연주의자였던 아버지가 러셀과 러셀의 형을 캐나다 브리티시컬럼비아주의 프린스로열섬에 데리고 갔을 때였다. 곰들이 세 사람을 보고 놀라 도망가자, 세 사람은 베이스캠프로 돌아가 총을 놓아두고는 다시 곰들을 찾아갔다. 곰들은 이제 그들이 더 이상 위협적이지 않다는 것을 이해하는 것처럼 보였으며, 세 사람이 가까이 다가가도 가만히 내버려 두었다.

이때부터 러셀은 곰이 사람들 생각만큼 공격적이지는 않다고 생각하기 시작했다. 곰들도 그저 자신을 보호하려던 것이다.

러셀은 곰을 연구하기 위해 대학이 아니라 곰들에게 가고 싶다고 아버지께 말했다. 곰들이 연구대상이 아니라 스승이 되어 줄 터였다. 그는 이제껏 인간과 접촉한 적이 없으며 그 덕분에 아직까지 인간을 불신하거나 두려워하지 않는 곰들과 함께하고자 했다. 그가 캄차카 반도로 향한 것도 바로 그 이유 때문이었다.

이곳은 냉전 당시 사람이 살지 않는 군사 보호구역이었으며 민간인들의 출입이 통제되는 곳이었다. 1996년, 러셀은 러시아 정부를 설득하여 (자기가 키트로 만든 비행기를 타고) 숲속으로 날아 들어가 호수 옆에 작은 오두막을 지었다. 곧 곰들도 (호기심에서인지) 오두막 주변에서 놀기 시작했으며, 러셀은 종종 곰들과 함께 숲속을 거닐었다.

러셀은 1990년대 초 브리티시컬럼비아에 위치한 캐나다 유일의 회색곰 보호구역에서 곰 관찰자들을 대상으로 가이드 일을 할 당시 그 어느 때보다도 심오한 경험을 했다.

어느 날, 러셀이 이미 알기도 했고 마우스 크릭 베어Mouse Creek Bear라는 이름까지 붙여 준 암컷 곰 한 마리가 이끼로 뒤덮인 통나무에 걸터앉은 러셀에게 다가왔다. 러셀이 그 회색곰에게 낼 수 있는 가장 차분한 목소리로 말을 걸자, 회색곰은 러셀의 곁에 앉더니 앞발을 뻗어 러셀의 손을 부드럽게 만졌다.

러셀은 곰의 코를 가만히 만지다가, 아무 생각 없이 곰의 입속에 손가락을 밀어 넣고 송곳니를 쓸어 내렸다. 러셀은 "그 곰이 나의 손이나 나를 통째로 먹어 버릴 수도 있었지만, 그렇게 하지 않았다"며 놀라워했다.

러시아에서도 기억에 남는 어느 하루에는, 어느 어미 곰이 새끼 두 마리를 데리고 나타나기도 했다. 자연의 어떤 동물도 어린 새끼와 함께 있는 어미 곰보다 더 위험하지 않다는 속설이 있었기에, 러셀도 조심스럽게 행동했다.

하지만 어미 곰은 그저 먹이를 구하러 다녀올 동안 자기 새끼 두 마리를 봐 줄 사람을 찾아온 것뿐이었다. 러셀이 동물원에서 온 새끼 곰 열 마리(새끼 곰들을 방생했을 때 야생에 다시 적응할 수 있는지를 보는 실험이었으며, 결과는 성공적이었다)에게 어떻게 대했는지를 보고는, 믿을 만한 베이비시터라고 생각한 것이 분명했다.

그러나 러셀의 행보와 글들은 사냥꾼들의 분노를 샀다. 2009년 러셀이 인터뷰에서 밝혔듯, "사냥꾼들로서는 특정 동물이 무섭다고 알려질 수록 그 동물을 죽이고도 용감하다는 소리를 들을 수 있기 때문"이었다. 그의 잘못은 아니었지만, 불행하게도 곰들은 인간을 믿기 시작했으며 그 탓에 사냥꾼들이 찾아와 너무나 손쉽게 곰들을 죽였다.

"곰들이 너무나 간단하게 살해당했다."

러셀은 한탄했다.

"악몽이나 다름없었다."

찰리 러셀은 2018년 세상을 떠났다. 그가 슬픔에 겨워 때 이른 죽음을 맞이한 것이라 해도 놀랍지 않을 것이다. 그가 야생 곰들의 죽음에 어떻게 그토록 깊이 슬퍼할 수 있는지를 이해하는 사람들은 많지 않다. 이와 같은 '감정적 고립' 또한 그의 숨통을 조였을 것이다.

러셀은 앞서 그 누구도 가능하다고 생각하지 못했던 일들을 해냈고, 그 덕분에 우리 중 대부분이 거의 알아보지도 못하는 종류의 사랑을 가슴으로 느낄 줄 알았다. 그가 느꼈던 슬픔은 함께 나눌 이도 없이 외로이 곰들만을 향했던 슬픔이라 더더욱 가슴 아프다.

러셀이 곰들을 사랑하고 곰들에게 벌어진 일들 때문에 마음 아파했을까? 물론 그렇다. 곰들도 그를 사랑했을까? 글쎄, 진실은 알 수 없다는 데 나도 동의한다. 사랑이라고 하기는 어려울 수도 있지만, 확실히 곰들은 러셀에게 의지했다. 그것만으로도 멋진 성과였다.

러셀의 말대로, "모든 사람이 곰을 사납고 공격적인 동물로만 여겼고 기회만 있다면 곰들을 죽이려고 했지만, 나는 곰들이 평화를 사랑하는 동물임을 알 수 있었다."[12]

우리는 최근에서야 주목을 받기 시작한 다소 민감한 질문 하나를 던져볼 수 있다. 사람이 서로 잘 알지는 못하는 동물 때문에 깊은 슬픔을 느끼는 것도 가능할까? 답은 '그렇다'여야만 한다고 생각하는데, 그렇지 않으면 그러한 슬픔을 겪은 수많은 사람을 무시하는 꼴이기 때문이다. (그리고 바로 이것이 우리가 절대 해서는 안 될 일이라고 생각한다. 사실 이 책에서 내가 하고 싶은 가장 중요한 말도 이것이다. 남의 슬픔을 절대로 과소평가하지 말자.)

여기에는 다양한 종류의 예시가 있다. 어떤 사람들은 영상으로만 보고도 눈물을 흘린다. 어떤 사람들은 끔찍한 환경에서 사는 동물들(이를테면 닭, 돼지, 소)을 구조하려 하고, 그들이 어떻게 살 수밖에 없었는지를 보며 눈물을 쏟아 낸다. 이들의 연민과 동정은 다른 동물들의 고통을 눈으로만 보고 (때로는 이야기만 듣고) 생겨난 것이다.

나 또한 트럭에 실려 도살장에 끌려가는 소나 양이 나를 쳐다보는 눈빛을 느껴 본 적이 있다. 어느 순간 그들이 나를 보고 있음을 깨닫는 것이다. 처음에는 나보고 어떻게 좀 해 달라는 뜻인 줄 알았지만, 돌이켜 생각해 보면 그보다 더 심오한 의미가 있었던 듯하다. 그 동물들은 자기들이 아무것도 하지 않는 나를 보고 있다는 것을 나에게 알려 주고 있었다. 너무 냉혹한 말이라는 것도 알고 내 투사에 지나지 않을 수도 있다는 것도 안다. 하지만 나는 무엇 때문인지 그 눈빛이 마음에 걸리고, 그런 트럭이 지나다니는 것이 너무나 싫다.

한 번은 뉴질랜드 남섬에서 산책을 하다가 들판에 풀어놓은 소 떼를 지나쳐 갔는데, 소들이 하던 일을 멈추고 일제히 나를 쳐다보았다. 나는 울타리에 가까이 다가갔고, 소들도 가까이 와 나를 강렬하게 쳐다보았다.

이유는 알 수 없지만, 나는 그 자리에 서 있다는 것이 부끄러웠다. 그들을 기다리는 운명 때문에 마음이 좋지 않았고, 그 운명을 바꾸기 위해 내가 해 줄 수 있는 일이 없어 마음이 아팠다. 쓸데없는 감상이라고 부르고 싶다면 그래도 상관은 없지만, 일상에서 바로 이러한 순간을 경험하고 불편함을 느끼는 사람들은 점점 더 늘어나고 있다.

나처럼 인터넷에서 독특한 이야기를 찾아보기를 즐기는 사람이라면, 아마 인간과 동물이 특별한 우정을 쌓은 경우를 여러 번 보았을 것이다. 이 동물들은 원래대로라면 같은 종의 다른 동물들과 친밀한 관계를 맺을 법했지만, 어떤 이유에서인지 그러한 관계를 맺는 데 실패하고는 인간에게 다가오는 경우도 종종 있는 것처럼 보인다.

'대신'이라는 말을 덧붙이고 싶지만, 대신이 아닐지도 모르겠다. 어떤 동물들은 그저 우리가 좋아서 우리를 택하는 것일지도 모른다.

캘리포니아 밸리 지역에서 살았던 열 살 무렵, 나는 새끼 오리 네 마리의 '엄마'가 된 적이 있다. 나는 매일 학교에 갈 때마다 오리들이 따라

들어오지 못하게 막아야 했다. 나를 따라온 오리들은 수업이 끝날 때까지 학교 근처 공원에서 놀다가, 내가 나오면 (오리들이 좋아하는) 커다란 정원과 수영장이 있는 우리 집으로 다 같이 걸어 돌아오곤 했다.

나는 그 오리들이 정말 좋았다. 오리들은 분명 나에게 애착을 느꼈지만, 아마 그 유명한 '각인' 때문이었으리라고 생각한다. 왜였는지 더 이상 기억은 나지 않지만, 나는 오리들이 알을 깨고 나와 가장 처음으로 만난 생명체였으며 때문에 자연스럽게 나를 엄마라고 여기게 된 것이다.

때로는 야생의 새가 설명할 수 없는 이유로 인간과 친구가 될 때도 있다. 공원에 자주 오는 은퇴 노인과 가장 친한 친구가 된 야생 거위 한 마리가 바로 그런 경우다. 이 거위는 매일 노인이 산책할 때마다 그를 따라다녔고, 노인이 베스파스쿠터를 타고 집에 갈 때면 따라오지 못하게 말려야만 했다.

영상에서도 볼 수 있듯이 때로는 거위가 고집을 피우며 노인의 스쿠터를 따라 날아오는 날도 있었다. 이야기의 마지막은 알려지지 않았지만, 만약 둘이 헤어지게 된다면 노인이 슬픔에 빠지리라는 것은 장담할 수 있다. 마찬가지로 그가 거위보다 먼저 죽게 된다면 그때의 슬픔은 거위의 몫일 것이다.[15]

조금 더 나아가면 우연히 숲이나 정글 근처에 살게 되었다가 그곳의 동물들이 사람을 알아보고 찾아와 함께 지내고 싶어 하는 경우도 있다. 그 사람들은 자기가 선택받았다는 것을 영광으로 여길 것이 분명하다.

"내가 특별한 것을 저 동물도 알아봐 준 거야!"

사실을 짚어 보자. 거의 모든 사람은 자기가 야생동물과 좋은 친구가 될 수도 있다는 환상을 가지고 있지만, 이와 같은 환상을 가진 야생동물은 아마 없을 것이다.

아이들이라면 모두 야생동물, 그것도 강한 야생동물과 친구가 되는 환상을 가지고 있다. (《정글북The Jungle Book》만 보아도 그렇다.) 내 생각으로는 야생동물과의 우정에는 끝이 기다린다는 것, 그리고 그 끝에는 슬픔과 눈물이 따르리라는 것도 환상에 포함되는 듯하다.

우리와 야생동물은 이종 간의 경계를 절대로 완전히 넘을 수 없고, 우리와 야생동물의 관계는 대부분 나쁘게 끝난다. 아이들도 그것을 느끼며, 바로 그렇기 때문에 개 혹은 고양이와 강력한 유대를 형성한다. 개와 고양이도 결국은 야생의 사촌들에게서 떨어져 나왔기 때문이다. 아이들은 고양이 또는 개와 그 누구보다도 가까운 관계를 맺는다.

이제 어쩌면 미신일지도 모르는 이야기를 해 보자. 나는 이렇게 해석해 보고 싶다. 우리는 우리가 이해하지 못하는 것이 많다는 사실을 어떻게든지 인정하게 되어 있다. 때때로 나는 오십 년, 백 년 후의 사람들이 지금을 되돌아본다면 어떤 것이 제일 바보 같았다고 생각할지를 청중들에게 물어본다. 분명 그중 하나는 식물에 관한 일들일 것이다.

몇 년 전만 하더라도 나무에게 의식이 있다고 한다면 모두가 비웃었겠지만(1973년 피터 톰킨스Peter Tompkins와 크리스토퍼 버드Christopher Bird가 쓴 유치하지만 재미있는 책,《식물들의 이중생활The Secret Life of Plants》은 예외다), 지금은 그 개념이 꽃을 피우고 있다. 1995년 데이비드 아텐버러David Attenborough가 제작한 BBC 다큐멘터리 시리즈〈식물들의 사생활The Private Life of Plants〉덕분에 사람들이 보다 예민해졌을 수도 있다.

이 훌륭한 다큐멘터리의 말미에는 다음과 같은 명언이 등장한다.

우리 인간이라는 종은 지구상에 발을 내딛은 이후로 식물들을 베어 내고, 파내고, 태우고, 독살해 왔으며 오늘날에는 그 어느 때보다도 대규모로 그렇게 하고 있다. (중략) 우리는 식물을 파괴하면서 스스로의 목을 조르고 있다. 인간은 물론 다른 어떤 동물들도 식물 없이는 살아남을 수 없다. 우리가 물려받은 초록을 약탈하는 대신 소중히 여겨야 할 때가 왔다. 그리하지 않는다면 우리는 마지막을 고해야 할 것이다.

그 다음에는 내가 앞서도 언급한 너무나 유명한 책, 《나무 수업》이 있었다. 문외한인 독자라면 이 책을 통해 나무들이 자기들끼리 얼마나 많이 소통하는지, 그리고 나무들의 삶이 실제로 얼마나 정교한지를 알 수 있을 것이다.

이 이야기를 꺼낸 이유는 따로 있다. 나는 식물이 죽는 것이 너무 싫지만 왜 그렇게 싫은지 설명할 수가 없었는데, 이처럼 식물의 감성과 반응성에 대한 새로운 이해가 도움이 될 것 같기 때문이다.

나는 떠나간 식물들을 그리워한다. 내가 물을 주고 보살피고 식물들의 삶을 순탄하게 만들어 주었다는 사실을 식물들이 알 가능성도 없지는 않다. 확실히 내 삶은 식물들 덕분에 순탄해졌다. 초록 식물들에 둘러싸여 있는 것이 좋기 때문이다. 사실 누구라도 그렇다.

요즘에는 병원들도 환자 주변에 초록 식물이 많거나 창밖으로 초록빛 풍경을 볼 수 있을 때보다 경과가 좋다는 것을 알아차리고 있다.

어릴 적 나는 새들을 '가지고' 있었다. 가진다는 단어를 강조한 이유는 그 단어가 적절한 것 같기 때문이다. 사실 새들은 사람이 가질 만한 동물이 아니라, 자연의 섭리대로 자유롭게 날아다니고 짝을 만나며 자기 인생을 살아야 하는 동물이다.

그럼에도 우리가 기르는 새들과 매우 강한 유대를 형성하며 그 관계가 양방향인 듯 보일 수 있다는 데에는 의심할 여지가 없다. 많은 조류가 평생 한 마리의 짝과 함께 살아가는데(새들의 결혼은 인간의 결혼과 이혼율에서 큰 차이가 난다), 적당한 조류 짝을 찾을 수 없는 환경이라면 그 유대를 우리와 쌓는 수밖에 없기 때문이다. 실제로도 그렇게 한다.

어릴 적 나는 '내' 새들과 그러한 유대를 맺었고, 얼마 전에는 새들과의 유대가 얼마나 깊을 수 있는지를 연구한 놀라운 책을 보고 그때의 기억을 되살릴 수 있었다. 내가 말하는 책은 로린 린드너Lorin Lindner 박사의 《같은 깃털의 새들: 동물들의 치유력과 희망에 관한 실화Birds of a Feather: A True Story of Hope and the Healing Power of Animals》이다.

참전 용사와 외상후스트레스장애(PTSD) 증후군을 전문적으로 다루는 트라우마 전문 심리학자, 린드너 박사는 로스앤젤레스 서부 참전 용사 관리국 의료센터의 387에이커[약 47만 평] 부지에 정신적 외상을 겪는 참전 용사와 앵무새들을 위한 세레니티 공원을 건립했다.

이 공원은 현재 늑대, 늑대개, 코요테, 말, 앵무새 등의 동물들을 위한 록우드 동물 구조센터로 옮겨졌다. 이곳의 앵무새들은 전 '주인'들이 '파양'하거나 관리 당국이 방치와 학대로부터 구조한 새들이었다.

나 역시 린드너 박사의 보호소를 여러 차례 방문한 적이 있는데, 그녀에게는 앵무새들과 친해지는 데 천부적인 재능이 있었다. 나는 박사에게 편지를 써 앵무새들의 죽음이 그녀에게 어떤 영향을 미쳤는지를 말해 달라고 부탁했고, 그녀는 답신으로 다른 어떤 글보다도 앵무새를 잃은 고통이 절절하게 담긴 글을 보내 주었다.

잠시 맡겨 둔 나의 몰루칸 앵무새 두 마리, 새미Sammy와 망고Mango를 집에 데려오기 며칠 전, 새들을 보살펴 주던 관리인이 나에게 허겁지겁 전화를 걸어왔다. 망고가 땅에 쓰러져 피를 쏟고 있다고 했다.

정신적 충격을 받을 때면 해리 증세가 나타날 수 있다. 모든 것이 초현실적으로 느껴지는 것이다. 몸에서 천천히 빠져나가는 감각, 혹은 아예 몸 밖으로 나가 자신의 움직임을 머리 위에서 내려다보는 감각을 보고하는 사람들도 있다.

나는 어떻게 망고를 데리러 갔는지 기억이 나질 않는다. 친구가 차를 몰았고, 나는 보호소에 도착한 순간부터 망고를 데리고 동물병원에 도착한 순간까지 계속 망고를 품에 안고 있었다. 망고는 숨 쉬기가 힘들어 보였고, 두 눈을 천천히 깜빡였다. 피가 너무 많이 나서 상처가 어디인지 보이지도 않았다. 망고의 눈빛은 희뿌옇고 멍했다.

그날은 노동절 주말이었기 때문에 평소 가던 조류 전문 동물병원도 문을 닫은 채였다. 나는 24시간 동물병원에 망고를 데려간 뒤 밤새 망고와 함께 있었다.

수의사가 망고의 상처에 붕대를 감아 지혈하고 수액을 놓아 주었다. 피가 멎으니 망고도 한결 평소의 망고처럼 보였다. 망고는 잠에 들었고, 나는 망고가 숨을 쉬는지 확인하려고 얼굴을 가까이 댔다. 망고의 가슴이 오르내리는 게 보였다.

"제발, 조금만 버텨 줘."

잠에서 깨어난 망고가 가까스로 나에게 시선을 맞춰 왔다. 호흡은 거칠었지만 일정했고, 상태도 훨씬 나아 보였다. 나는 바로 옆의 24시간 식당으로 달려가 망고가 제일 좋아하는 군고구마를 샀다. 망고는 고구마를 몇 입 받아먹었다. 어쩌면 살 수 있겠다고 생각했다. 망고는 작지만 터프한 아이였으니까.

망고는 오래 깨어 있지 못했다. 망고가 잠들 때마다 나는 제발 다시 깨어나 달라고 조용히 기도를 올렸다. 하지만 아침이 밝을 무렵 망고는 결국 숨을 거뒀다. 작은 몸이 요동치더니 그렇게 떠나 버렸다. 당직을 서던 수의사는 망고가 너무 심한 외상을 입었다고 했다.

망고를 공격한 건 너구리였다. 너구리들은 영리해서, 새들을 지켜보고는 새장의 철망을 잡아 흔들면 새들이 날아오르거나 바닥에 내려앉는다는 걸 알았다. 새들이 다시 횟대까지 걸어가면 너구리는 철망 사이로 손을 집어넣어 새들의 발목을 잡을 수 있었다. 앵무새들은 횟대까지 곧장 날아가는 식으로 너구리들을 피하곤 했다.

망고는 날지 않았던 게 분명했다. 대신 새장 벽을 기어오른 것 같았다. 어쩌면 너구리가 신기해서 그랬을지도 모른다. 망고는 늘 다른 이들에게 호기심이 많았다. 어쩌면 "안녕!" 하고 마지막 인사를 건넸을지도 모른다.

망고가 이렇게 죽을 수는 없었다. 망고가 없는데, 캘리포니아의 아침은 어떻게 평소와 똑같이 화창한 걸까? 그때까지도 나는 망고의 피가 물든 셔츠를 입고 있었다. 몸이 덜덜 떨렸는데, 피곤해서였는지 슬퍼서였는지 모르겠다.

나는 망고를 사랑했다. 망고는, 나는 물론 주변 모든 사람을 웃게 만드는 새였다. 애정과 연민 그리고 충성심으로 가득한 새였다. 그전 주말에 망고를 로스앤젤레스로 데려오지 않은 걸 후회했다. 하지만 무엇을 후회하든 소용없는 일이었다.

나는 그저 울었고, 오랜 시간을 잠으로 보냈다. 때로는 허공을 바라보면서 내가 바꿀 수 있었던 일들에 대해 생각했다. 때로는 완전히 짓눌리는 기분이 들었고, 주변 세상과 동떨어진 느낌도 들었다. 내 작은 망고가 더는 없기에.

앵무새를 잃은 게 다가 아니었다. 돌이켜 보면 그랬다.

심리학자인 나는 하나의 상실이 과거의 다른 상실까지 불러일으킨단 걸 안다. 눈덩이가 비탈길을 굴러 내려가면서 크기와 속도를 더해 가 듯, 고통도 점점 커진다. 내가 느끼는 깊은 슬픔 중 일부는 내가 지나 온 언젠가 떠나보냈으나 충분히 슬퍼하지 못했던 다른 누군가를 위한 슬픔이라는 걸 안다.

나는 고통을 묻어 버리려 애썼다. 부정은 당장 도움이 되는 것처럼 보 일 수 있지만, 외상후스트레스 분야에서 가장 선도적인 연구원 중 하 나인 베셀 반 데어 콜크Bessel van der Kolk의 말처럼, "우리의 몸은 전적을 기억한다." 슬픔은 늘 우리 몸과 마음 어디에인가 남아 있다.

내가 지금 이 이야기를 써 내려갈 수 있는 이유는 상실을 이겨 낼 좋은 기회가 있었던 덕분이다. 나는 어머니가 그리웠다. 엄마가 아프지 않 았더라면 어린 시절이 좀 더 행복하고 좋았을 것 같다는 생각을 했다. 지금껏 살아오면서 떠나보낸 친구들도 그리웠다. 혼자만 남겨진 것 같았다. 망고의 죽음을 계기로 나는 나 자신을 깊이 되돌아볼 수 있었 고, 나 자신과 너구리들 그리고 당장의 슬픔을 잊고자 비난하려 했던 모든 것을 용서할 수 있었다.

나는 아직도 매일 망고를 생각하지만, 그를 잃은 고통을 없애 준다 하 더라도 절대 그를 모르던 때로 돌아가지는 않을 것이다. 내 심장 한구 석에는 더 이상 햇볕이 닿지 않지만, 그렇다고 내가 앞으로 사랑할 기 회를 붙잡지 않으리라는 뜻은 아니다.

망고를 떠올리면 칼릴 지브란Kahlil Gibran의 말도 함께 떠오른다.

"울적한 기분이 들 때 마음을 들여다본다면, 사실 기쁨이었던 무언가를 위해 눈물짓는 자신이 보일 것이다."

아직까지도 마음에 걸리는 게 있다면, 그때 새미 또한 놀랐을 게 분명하다는 점이다. 나는 망고가 공격받는 모습을 새미가 목격했다는 생각에 괴로웠다. 망고와 새미가 짝짓기를 하지는 않아서, 새미가 너무 슬퍼할 필요는 없단 게 그나마 다행으로 느껴졌다. 둘은 친구였을 뿐이다.

이른 아침 망고가 세상을 떠나자 나는 차를 몰고 보호소로 돌아가 새미를 집으로 데려왔다. 새미는 이리저리 뛰어다니며 동요한 모습을 보였지만 며칠이 지나자 곧 차분해졌다. 슬픔에 깊이 빠지지는 않는 것 같았다. 반면 나는 몇 주 동안 눈물로 밤을 지새웠고, 오래도록 새미를 곁에 두고 망고와 똑같은 깃털을 쓰다듬는 것으로 위안을 얻었다.

이후로도 나는 망고 때문에 슬퍼했고, 그 사랑스러운 새가 자기를 쓰다듬어 달라거나 제일 좋아하는 먹이를 달라며 애교를 부리는 모습을 그리워했다. 새미와 망고는 그때나 지금이나 나의 가족이고, 새미와 가까이 있고 싶었다.

그렇게 망고는 칠 년 동안 우리와 함께 살다 갔다.

남편 매트Matt와 당일치기 여행을 다녀온 어느 날 저녁, 집에 들어갔는데 새미가 바닥에 서 있었다. 좋은 징조는 아니었다. 나무에 사는 새들은 땅에서 시간을 보내는 일이 거의 없는데, 땅에는 포식자가 너무 많기 때문이다.

매트와 나는 서로를 쳐다보고는 말 한마디 없이 새미를 담요로 감싸 안고 다시 차에 탄 뒤 산을 넘어 믿을 만한 조류 수의사를 찾아갔다. 차를 타고 달리는 동안, 나는 피투성이에 의식도 희미한 망고를 24시간 동물병원에 데려갔던 끔찍한 밤을 떠올렸다.

이번에는 상황이 달랐다. 나의 든든한 지원군 남편이 수의사에게 전화를 걸어 언제쯤 도착할지를 알리면서 새미를 진찰할 준비해 달라고 부탁했다. 그럼에도 나는 전과 똑같은 무력감을 느꼈고, 새미를 위해 내가 해 줄 수 있는 게 있기만을 빌었다.

동물병원에 도착했을 때는 이미 자정이었다. 나는 차분한 목소리로 새미에게 말을 건넸지만 왜인지 새미가 너무나 멀게만 느껴졌다. 새미는 눈을 맞춰 오지도 않고 허공만 바라보았지만 초점은 어디에도 없었다. 우리는 밤새 그곳에 앉아 새미를 깨워 두려 애썼다.

"힘내, 아가, 조금만 버텨."

하지만 수의사가 새미에게 해 줄 수 있는 일은 많지 않았다. 새미는 눈을 감고 있었고 호흡도 얕았다. 나는 새미의 가슴이 오르내리는 데 온 신경을 집중했다. 순간 새미가 눈을 뜨더니 나에게 시선을 맞춰 왔다. 그리고는 부리로 새장 귀퉁이를 물더니 작은 발을 새장 바깥으로 내밀었다. 나는 새미의 발가락을 잡았고, 새미도 내 손가락을 감싸더니 꽉 쥐었다.

새미가 버텨 주기만 한다면 나는 얼마든지 그곳에 서 있을 수 있었다. 마치 새미와 심장박동을 공유하는 것 같은 느낌이었다. 새미의 발가락이 툭 떨어지자 내 심장도 잠시 멈췄고, 내 숨도 가빠 왔다.

그렇게 새미는 삶을 놓았고, 나도 그걸 알 수 있었다. 내내 바로 곁에 서 있던 매트가 내 어깨를 감싸 안았다. 견뎌 내야 할 게 너무도 많아 보였지만, 이번에는 고통을 나눌 사람이 있어 고마웠다.

수의사는 납 중독이라는 진단을 내렸다. 새미의 병은 다행히도 급성이었지만, 납은 지난 몇 주에 걸쳐 새미의 체내에 쌓였을 터였다. 우리는 새미에게 자연식을 먹였고, 새미 근처에서 강한 화학물질을 사용하지도 않았으며, 장난감도 안전한 것으로만 줬다.

무엇이 독이 되었던 걸까? 새미의 방 천장 가까이에 오래된 캐비닛이 딱 하나 있었다. 거기에 납 페인트가 쓰였을지도 모른다. 하지만 새미는 절대 날지 않았다. 어떻게 거기까지 올라갔단 걸까?

새미가 내 잘못으로 죽은 것만 같았다. 새미는 내가 하는 일에 다른 그 누구보다도 큰 영감을 준 새였다. 새미 같은 앵무새는 또 본 적이 없었다. 누군가에게 내 삶의 그토록 큰 부분을 쏟아 본 적도 없었다.

우리는 이십팔 년을 함께했다. 나는 사랑하는 이를 잃는 게 왜 그토록 슬픈 일인지 알 것 같았다. 우리가 정말 그들에게 영혼과 마음을 쏟았기 때문이고, 그들을 잃을 때 우리의 일부도 조금 잃어버리기 때문이다.

하지만 이번에는 조금이 아닌 것 같았다. 새미가 떠나면서 나는 내 안의 너무나 많은 것을 잃었고 앞으로도 되찾지는 못할 것 같았다.

새미가 다른 이의 영혼을 치유하는 데 대부분의 앵무새보다, 심지어
는 사람보다 더 많은 도움을 주었다는 사실이 그나마 위안이 되었다.
새미가 내 인생에 들어와 주었다는 게 늘 고맙다.

나는 새미를 삼십 년 가까이 사랑했다. 그 모든 세월이 흐르기 전, 매
물로 나온 비벌리힐스의 텅 빈 집 안에 홀로 남겨져 마음 찢어지도록
울고 있었던 새미가 아직도 가끔 생각이 난다. 그 울음소리 덕분에 새
미를 구조할 수 있었지만, 덕분에 나도 구원받았다.

아직도 텅 빈 거리에서는 새미의 울음소리가 메아리처럼 들린다. 새
미가 나에게 전하는 외침이라 생각하고 싶다. 그리고 나 또한 그 외침
에 답했다고 생각하려 한다.

여기 야생동물의 죽음에 관한 가장 아름다운 이야기 중 하나도 소개
한다. 저명한 고래 연구가 토니 프로호프Toni Frohoff가 나에게 들려준 이
이야기는 범고래와 사랑에 빠진 태평양 북서부 해안 사람들을 비롯한
수많은 이들(물론 나도 포함된다)의 마음을 울린다.

객관성. 과학은 당신에게 객관성을 요구한다. 하지만 당신의 연구 '대
상'이 다른 사람(인간이든지 범고래든지)이라면 머리는 쉽게 가슴을 따라
갈 수 있다.

연구를 할 때는 절대 머리와 가슴이 만나서는 안 된다고들 한다. 하지
만 아무리 감추려 애를 쓴들 과학자도 인간에 지나지 않으며, 머리와

가슴 둘 모두를 가지고 있단 걸 우리는 부정할 수 없다. 이 점을 인정하고 활용한다면 우리는 인간이라는 동물로서의 전체성, 나아가 연구자로서의 전체성을 기를 수 있을 것이다.

범고래 루나Luna는 너무나 독특한 방식으로 브리티시컬럼비아 인간 공동체에 들어왔다. 루나는 우리가 알던 범고래와는 전혀 다른 모습을 수없이 보여 주었는데, 주변 비이주성 범고래 공동체에 속한 각각의 고래들이 얼마나 알려져 있었는지를 생각해 본다면 꽤 대단한 일이었다.

루나는 아직 새끼였던 1999년 북태평양 남공동체의 다른 범고래들과 함께 처음으로 관찰되었다. 2001년 루나가 '실종'되었으며 죽은 것으로 사료된다는 보고가 있었지만, 이후 누구도 예상치 못했던 곳에서 (그것도 혼자서) 발견되었다. 캐나다 밴쿠버 섬의 다소 외진 피오르드, 누트카 해협에서였다.

루나가 어떻게 누트카 해협의 인간 공동체를 찾아왔는지는 여전히 수수께끼로 남아 있다. '영아'에 불과했던 루나가 어떻게 혼자서 살아남았는지도 의문이었다.

루나가 속해 있던 범고래 무리는 평생 모태 소속집단을 벗어나지 않는 고래들이었으며, 이들 무리가 누트카 해협에 들어왔다는 관측도 없었다. 이 범고들의 가족 응집력은 가족관계가 가장 끈끈한 문화의 사람들과 견줄 만한 수준이었다.

상당히 외진 그 해안가 마을에 막 도착했을 당시, 루나는 그곳에서 살고 일하며 놀던 사람들과 유대와 우정을 쌓고 싶어 안달이 나 있었으며 거의 절박해 보일 지경이었다.

처음에는 이곳 주민들도 놀자고 찾아오는 루나가 신기하고, 놀랍고, 재미있다고 생각해 주었다. 주민들은 조금씩 루나를 쓰다듬거나 나뭇가지 혹은 다른 물체를 가지고 루나와 놀기 시작했다.

루나는 분명 바닷가에서 살며 일하는 사람들과 관계를 맺어 원래의 범고래 무리를 '대신해 줄' 집단을 형성하려는 것처럼 보였다. 루나는 사람이 눈에 띄기만 하면 어떻게든 같이 놀려고 했다.

거대하고 상냥하며 때로는 허당 같았던 루나는, 마치 바다의 고양이처럼 사람들뿐만 아니라 크고 작은 배들과 선외 모터, 심지어는 물고기를 잡는 어구도 가지고 놀려고 했다.

친근한 범고래가 기이하게 구는 와중에도 할 일을 해야 했던 (혹은 사업을 계속하려던) 어부를 비롯한 많은 사람이 루나의 행동에 짜증을 내기 시작했다. 누군가에게는 죽기 전에 꼭 경험해 보고 싶은 동화 같은 일이 누군가에게는 생계를 위협하는 저주처럼 느껴진 것이다. 심지어는 루나를 해치려 드는 사람들도 있었다.

이곳 바닷가 마을에서 살며 일하는 사람들 중에는 누트카 해협이 고향인 오스트레일리아 원주민 모와차트(무차라트)족이 있었다. 이들은 자신들의 영적 전통과 관련하여 루나의 존재에 사뭇 다른 문화적 의의를 부여했다.

캐나다 수산해양부(DFO)는 원주민들과 머리를 맞대고 루나를 '어떻게 할' 것인지를 의논했지만 서로 다른 의견을 내놓았다. 원래 무리로 돌려보내야 할까? 여기 머물게 두어야 할까? 친구가 되어야 할까? 아니면 무시해야 할까? 이들은 합의에 이르지 못하고 갈등을 빚었다.

모와차트족 어업부는 루나를 둘러싼 논의에 관하여 나에게 조력과 조언을 요청해 왔다. 루나는 과학자들의 말 그대로 '독립적이고 사교적인 고래목 동물' 중 하나였다. 이처럼 독특한 행동을 보이는 돌고래 및 고래 개체에 대한 선행 연구는 많지 않았지만, 이들을 연구하고 보호하는 것이 나의 전문 분야였다.[14]

당시만 하더라도 이처럼 독특한 고래목 개체가 보고된 경우는 대부분 큰돌고래와 흰돌고래였다. 안타깝지만 이들 돌고래 혹은 고래가 사람들과 '어울리려' 하고 인간 공동체의 일원이 되고자 애쓸수록, 이들을 좋아하는 사람들이 얼마나 많든 상관없이 그들을 쫓아내거나 더한 짓을 하려는 사람들도 꼭 한 명씩은 있기 마련이었다.

나는 나의 추천으로 구성된 저명한 고래 및 고래목 전문가 협의단과 함께 누트카 해협에 도착했다. 우리는 최선을 가정할지라도 가장 노련하고 선한 사람들조차 루나에게 필요한 정도의 사회적 유대를 안겨주지는 못한다는 데 동의했다.

우리 협의단이 여러 제안을 내놓았고, 탄원서가 여러 차례 돌았으며, 대중들도 (심지어 어린 학생들까지) '루나를 구해달라'고 간청하는 편지를 어업부에 보냈다. 우리는 누트카 해협에서 돌아오기는 했으나 여전히 루나를 돕고 싶다는 간절한 열망과 함께 루나 소식에 귀를 기울이며 지냈다.

나는 저명한 고래 연구자 켄 밸컴Ken Balcomb과 함께 루나를 원래의 범고래 무리로 데려다주자는 제안서를 캐나다 수산해양부에 보냈다. 하지만 몇 달 동안 처박힌 우리의 제안서에는 먼지만 쌓여갔고, 그동안 루나는 홀로 기다렸다. 인간의 정치적 안건들이 우선시되는 동안, 우리의 도움이 절실한 죄 없는 어린 고래의 아름다움과 비애는 무참히 짓밟혔다.

이로부터 몇 달 후, 나는 낙원 같은 하와이 바다 위 탐사선에서 전화 한 통을 받았다. 전화를 받아들자 친구가 소식을 전해 주었다.

"기자들이나 모르는 사람한테 먼저 들을까 봐 전화했는데… 루나가 죽었어."

놀랍지도 않았지만, 그럼에도 배를 한 방 맞은 기분이 들었다. 나는 루나가 그나마 고통 없이 빠르게 죽었는지를 알고 싶었고, 다행히도 그렇다는 말을 들었다.

루나는 대형 선박의 프로펠러에 너무 가까이 다가갔다가 사고로 죽었다고 했다. 하지만 인간의 고의로 일어난 일이 아니라 하더라도, 루나의 때 이른 피투성이 죽음은 이종의 동물들이 우리에게 가져다준 엄청난 신비와 기회 앞에서 인도적으로 정당하게, 그리고 적절하게 반응하지 못한 인간의 완전하고 중대한 무능력을 보여 주는 지표였다.

생전에서든 때 이른 죽음을 맞이해서든 (중략) 루나가 잃어버린 모든

것을 애도한다. 나아가 지구를 계속해서 파괴하는 우리와 같은 행성
에 발 디딘 다른 모든 종의 거대한 상실을 애도한다.

지금까지 우리는 다양한 모습과 크기의 반려동물이나 일종의 관계
를 형성한 야생동물을 위해 슬퍼하는 사람들을 만나 보았다. 동물들끼
리는 어떨까. 동물들도 서로를 위해 슬퍼할까? 의심의 여지없이 그렇
다고 생각한다.

약 이십오 년 전 《코끼리가 울고 있을 때》를 집필할 때만 하더라도
그렇게 생각하는 사람은 많지 않았다. 하지만 이제는 보수적인 동물행
동전문가를 비롯한 많은 이들이 그렇게 생각하리라고 믿는다.

우리는 여기서 한 발 더 나아갈 수 있을까? 만약 코끼리가 다른 코
끼리의 죽음을 슬퍼할 수 있다면, 인간의 죽음도 슬퍼해 주지 않을까?
《앨리펀트 위스퍼러The Elephant Whisperer》를 쓴 고 앤서니 로런스Anthony Lawrence의 경우를 생각해 보자.

로런스가 2012년 예순하나의 나이에 심장마비로 세상을 떠나자, 남
아프리카공화국 콰줄루에 그가 세운 5,000에이커[약 612만 평] 넓이의 사냥
금지구역 툴라툴라에서는 두 떼로 나뉜 총 31마리의 코끼리가 일 년
반 전에나 와 보았던 로런스의 집까지 112마일[약 180킬로미터]을 걸어와 집
앞에서 이틀 밤낮을 먹지도 않고 서 있었다.

세상을 떠난 친구에게 조의를 표하며 슬퍼하는 것이 분명했다. 코끼
리들이 정말 그랬다는 것을 의심할 수는 없다고 생각한다. 로런스는

수년 전 이 코끼리들의 목숨을 구했다. 로런스는 총 열 마리의 '불량배' 코끼리 떼(암컷 3마리, 어린 코끼리 3마리, 수컷 2마리, 갓난 새끼 2마리)를 사냥 금지 구역으로 데려가지 않으면 모두 쏘아 죽이겠다는 말을 들었다.

제안을 수락한 로런스는 코끼리들이 자신을 믿어 줄 때까지 인고의 시간을 들여 차분히 코끼리들을 관찰했다. 결국 코끼리들은 로런스를 믿기 시작했고, 그렇게 로런스는 '엘리펀트 위스퍼러Elephant Whisperer'라 불리게 되었다.

마지막으로, 우리가 길렀던 쥐 두 마리, 키아Kia와 오라Ora의 이야기로 마무리하고 싶다. 이 쥐들에게 이름이 있는 이유는 이들이 우리 쥐, 애완 쥐 혹은 가족 쥐였기 때문이다.

뉴질랜드의 어느 실험실에서 구조해 온 키아와 오라는 우리 가족의 친구로서 우리와 함께 살았다. 그래, 나도 안다. 쥐와 우정을 관련짓지 못하는 사람들도 있지만, 당시 어렸던 우리 아들들은 이 쥐들을 미친 듯이 좋아했으며, 어디든지 데리고 다녔고, 심지어는 학교에 데리고 갈 때도 있었다.

우리는 쥐들이 얼마나 다정할 수 있는지 깨달았다. 밤중에 쥐들을 집 안에 풀어 주고 자면 아침이 밝았을 때 우리 발치에 바싹 붙어 자는 쥐들을 볼 수 있었다. 쥐들은 우리와 노는 것을 좋아했고, 섬세한 수염을 살살 당겨 주면 특히나 좋아하는 것 같았다.

집쥐들은 대개 이 년을 넘기지 못하지만, 두 마리 모두 이 년 반까지 살았다. 이들이 세상을 떠나자 우리 가족 모두 크게 슬퍼했지만, 특히 두 아들이 매우 심란해했다. 이들은 이제 각각 스물세 살, 열여덟 살이 되었지만 아직도 종종 "예전에 키아와 오라가 그랬던 것 생각나요?"라며 두 마리에 관한 웃긴 일화들을 이야기하곤 한다.

그래, 우리는 쥐들을 위해 슬퍼하고, 러셀은 살해당한 곰들을 그리워하고, 플럼우드는 웜뱃을, 킴은 칠면조들을, 로린은 앵무새를 그리워한다. 그것을 부끄러워할 이유는 조금도 없다. 슬픔은 우리를 인간답게 만들고, 동물답게 만든다.

7장

반려동물의 죽음과
아이들

우리가 해야 할 일은

잔인하고 비정한 세상과 마주할 강한 아이들을 키우는 것이 아니라,

세상을 덜 잔인하고 다정하게 만들 아이들을 키우는 것이다.

L. R. 노스트L. R. KNOST

반려동물의 죽음을 아이들에게 설명하기 어려운 이유는 사람의 죽음, 혹은 죽음 그 자체를 설명하기 어려운 이유와 같은 듯하다. 그중에서도 특히 어려운 이유가 있다면 아이들의 삶에 반려동물과의 친밀감이 녹아 있기 때문이다.

아이들과 반려동물들은 모두 천진난만하다. 그런 면에서 보자면 아이들은 어른들, 심지어는 부모들보다도 반려견이나 반려묘와 더 친할 수 있다.

아주 어릴 적 팜 스프링에 살던 때, 우리의 사랑하는 웰시코기가 차에 치여 즉사했을 때가 기억난다. 나는 아무것도 모르는 채로 웰시코기의 사체를 바라보았다. 방금 전까지만 해도 사막을 함께 내달리고 있었는데 바닥에 축 누워 있었다. 방금 전까지만 해도 나의 가장 친한 친구였는데 이름을 불러도 대답조차 하지 않았다.

어쩜 그렇게 이해할 수도 없는 이유로 한순간 세상이 뒤집히는 것일까? 어른들이 뭐라고 말했었는지는 기억나지 않지만, 무슨 말을 했든지 달라지는 것은 없었을 것이다. 우리 강아지가 사라지고 없었다. 어른들도 그 아이를 다시 데려오지 못했다. 갑자기 부모님이 힘없는 사람처럼 보였다. 무엇도 위로가 되지 않았다.

때로는 종교를 믿지 않는 사람들도 아이들에게 반려동물이 다른 곳으로 떠나 그곳에서 우리를 기다리고 있다고 말한다는 것을 알고 있다. 친절한 말인 듯하다. 아이들은 정말 그 말을 믿을까? 종교가 있는 어른들은 정말 그렇게 생각하기도 하고, 슬픔을 달래는 데에도 도움이 되는 듯하다.

하지만 믿음 없는 내가 아이들에게 반려동물의 내세를 이야기한다는 것은 위선에 불과하다. 훗날 나조차 믿지 않는 이야기를 들려주었다는 것을 아이들이 알게 된다면 불평해 댈 것이 눈에 선했다.

"하지만 벤지를 다시 만날 거라고 했잖아요. 그럼 사실이 아닌 거네요. 어떻게 거짓말을 할 수가 있어요?"

그 딜레마의 중심에는 죽음이 있다. 죽음은 절대적이고 공허하며, 죽음에 대하여 아무리 생각해 본들 답을 얻기란 거의 불가능하다. 누구도 죽음을 명료하게 알지 못한다. 그 누구도 완전한 무(無)의 상태를 이해할 수 없다.

홀로코스트를 다룬 이탈리아의 위대한 작가들 중 한 명인 (내 눈에는 가장 위대한) 프리모 레비Primo Levi는 작고하기 전 마지막으로 그가 가장 좋아하는 글들을 엮어 《뿌리를 찾아서The Search for Roots》라는 문집을 남겼다.

여기에 실린 글들 중 하나가 프린스턴대학교의 천문학자 킵 손Kip Thorne이 〈사이언티픽 아메리칸Scientific American〉(1974년 12월 호)에 기고한 〈블랙홀을 찾아서The Search for Black Holes〉다. 레비는 이 글을 소개하면서 "우리는 우주의 중심이 아니며, 우주는 인간을 위해 만들어진 것이 아니다. 우주는 적대적이고 폭력적이며 생경하고 (중략) 우리는 헤아릴 수 없이 작고, 약하고, 외로운 존재다"라고 썼다. 프리모 레비는 왜 이 글을 자기 지적 생활의 근간으로 꼽았을까? 나는 그 답을 알 것만 같다.

프리모 레비가 유대인 포로로 아우슈비츠 수용소에 막 들어갔을 때였다. 너무나 목이 말랐던 레비는 수용실 창틀에 달린 고드름으로 손을 뻗었다. 하지만 독일 SS 장교가 소총으로 그의 손을 멀리 쳐냈다. 때로는 세상이 총을 든 자와 총을 들지 않은 자로 나뉘는 것 같기도 하다.

충격을 받은 레비는 조금 할 줄 알았던 독일어를 더듬어 물었다.

"왜요?"

그러자 장교는 홀로코스트에 관하여 가장 유명한 말들 중 하나가 될 답을 내놓았다.

"여기에 이유 같은 것은 없다Hier gibt es kein Warum."

레비는 이 잔인하지만 정확했던 대답을 결코 잊지 않았으며, 훗날 이를 홀로코스트 전체에 적용시켰다. 왜? 어떻게 이런 일이 벌어졌을까?

혹은 아르노 메이어Arno Mayer가 홀로코스트에 대하여 쓴 책의 제목처럼,
"왜 하늘은 이를 허락했을까?Why Did the Heavens Not Darken?"

레비는 가능한 한 가장 깊은 곳까지 더듬어 본 깊은 고찰들과 수많은
책이 있었음에도 불구하고 그 답을 찾을 수는 없었으며, 어쩌면 우주의
블랙홀처럼 우리가 이해할 수 없는 영역이라 그럴지도 모른다고 했다.

아이들에게는 전혀 도움이 되지 않지만 어떤 어른들에게는 엄청난
위로로 다가오는 말이 하나 있다. 우주의 역사에서 인간은 너무나 작고
보잘것없는 존재이기 때문에, 600만 명의 유대인과 수백만 명의 비유
대인이 살해당한 홀로코스트처럼 인간이 저지른 그 어떤 끔찍한 사건
들도 결국은 망각 속으로 사라진다.

지금으로부터 십억 년이 흐르면 우주에서는 찰나의 순간이 지났을
뿐이지만, 홀로코스트는 그런 일이 있었는지도 모르게 될 것이다.

물론 이런 생각들은 방금 강아지를 잃은 아이에게 전혀 위로가 되지
않을 것이다. 슬퍼하는 아이에게 이런 이야기를 한다는 것은 잔인한
일일 것이다. 사실 장례식에 모여 슬퍼하는 이들 앞에서도 이런 생각
을 소리 내어 말했다가는 환영받지 못하는 손님으로 전락하고 만다.

'모여서 슬퍼한다'는 말에는 아이들이 반려동물의 죽음을 견뎌 낼 가
장 좋은 방법이 숨어 있다. 기념하는 것이다. 그 동물을 생전에 알던 사
람들이 모여 시신을 묻어 주고 어떤 식으로든지 장례식을 치러 준다면,
아이는 자기 혼자만 슬픈 것이 아니며 슬픔이 다른 이들과 나눌 수 있
는 건전하고 고결한 감정이라는 것을 알 수 있다. 우는 것을 부끄러워

할 필요도 없다.

반려동물을 위한 묘지도 점차 정교해지고 있으며, 우리 내면의 이야기들을 다양한 방식으로 상기시켜 준다. (반려동물의 죽음을 기념하는 방식에 대해서는 12장에서 더 자세히 쓰겠다.) 어른들이 다른 어른들의 죽음을 일상적으로 기념한다면, 동물의 죽음도 마찬가지로 중요하다는 것을 아이들에게 보여 주는 것이 특히 중요하다.

나는 개와 고양이 너머에까지 이를 적용하고 싶다. 새, 애완용 쥐, 햄스터, 저빌, 기니피그, 심지어는 금붕어의 죽음도 아이들에게 큰 영향을 미치거나 평생의 상처를 남길 수 있으므로 무시하면 안 된다. 특히 "그냥 금붕어잖아" 같은 말로 아이들을 비웃고 조롱해서는 절대 안 될 것이다. 오히려 우리는 아이들의 마음속 가득한 슬픔에 걸맞을 정도로 동물들의 죽음을 엄숙하게 대해야 한다.

동물의 죽음을 기리는 글을 낭송하는 것도 좋다. 예를 들면 참새의 죽음을 기리는 시라든가 엘리자베스 비숍Elizabeth Bishop의 〈물고기The Fish〉 (이 시는 마지막 행이 특히 아름답다*), 토머스 하디Thomas Hardy가 폭스테리어 웨섹스Wessex를 기리며 쓴 글**, J. R. 애컬리J. R. Ackerley가 쓴 〈나의 개 튤립My Dog

---

* 이 모든 것이
무지갯빛, 무지갯빛, 무지갯빛으로 물들고
그제야 나는 물고기를 떠나보내네

** 신시아 애스킷Cynthia Asquith 부인은 웨섹스가 '손님들에게 횡포를 부리는 개'였다고 묘사했다. J. M. 배리J. M. Barrie와 함께 잉글랜드 도싯에 위치한 하디의 집을 방문한 애스킷 부인은 '웨섹스가 특히 저녁 시간에 아무런 제지도 받지 않고 대부분 식탁 아래가 아닌 위에 올라가 있었으며, 제멋대로 걸어 다니면서 내가 접시에서 음식을 떠먹으려고 할 때마다 내 포크에 달려들었다'고 적었다.

Tulip〉의 마지막 몇 줄*, 바이런 경Lord Byron이 뉴펀들랜드 보츠웨인Boatswain의 묘비에 새긴 글**, 버니지아 울프의 《플러쉬: 어느 저명한 개의 전기 Flush: A Biography》, 러디어드 키플링Rudyard Kipling의 〈천국의 디나Dinah in Heaven〉 등 다양한 글이 있다.

수많은 아이는 그들을 이해해 주는 낯선 존재와 특별한 사이가 된다. 충분히 그럴 만한 일이지만, 안타깝게도 어른들은 종종 그것을 몰라본다.

아주 어렸을 적의 나는 문방구에서 몇 푼 안 주고 사온 거북이들처럼 '이국적인 애완동물(사람이 그렇게 기를 만한 동물이 절대 아니었지만, 그때는 그것이 얼마나 잘못된 일인지 몰랐다)'을 몇 번이나 키웠지만 그런 동물을 어떻게 돌봐야 하는지 전혀 몰랐기에 거북이들은 얼마 지나지 않아 칼슘 부족으로 껍질이 얇아지다가 나의 손에서 숨을 거두곤 했다.

나는 크게 낙담했지만, 외가 친척 중 누군가가 우리 집에 놀러왔다가 울고 있는 나를 보고는 참 웃기다고 생각했는지 깔깔 웃으며 나를 놀려 댔었다. 그때 나는 채 열 살도 안 되었지만, 어른들의 눈에 얼마나 하찮게 보이든지 내가 사랑했던 존재인데 어떻게 그 죽음을 비웃는 것

---

* "그녀[보츠웨인]는 행복했을까? 그랬으리라고 생각한다. 어찌하였든 그 모든 개에게 가장 중요한 욕구들을 모두 해결했고, 마음 좋은 곳을 찾았으며, 삶이 따분하고 적막한 사람들에게 위로가 되어 주었다."

** 이 소박한 유골함을 바라보는 자여,
지나가라. 이곳에는 당신이 슬퍼할 것이 없다.
친구가 묻힌 곳에 이 비석을 세우다.
나의 유일한 친구, 이곳에 잠들다.

인지 이해할 수 없었던 것이 아직도 생생히 생각난다.

그 어린 나이에도 나는 그것이 부적절한 일임을 알았다. 그 어른들은 내가 생각하기에 혐오스러운 그들의 이면을 드러내고 있었다. '나의' 금붕어('나의'를 강조한 것은 이제는 누구도 동물을 소유한다고 생각하지 않는다는 것을 강조하기 위해서다)가 작은 어항에서(다시 말하지만, 금붕어를 혼자 두어서는 안 되며 작은 어항이 아니라 넓고 풍요로운 수조를 주었어야 했다는 것을 지금은 안다) 뒤집어진 채 둥둥 떠 있는 것을 보고 눈물을 쏟았을 때에도 같은 일이 이어졌다. 대개는 나를 보고 귀여워했던 것 같다.

물론 아이들 혹은 동물들의 고통에 모두가 이런 식으로 반응하지는 않지만, 너무나 많은 사람이 이런 반응을 보인다. 그리고 나부터도 동물이 죽은 데다 주변 어른들이 공감해 주지 않는 것이 슬프고 괴로웠던 기억을 간단히 떠올릴 수 있는 것처럼, 이런 식의 반응은 아이들의 마음에 씻을 수 없는 상처를 남긴다.

이제는 의도야 어떠했든지 그처럼 냉담하게 반응하는 사람들이 조금은 줄어들었기를, 그리고 집에서 기르던 동물이 죽었을 때 슬퍼하는 아이들을 꾸짖는 부모가 이제는 거의 없기를 바란다.

자넷 고트킨Janet Gotkin(그녀는 남편 폴 고트킨Paul Gotkin과 함께 정신의학에 반대하는 책들 중 내가 읽어 본 최고의 책,《너무 많은 화, 너무 많은 눈물Too Much Anger, Too Many Tears》을 저술했다)의 딸이 들려준 이야기는 아이들과 반려동물에 관하여 살펴보기 딱 적당한 이야기라고 생각한다.

스프링클스Sprinkles가 우리 집에 온 건 1999년 어느 겨울날이었다. 생후 6주 차였던 스프링클스는 하얀 털이 보송보송했고 내 손바닥 위에 올릴 수 있을 만큼 작았다.

두 번째 아이를 임신하고 있었던 나는 큰아이 미마Mima의 말에 못 이겨 2월부터 아기 고양이를 찾아다녔다. 그렇게 산타페 동물 보호소에서 길고양이의 새끼로 태어난 스프링클스가 우리 가족에게 왔다.

스프링클스는 내가 아들 살림Salim을 낳고 두 아이의 아빠 아흐메드Ahmed와 이혼하기까지 수년에 걸쳐 우리 작은 가족을 하나로 묶어 주었다. 2010년 나와 아이들이 덴버로 이사를 왔을 때에도, 내가 지금의 남편 제이미Jamie와 만나기 시작했을 때에도 스프링클스는 우리와 함께였다.

세월이 지나자 스프링클스는 관절염을 앓았고, 우리는 그의 고통을 줄여 주기 위해 온갖 약을 다 써 보았다. 열여덟 살이 되던 1월, 동물병원에 정기검진을 받으러 갔을 때 수의사는 스프링클스가 건강하고 털도 풍성하다며 놀라워하기도 했다.

하지만 4월에 이르자 스프링클스의 고통이 심해졌다. 계단을 오르내릴 때에도 힘들어했고, 밥을 먹으러 내려올 때면 반쯤 먹다 말고 돌아서서는 화장실 상자에 뛰어들려다 실패하곤 했다. 5월 초가 되자 스프링클스는 우리가 옮겨 주지 않으면 계단을 오르내리지 못했고, 제때 화장실에 넣어 주지 않으면 꼼짝없이 거실 바닥에 볼일을 보았다.

동물병원에 데려간 스프링클스가 고통스러워 울부짖었던 날, 우리는 이제 그만 스프링클스를 보내 주기로 결정했다. 대학 때문에 워싱턴 주에 가 있던 미마가 집에 돌아오는 비행기 표를 예약했고, 한때 스프링클스의 주인이었던 전남편 아흐메드도 산타페에서 오는 표를 끊었다. 우리는 스프링클스를 집에서 눈을 감겨 주기로 하고 가정 방문 수의사를 예약했다.

그날이 밝았고, 제이미는 살림을 데리고 마트에 가 스프링클스를 묻어 줄 때 필요한 물품과 무덤가에 심을 꽃을 샀다. 집에 돌아온 그들은 무덤을 파기 시작했고, 저녁 다섯 시가 되자 수의사가 왔다.

우리는 거실에 모여 스프링클스를 담요 위에 올려 주었지만, 아니나 다를까 스프링클스가 마지막으로 밥을 먹고 싶어 해 모두 부엌으로 갔다. 전당뇨병을 앓던 스프링클스는 지난 몇 주를 밥 먹는 즐거움으로만 버텼던 것이다.

수의사가 진정제를 놔 주었고, 우리는 스프링클스가 잠 들 때까지 곁에 앉아 그를 달래 주었다. 이 고양이가 얼마나 고약한 짓을 많이 했는지, 그리고 사랑하는 가족들에게 얼마나 헌신했는지 추억하기도 했다.

둥그렇게 둘러앉은 우리 옆에는 우리 집의 또 다른 반려묘들이 간호하듯 자리를 지켰고, 그렇게 스프링클스는 잠에 빠져들었다. 스프링클스가 숨을 거두자 아흐메드와 제이미는 그를 천으로 감싼 뒤 무덤에 눕혔다. 우리 모두 그에게 흙을 덮어 주었고, 그 자리에 묘비 대신 꽃을 심었다.

우리가 그곳에 서서 든든했던 친구의 죽음을 슬퍼하며 눈물짓는 동안, 나는 내가 이전에도 그랬고 지금도 참 복이 많다는 생각을 했다. 다 자란 아이들과 전남편, 지금의 남편 그리고 나머지 반려묘들이 한 자리에 모여 우리 가족의 중요한 일원을 애도하고 있었기 때문이었다. 스프링클스는 우리 가족이 늘어나고 있을 때 우리에게 왔으며, 가족이 성장하고 변화하는 세월 내내 우리와 함께했다.

죽음은 삶의 일부지만, 때로는 너무나 슬프고 가슴 아픈 일인 것을 우리는 안다. 스프링클스의 평화로운 죽음은 사랑과 지지가 얼마나 중요한 것인지를 우리에게 되새겨 주었다. 사랑하는 스프링클스와의 이별은 늘 나에게 슬픔을 안겨 주겠지만, 한편으로는 고마움과 사랑도 늘 안겨 줄 것이다.

당신은 셜리 맥클레인Shirley MacLaine처럼 죽음은 잠시뿐이며 언젠가는 먼저 간 개와 다시 만나리라고 생각할 수도 있다.

어찌하였든 맥클레인은 "원하는 것을 가지지 못하는 기분을 나는 모른다"라는 말로 유명한 사람이었고, 먼저 간 반려견과 다시 만나는 것이 그녀가 원하는 바였을 뿐이다. 그녀는 반려견과 자기가 전생에 고대 이집트에서도 함께했다고 믿었다.

만약 당신도 그렇게 생각한다면 아이에게 그대로 전해 주어도 좋다. 하지만 정말 그렇게 믿지는 않는다면, 아이를 위해 내세를 믿는 척하기란 앞서 말했듯 꽤 어려울 것이다.

동물을 위해 슬퍼하는 아이를 대한다는 것은 슬픔에 빠진 아이를 대하는 것임을 꼭 명심해 주기를 바란다. 개부터 금붕어까지 어떤 동물이었든지 또 당신이 그 동물을 어떻게 생각했든지, 아이의 감정이 진짜라는 것을 알아보고 진지하게 받아들여 그 동물을 정중하게 보내 주어야 한다.

한 명의 독자라도 '그러네, 미처 생각하진 못했지만 정말 그래야겠네'라고 생각한다면 이 책도 헛되이 쓰이지 않았다고 할 수 있을 테다. 그러니 만약 기르던 동물의 죽음이 아이에게 트라우마를 남길 수 있냐고 묻는다면, 어른들이 죽음을 별것 아닌 일로 치부하는 경우 그럴 수 있다는 것이 나의 대답이다.

물론 그렇게 할 만한 어른들이라면 어떤 식으로든지 아이에게 트라우마를 남기지 않겠냐고 말할 사람도 있겠지만, 나는 이에 동의하지 않는다. 우리의 전반적인 문화가 동물을 위한 슬픔을 우스꽝스러운 일로 여기기 때문에, 우리가 크게 생각하지 않고 하는 많은 행동에 그러한 경향이 묻어 있다.

하지만 나는 지난 몇 년 동안 우리가 지금부터 할 이야기(때는 약 육십오 년 전이니 가히 암흑의 시대였다)와는 달리 더 나은 쪽으로 변화하고 있다는 데 동의한다. 말하기 부끄럽지만, 이에 관한 가장 안 좋은 예시는 우리 가족이 몸소 보여 주었다. 어머니가 고양이를 유기하려 했기 때문이다.

사건의 전말은 이랬다. 도대체 무슨 이유였는지는 몰라도, 우리 어머니는 고양이 부티Bootsie가 밤마다 나의 침대에 자면서 마치 어미젖을 빨듯 나의 잠옷을 빨아 대는 것을 못마땅하게 여겼다. 그때 나는 열두 살이었으니 고양이 때문에 자다가 질식할 걱정도 없었다. 어쩌면 질투였는지도 몰랐다.

어찌하였든 어머니는 부티를 데리고 할리우드 천문대 부근의 언덕으로 가 그곳에 부티를 버렸다. 나중에서야 아버지를 통해 여기까지만 이야기를 들은 나로서는, 부티가 집에 돌아오려 얼마나 많은 길을 헤맸을지, 집에 꼭 돌아가겠다며 얼마나 마음을 다잡았을지 차마 헤아릴 수가 없다.

부티는 끝끝내 집에 돌아왔다. 그 사실을 안 이후로 어머니에 대한 나의 감정과 추억도 다소 변했다. 부티는 우리 집에서 대략 5마일[약 8킬로미터]쯤 떨어진 곳에 버려졌다. 우리 둘은 서로를 다시 만난 것이 너무나 즐거웠다.

부티가 어머니를 볼 때마다 나의 곁에서 몸을 말고 나와 떨어지지 않으려 애쓰면서 사납게 으르렁대는 것을 들었지만, 그때는 그 이유를 알지 못했다. 나중에야 알았지만, 한 주쯤 지났을 때 어머니는 부티를 더 먼 곳에 내다 버렸고 부티도 이번에는 돌아오지 못했다. 나는 어머니가 무슨 짓을 했는지 전혀 몰랐지만 그럼에도 크게 상심했다.

어머니는 있을 필요도 없었던 슬픔을 나에게 안긴 장본인이었으면서 어떻게 내가 슬퍼하는 것을 거들 수 있었던 것일까? 이렇게 헤어지는 것은 사고로 고양이를 잃는 것보다 여러 면에서 좋지 않았는데, 나는 부티가 별안간 다시 나타나 나의 침대에 올라올까 봐 수많은 밤을 기다렸던 것이 아직도 기억나기 때문이다.

물론 어머니가 부티를 너무나 먼 곳에 내다 버린 탓에 부티가 집까지 돌아오지 못했다는 사실을 그때 알았더라면 상황은 더욱 나빠졌을 텐데, 부티가 집에 돌아오려고 얼마나 헛되이 애썼을지, 얼마나 당황스럽고 위험한 일들을 겪었을지 생각하느라 더 큰 상심에 빠졌을 것이기 때문이었다.

어머니의 비정한 행동을 얼마나 소름끼치게 여겼을지는 두말할 필요도 없었다. 생각건대 어머니는 아마 부티를 할리우드 힐스 깊은 숲속에 유기했던 듯하다. 상냥하고 작은 우리 고양이는 아마도, 그때까지만 하더라도 로스앤젤레스 부근에서 흔하게 볼 수 있었던 코요테들에게 쉬운 먹잇감에 불과했을 것이다.

우리 어머니는 두 아이가 본인이 생각하기에 유치한 동물 사랑을 그만두고 '한낱 동물' 때문에 '우스꽝스럽게' 슬픔을 드러내지도 않기를 바랐을 것이다. 그저 문명인 흉내나 내기를 바란 것이다. (미안해요 어머니.)

철학자 켈리 올리버Kelly Oliver가 지적했듯, 어떤 사람들은 "동물에 대한 사랑을 유약하고 유치하며 병적인 것이라고 여긴다. 어떤 사람들은 동물에 대한 의존, 특히 애완동물 주인들처럼 동물에 대한 감정적, 심리적 의존을 인정하는 것을 신경증으로 여긴다. 동물을 친구로, 가족으로 여기고 사랑하는 것은 좋게 말하면 이상하고 나쁘게 말하면 미친 일로 여긴다."[15]

어렸을 적, 나의 어머니는 우리 고양이를 할리우드 산 속에 유기하는 무분별한 짓을 하는 것으로도 모자라 내가 슬퍼할 기회까지 빼앗았다. 부티가 저번에 돌아왔던 것처럼 언제라도 다시 돌아오기만을 바라며 지냈기 때문이다. 나는 기다리고 또 기다리면서 세상에 대한 신뢰를 조금은 잃어버렸다.

아이들이 알고 사랑했던 동물이 죽었을 때 부모가 아이에게 할 수 있는 최악의 행동은 아이에게 거짓말, 예컨대 어느 농장에 가서 살고 있다고 거짓말하는 것이다. 분명 아이는 "왜?"라는 질문에 뒤이어 "그럼 언제 보러 갈 수 있어?"라고 물어볼 테니 말이다. 거짓말은 언젠가 탄로될 테고, 그러면 슬픔에 대한 아이의 자연스러운 성향도 타격을 입을 것이다.

내 경우 어머니는 우리 고양이에 대한 어떠한 이야기도 듣기 싫어하셨는데, 분명 이야기가 나올 때마다 죄책감이 되살아나서였을 것이다. (최소한 죄책감이라도 느끼셨기를 바란다.) 그렇게 나는 슬픔 속에 혼자 남겨졌는데, 어린아이에게 온당한 일은 아니었다.

기르던 동물이 죽으면 우리는 아이들이 각자 나름의 방식으로 슬퍼할 수 있도록 해 주어야 하며, 나아가 나머지 가족들도 슬퍼하고 있으며 그 경험을 언제든지 아이들과 나누고 싶어 한다는 것도 아이들에게 알려 주어야 한다. 이때는 아이들에게 섬세한 시기이고, 대개 생애 처음으로 죽음을 마주하는 시기이므로 아이 혼자 견디게 놓아두어서는 안 된다.

반려동물을 가족으로서 온 마음을 다해 사랑하는 것이 아이들에게
도 이롭다고 생각한다면(물론 실제로도 이롭다), 우리는 사랑했던 반려동물
과 영영 이별할 때 아이들과 어둡고 슬픈 곳까지 함께 더듬어 갈 준비
를 해 두어야만 한다. 그렇게 한다면 다른 것은 몰라도 최소한 우리가
아이들을 위해 곁에 있고 언제까지나 곁에 있으리라는 것을 알려 줄
수 있다.

8장

인간에게도, 동물에게도
유익한 일이 있다면

나는 일찍이 고기 섭취를 거부해 왔고,
언젠가는 나와 같은 사람들이
도축을 살인과 똑같이 바라볼 때가 올 것이다.

레오나르도 다 빈치

이제 이 책도 거의 끝나가고, 당신도 개, 고양이, 새, 말을 비롯하여 당신의 친구였던 모든 동물이 죽을 때의 슬픔에 대하여 깊이 생각해 보았을 것이다. 그러니 이번에는 당신의 접시 위에 놓인 고기가 한때 당신의 친구였다고 상상하는 것이 과연 유쾌한 일인지 물어보고 싶다.

저녁으로 먹으려던 닭고기가 사실은 당신과 오랜 세월 함께 살아온 닭이었다고 상상해 보자. (실제로 닭들은 많은 대형 조류와 마찬가지로 이십오 년까지 살 수 있다.) 그래도 당신은 닭고기에 포크를 찔러 넣을 수 있을까?

어린 시절 슬플 때마다 당신의 유일한 친구처럼 느껴졌던 닭의 가슴 팍 털을 쓰다듬곤 했는데도, 식탁 맞은 편 사람에게 바로 그 닭의 다리 혹은 가슴살을 덜어 달라고 할 수 있을까? '아무 문제없다'고 대답할 사람도 있겠지만, 소수에 불과하리라고 생각한다.

우리 중 대부분은 친구를 잡아먹기를 굉장히 꺼려할 것이다. 앞에서 말한 것은 사고실험일 뿐이지만, 사실 아주 불가능하거나 없을 법한 일은 아니다. 많은 사람이 닭과 유대를 쌓으며 어떤 사람들은 소, 또 많은 사람이 돼지, 몇몇은 양과 유대를 쌓는다. 우리가 잡아먹는 모든 동물도 마찬가지이다. 오리와 염소, 토끼는 물론이며 농장에 사는 모든 동물도 포함된다.

이 이야기는 앞서 내가 쓴《달을 보며 노래하는 돼지The Pig Who Sang to the Moon》(영국판 제목은《농장 동물들의 비밀세계The Secret World of Farm Animals》)의 주제였다. 이 동물들에게도 저마다 개성이 있고, 친구들과 가족들, 새끼들 그리고 자기 짝과 함께 살 삶이 있다. 우리와 마찬가지로 그들도 자신이나 사랑하는 이가 피해 입는 일 없이 가능한 한 오래 살아야 마땅하다.

도살장의 돼지가 자기 어미의 죽음을 보고 듣고 냄새까지 맡은 데다 자기 차례도 다가오고 있다는 것을 안다면 얼마나 큰 공포를 느낄지 상상해 보자. 아마 겁에 질려 얼어붙을 테다. 그 순간 돼지의 마음이 아무렇지도 않을 거라는 말은 심장을 가진 사람이라면 누군들 믿지 못할 것이다. 우리라도 그랬을 것처럼, 돼지도 극도의 공포에 빠진다.

일어날 필요가 하등 없는 일이다. 이 돼지의 살점을 먹는 행위가 우리와 이 행성의 죽음을 재촉할 뿐이라는 것은 이미 널리 알려져 있으며, 동료 심사를 거쳐 학술지에 게재된 말 그대로 수백 건의 훌륭한 논문을 통해 충분히 입증된 바 있다.*

그러니 당신에게도 좋고 동물들에게도, 지구에도 좋은 일이 있다면 그쪽으로 변화해 보겠다고 결심하는 것은 그다지 어려운 일이 아닐 것이다. '변화해 보겠다'고 해 둔 것은 누구나 곧장 비건 혹은 채식주의자가 되지는 못한다는 것을 알고 있기 때문이다. 대부분은 변화하는 데 다소 시간이 걸리므로 같은 방향이라면 무엇이든지 시도해 보는 것이 좋다.

일 년 중 1월에만 비건으로 사는 비거뉴어리veganuary, 고기 없는 월요일Meatless Mondays, 모든 종류의 육류 줄이기 등은 모두 자연식물식으로 가는 중간단계들이다. 여기서 자연식물식이라 함은 식물 '위주'가 아니라 식물'만' 먹는 것을 말한다.

하지만 식물 위주의 채식까지만 간대도 박수를 보내고 싶다. 마이클 폴란Michael Pollan의 명언, "음식을 먹는다. 양은 많지 않게. 식물 위주로"를 "음식을 먹는다. 양은 많지 않게, 식물만"이라고 바꾸어 되뇌는 것도 좋겠다.

몇 년 전 이에 관한 글을 쓸 때만 하더라도 사람들은 내가 뜬구름을 잡고 있다고 생각했지만, 오늘날에는 전 세계에서 점점 더 많은 사람이 육류 섭취를 줄이기 위한 과정을 한 단계씩 밟아 나가고 있다.

비건이란 모든 동물성 식품을 먹지 않는 것이다. 그러므로 고기, 닭

---

* 좋은 에시로 최근 비건이 된 조지 몬비오George Monbiot의 글이 있다.[10]

고기, 어류, 달걀, 유제품, 꿀 등을 먹지 않는다. 또한 가죽, 모피, 양모, 실크 등 동물성 제품도 사용하지 않는다. 그 이유는 설명하지 않아도 알 것이라고 생각한다. 전혀 극단적인 방식이 아니다. 그저 순리에 따르는 방식일 뿐이다.

갓 태어난 암컷 송아지를 어미와 떼어 놓고 우유를 가로채 짜낼 때 암컷 송아지가 고통스러우리라고 생각한다면, 낙농장에서 아무런 쓸모가 없는 수컷 송아지를 태어나자마자 죽이는 것이 좋은 일이 아니라고 생각한다면, 암탉들을 제대로 서지도 못하는 닭장에 가두어 두고 계란을 가져가는 것이 옳지 않다고 생각한다면(게다가 최근에서야 널리 알려진 바에 의하면 수컷 병아리들은 '쓸모'가 없기 때문에 부화하자마자 그대로 갈려서 애완동물 사료로 만들어진다), 당신은 그 상품을 만드는 데 들어간 고통의 공범이 되고 싶지 않다는 간단한 이유만으로도 계란이나 유제품을 먹지 않겠다고 결심하는 것이 자연스러워 보인다.

슈퍼마켓 매대 위의 계란과 우유는 무해해 보이지만 그 이면에는 어두운 과거가 있었으며, 상상할 수 없을 만큼 거대한 폭력이 얽혀 있다. 더 알고 싶다면 인터넷에 찾아보기만 해도 소와 닭의 실제 사육환경을 취재한 자료를 쉽게 볼 수 있다. 〈카우스피라시Cowspiracy〉, 〈몸을 죽이는 자본의 밥상What the Health〉, 〈칼보다 포크Forks Over Knives〉 등 보다 더 자세한 이야기가 담긴 좋은 다큐멘터리를 보아도 좋다.

우리가 기르던 개나 고양이, 앵무새를 다른 인간이 잡아먹는다는 것은 상상조차 할 수 없는 것과 마찬가지로, 이제 우리는 인지적으로든지 상상을 동원해서든지 큰 보폭을 내딛어 지각 있는 동물들, 다시 말해 고통을 느낄 줄 아는 모든 동물을 여기에 포함시켜야 한다.

이제는 누구나 인정하듯, 고통을 느끼고 괴로워하며 몸을 온전히 지키고 싶어 하는 동물은 비단 인간뿐만이 아니다. 개들이 우리가 화난 줄 알고 자기 몸에 해를 가할까 봐 두려움에 떠는 모습을 보라. 동물들은 우리와 마찬가지로 신체적 위협 앞에서 도망치도록 설계되어 있다. 죽음이야말로 최악의 위협이다.

어찌하였든 당신이 해야 할 일은 매우 간단하다. 당신이 기르던 개, 고양이, 새 혹은 물고기를 얼마나 사랑했는지, 또 그들이 죽었을 때 얼마나 괴로웠는지를 떠올려 본 뒤 보다 넓은 범위에 적용시켜 생각해 보는 것이다. 그 범위가 너무 넓어 상상하기 힘들겠지만 그럼에도 시도해 보라.

물고기까지 포함한다면 전 세계에 걸쳐 매일 30억 마리가량의 동물들이 죽임을 당한다. 미국에서만 매일 2500만 마리의 농장동물들이 도살당한다. 또 미국에서는 매년 90억 마리가 넘는 닭이 죽임을 당한다. (여기에 '살해murder'라는 단어를 쓰고 싶지만, 그것이 진실임에도 불구하고 글로 쓰기에는 어색하다는 것을 알고 있다.)

꼬박 일 년 동안의 세계 통계치는 우리가 가늠하기 어려운 정도다. 인간은 매년 대략 3조 마리의 물고기(바다가 텅 비는 날도 머지않았다)와 600억 마리의 동물들을 먹기 위해 죽인다. 이를 가리켜 '자연스럽다'거나 '그럴 운명이다(그것이 무엇을 의미하든)'고 말할 사람이 있을까? 물론 없을 것이다.

인간이 다른 동물들을 먹을 운명을 타고났다고 믿는 사람들도 있을 것이다. 막 현대 인류로 거듭났을 때(약 5만여 년 전) 우리는 분명 고기를 먹었지만 그 규모는 매우 작았고, 동물을 죽이는 일에는 온갖 금기와 의례와 사죄가 따라붙었다.

동물을 죽여서 기분이 좋은 사람은 거의 없다. 도축업자들도 일이 너무 끔찍하고 좀처럼 익숙해지지 않기 때문에 심각한 스트레스에 시달리는 것으로 유명하다. '누군가'의 삶을 빼앗는다는 것은 우리의 본성을 거스르는 일이다.

비건이 되는 일에 관한 책(《접시 위의 얼굴The Face on Your Plate》)을 집필하던 도중, 나는 연습 삼아 사람들에게 채식주의자나 비건이 되지 않는 이유, 다시 말해 고기를 먹는 이유를 물어보았다. 나는 왜 채식주의자가 되었냐는 질문을 너무나도 자주 받았기 때문에 입장을 바꿔 물어보는 것도 좋겠다고 생각했다.

돌아온 대답들은 흥미로웠다. '때로는 이것은 무슨 멍청한 질문이야', '다들 먹으니까 나도 먹는 것이지'라는 눈빛으로 나를 물끄러미 바라보는 사람들도 있었다. 벌써 한참 지난 일이다.

반면 오늘날에는 대부분 지인이나 가족 중에 고기를 먹지 않는 사람이 있고, 관련 이슈에 관하여 들어 보았으며, 이에 관한 글이나 영상을 본 경우가 많으므로 보다 복잡한 대답들이 돌아온다. 그러므로 '다들 먹으니까 나도 먹는다'라는 말은 조금씩 시대에 뒤처진 대답으로 전락했으며, 그 빈자리를 다른 대답들이 대신하였다.

인류가 늘 동물을 먹어 왔다고 말하는 사람들도 종종 있다. 의심할 여지없는 사실이다. 그 같은 논리를 따르자면 인류가 늘 노예를 데리고 살아왔고, 다르다고 생각되는 이들을 모질게 대해 왔으며, 남성이 여성보다 우월하다고 여겨 왔고, 자기 인종을 선호하며 본질적으로 인종차별주의자로 살아왔다고도 말할 수 있다. 육식이 언제나 어디에나 존재했다는 사실은 육식을 계속해야 한다는 강한 근거가 될 수 없다.

오늘날에는 대부분 보다 개인적인 답변들이 돌아온다.

"그 편이 쉽잖아요."

사실이다. 여기에 대꾸할 말은 많지 않다. 이와 비슷하게 "맛있잖아요"라고 말하는 사람에게 "그 맛에 고통이 섞여 있다는 것을 아는데도 그런가요?"라고 물어볼 수는 있지만, "네"라는 대답이 돌아온다면 이번에도 반박할 말은 없다. "그렇게 깊이 생각해 본 적 없어요"라고 대답한다면 논의를 이어 나가기가 조금 더 쉬워진다.

"상황이 심각한 만큼 좀 더 깊이 생각해 볼 가치가 있지 않을까요?"

별달리 생각해 본 적 없는 사람이라면 내가 앞에 덧붙인 말을 듣고 흥미가 생길 수밖에 없다. "무슨 상황이 심각한데요?"라고 되물어 온다면 그때부터는 환경과 건강 문제 그리고 연루된 동물들의 삶 혹은 죽음 (내가 가장 중요하게 생각하는 주제다)을 이야기할 수 있다.

혹자는 이렇게 말할 것이다.

"좋은 삶을 살았던 동물들이라면 인간에게 이익이 되는 방향으로 빠르고 고통 없이 죽는 것도 괜찮다고 생각해요."

그러나 이 말의 모든 조건에는 하자가 있다. '좋은 삶'의 정의는 무엇인가? 인생을 살 만하게 만들어 주는 모든 것(친구들, 부모님, 아이들, 돌아다닐 자유 그리고 무엇보다도 평범한 수명)을 박탈당한 동물이 좋은 삶을 살고 있다고 말할 수 있을까? 삶이 좋다 나쁘다 판단할 수 있는 이는 누구일까? (단언컨대 누구에게든지 살 가치가 없다고 말할 자격은 아무도 없다.)

동물들이 빠르고 고통 없이 죽었으리라는 말은 대개 부정의 한 형태일 뿐이다. 우리 중 누구도 도살의 순간을 자세히 알고 싶어 하지 않고, 알게 된다 해도 장밋빛 장면을 보지는 못할 것이다.

수많은 영상이 이를 증명한다. 의심할 수 없는 공포가 서려 있고, 실수도 나오며, 때로는 느리고 극히 고통스러운 도살이 자행된다. 게다가 심장병, 비만, 암 등 육식과 직결된 질병을 앓는 사람들이 육식으로 이득을 보고 있다고 할 수 있나? 그렇지는 않을 것이다.

여기서 조금 개인적인 이야기, 내가 육식과 관련해서 어떻게 살아왔는지를 이야기해 보려 한다. 나는 모태 채식주의자였다. 당시로서는 흔치 않은 일이었다. (나는 1941년생이다.) 1940년대 초 힌두교에 몰입하셨던 우리 부모님은 누나 린다Linda와 나에게 고기를 일절 먹이지 않으셨다.

1961년 집을 떠나 하버드대학교에 입학한 다음부터는 채식을 고수하는 것이 너무 어려웠기 때문에 참치를 시작으로 다른 모든 동물성 식품을 조금씩 먹게 되었다. 그때만 하더라도 윤리적 요소는 생각하지 않았다. 육식이 더 편하고, 모두가 육식을 했기 때문에 나도 육식을 했다. 깊이 생각해 보지도 않았다.

세월이 흐르면서 나의 생각은 천천히 바뀌기 시작했고, 이십오 년 전 동물의 감정을 다룬 책《코끼리가 울고 있을 때》를 집필하면서는 완전히 채식주의자로 돌아왔다. 야생동물이 우리와 같은 감정들을 얼마나 깊이 느끼는지에 관한 책을 쓰면서, 바로 그 동물들을 저녁마다 입안에 밀어 넣는다는 것이 이상하다고 생각했기 때문이었다. 이때까지도 유제품이나 계란에 대해서는 전혀 생각해 본 적이 없었다.

1994년 아내 레일라를 만났을 때, 우리 두 사람은 모두 채식주의자였다. 그때까지는 비거니즘이나 자연식물식에 대해 들어본 적이 별로 없었다. (딱 한 번, 세자르 차베스Cesar Chavez를 만났을 때 자기가 동물은 물론 계란이나 유제품도 먹지 않는다고 말하기는 했지만 왜인지 설명해 주지는 않았고, 나도 당시에는 그 이유를 이해하지 못했었다.) 이후 농장에 사는 동물들의 감정 세계를 연구하기 시작하고 나서야 우유와 계란 생산에 얼마나 많은 고통이 엮여 있는지 알 수 있었다.

그러다 깨달음이 찾아왔다. 동물들의 고통에 계속 관여하는 것은 양심이 허락하지 않았다. 동물성 식품이 원래는 무엇이었는지, 식품이 되기까지 어떤 일들이 있었는지를 생각하지 않았다면 계속 동물성 식품을 먹을 수 있었겠지만, 그런 생각을 지울 수 없었다. 진실을 알게 된 이상 모르는 척할 수는 없는 노릇이었다. 그렇게 나는 비건이 되었다.

비건 생활은 내가 걱정했던 것보다 훨씬 쉬웠고, 신념과 일치하는 삶을 산다는 데에서 큰 위로를 얻을 수 있었다. 이제 십칠 년 차에 접어든 나의 비건 생활은 죽을 때까지 계속될 것이다. 만일 길렀던 개, 고양이 그리고 다른 동물들을 향한 사랑과 식습관을 연결할 수 있었더라면 아마 이 지점에 더 일찍이 도착했을 수 있었을 것이라고 생각한다. 그랬더라면 얼마나 더 많은 생명을 살릴 수 있었을까!

PETA[세계적인 동물보호 단체]의 추산에 따르자면 비건이 한 명 늘어날 때마다 매년 198마리의 동물을 살릴 수 있다. 꽤 인상적인 수치다. 고기에 대한 수요가 적을수록 죽임을 당하는 동물들도 적어진다. 만일 온 세상이 비건이 된다면 그 어떤 동물도 음식이 되기 위해 죽임을 당하지는 않을 것이다. 추구해 볼 만한 목표 아닌가?

9장

여러 나라의
개들

작은 개도 불의(不義)는 천 년 동안 기억한다.

중국 속담

나는 발리, 중국, 한국, 베트남, 캄보디아, 태국, 라오스, 네팔, 인도 등지를 여행하며 살았는데, 이 나라들에서 놀라운 사실을 발견할 수 있었다. 바로 각 나라마다 다양한 떠돌이 개가 있다는 점이었다.* 떠돌이 개street dog라는 말은 꽤 흥미롭다. 확실히 떠돌이 개들은 인간이 만들어 낸 다양한 종의 개들보다 외견 면에서 먼 옛날 태초의 '개'에 더 가까울 테지만, 그럼에도 '야생' 개는 아니다.

　반면 호주의 딩고는 '야생' 개다. 딩고에게 가까이 다가가면서 좋아

* 레인라와 마누, 그리고 나는 얼마 전 네팔에 트레킹을 하러 갔다가 수많은 '떠돌이' 개가 얼마나 건강한지를 보고 깜짝 놀랐다. 사원이 있는 마을에서는 더더욱 그랬다. 바닥에 드러누워 햇볕을 쬐던 개들은 매우 행복해 보였으며, 영양실조의 기색은 조금도 없었다. 개목걸이를 걸고 있는 개들도 있었지만 모두 길거리에서 행복하게 살고 있는 듯 보였다.

서 꼬리를 흔드는 모습을 기대해서는 안 된다는 말이다. 딩고를 길들이는 것도 가능은 하지만, 애초에 말을 잘 듣는 동물은 아니다. 반면 인도의 떠돌이 개들은 언제든지 반려견으로 거듭날 준비가 되어 있다. 이 나라들에서 내가 본 떠돌이 개들은 오히려 보호소 철장 안에 앉아 입양을 기다리면서 당신의 친절을 바라는 개들과 더 비슷해 보였다.

떠돌이 개라는 단어는 본래 정해진 주거지가 없는 노숙자와 마찬가지로 길거리를 떠돌며 사는 개들을 가리키는 말이었다. 하지만 몇몇 노숙자와는 달리, 떠돌이 개들은 다른 개들과 느슨한 무리를 형성하여 가족을 만든다. 이들이 무리 짓는 이유는 조상 개들처럼 사냥하기 위해서가 아니라 그저 같은 종의 동물들과 함께 있는 기쁨을 누리기 위해서다.

떠돌이 개들이 친구를 만들 수 있다는 사실은 놀랍지 않지만, 지난 세월에 걸쳐 떠돌이 개를 마주한 사람들은 놀라울 정도의 변화를 보여주었다. 떠돌이 개들이 가정에 입양되기를 기다린 것은 한두 세기만의 일은 아니겠지만, 진정한 변화는 지난 이십여 년 동안 일어났다고 생각한다.

오래 전, 내가 발리를 방문했을 당시 그곳 사람들이 개를 볼 때마다 나뭇가지를 집어 던졌던 것이 기억난다. (이곳의 개들은 발리 토종개라고 불렀는데, 왜냐하면 다른 곳의 개들과는 사뭇 달랐기 때문이다. 이들은 유전학적으로 독특한 형질을 가지고 있으며 호주 딩고의 형질도 찾아볼 수 있다.) 발리 정부는 2004년부터 품종견 수입을 허가했으나 그 결과 끔찍한 문제가 발생했다. 발리 토종개들이 품종견과 짝짓기를 시작하면서 이들 고유의 유전형질이 급격히 망가졌다.

발리 토종개의 개체수는 2005년에 비하여 80퍼센트 감소했는데 이 종교배, 광견병을 의심하며 개들을 죽이는 사람들 그리고 개고기 거래 때문인 것으로 추정된다. 하지만 지난 2015년 마지막으로 발리를 방문했을 때에는 상황이 급변해 있었다. 사람들이 '떠돌이' 개들을, 그것도 집 지키는 개가 아니라 온 가족과 집 안에서 친구처럼 함께 지낼 요량과 연민으로 입양해 집에 들이고 있었다.

무엇이 이 같은 변화를 이끌어 낸 것일까? 어느 정도는 발리동물복지협회(BAWA)라는 놀라운 단체의 덕도 있다. 이 단체는 나와 마찬가지로 발리 사람들이 떠돌이 개를 대하는 모습에 경악한 미국인 여성, 재니스 지라르디Janice Girardi가 설립했다.

가능한 한 많은 개를 입양하는 방법은 장기적인 해결책이 아니었다. 그런데 이곳 사람들이 개를 두려워하는 이유가 대개 광견병 때문이라는 것을 알아차렸던 지라르디는, 발리의 모든 개에게 광견병 예방접종을 놓을 수만 있다면 사람들의 두려움도 녹아 없어질 것이라고 생각했다. 그렇게 그녀는 영웅적인 행보를 내딛기 시작했고, 결과는 성공적이었다.

발리를 방문했을 때, 나는 뉴질랜드에서부터 알던 친구 하나를 만났다. 그는 이처럼 독특한 발리 토종개 중 한 마리를 입양했다. 이 개는 오토바이 뒷좌석에 타 있다가도 재미있는 것을 발견하면 (얼마나 빨리 달리고 있었든지) 곧장 뛰어내렸고, 몇 시간이 지나 호기심이 식으면 언덕 부근에 위치한 친구네 집으로 돌아왔고, 우붓(발리의 문화적 수도) 내라면 얼마나 멀든지 상관없이 집으로 돌아가는 길을 찾을 수 있었다. 마치 개들을 대표하는 외교관 같았고, 모두가 그 개를 사랑했다.

재니스의 예방접종 프로젝트는 가시적인 성과를 내기 시작했다. 떠돌이 개를 입양하려는 사람들이 점점 늘어났으며, 개들은 가족의 일원이 될 수 있어 행복에 겨워했다.

때때로 나는 어떻게 이 모든 나라의 떠돌이 개들이, 집과 인생에 개를 들이는 것이 얼마나 멋진 일인지 사람들이 깨달을 때까지 얌전히 기다릴 수 있는지 의문이 든다. 기다리는 동안의 개들은 사람을 공격하거나 흉포하게 굴지도 않고, 그저 사람들이 깨닫기만을 침착하게 기다린다.

지금까지 내가 한 말만 들으면 전적으로 성공적인 변화만 일어난 것처럼 들리겠지만, 불행히도 이는 사실이 아니다. 2008년 발리 토종개 개체수는 대략 60만 마리였지만 광견병이 유행하고 대량 살처분이 이어지면서 개체수는 대략 15만 마리로 감소했다. 감소세가 이대로 계속된다면 발리 토종개는 멸종 위기를 맞게 된다. 어느 동물의 완전한 멸종을 우리가 슬퍼해도 되는 것일까? 물론 그래도 되고, 그래야만 한다.

조직적인 살처분 외에도 개고기 거래, 잔혹 행위, 교통사고 그리고 인간의 단순한 무지 등으로 매주 수백 마리의 개가 목숨을 잃고 있다. 매우 심각한 상황 속에서 발리 토종개라는 멋진 동물이 위협을 받고 있다.

발리동물복지협회의 훌륭한 노력에도 불구하고 매년 6~7만 마리의 개가 식용을 목적으로 도살되는 것으로 추정된다. 그렇다, 사람들의 태도는 변화하고 있지만 발리 토종개는 여전히 심각한 멸종 위기를 마주하고 있으며, 여기에는 개를 먹고 싶어 하는(먹어야 한다는 잘못된 믿음이라도 있는 것일까?) 사람들이 적지 않은 영향을 미친다.

지금 우리는 거의 전 세계에 걸쳐 개에 대한 문화적 시각이 변화하는 모습을 목도하고 있다. 이는 단순한 유행이 아니라 영구적인 변화다. 개와 어떤 식으로든지 유대를 형성하는 사람들은 언제나 존재했다. 개들은 적어도 지난 3만 년간 우리와 함께했기 때문이다.

그러니 대다수의 사람이 개의 죽음을 슬퍼한다는 데에는 의심의 여지가 없다. 하지만 (발리와 중국, 한국 그리고 유럽에서처럼) 개를 위한 슬픔을 순전한 감상주의라거나 그보다 더 나쁜 것으로 치부하면서 무시하거나 과거에 무시했던 문화가 있다면 어떤 일이 벌어질까?

문제의 원인 중 하나는 발리인들이 자기들의 문화유산을 잊어버렸다는 데 있다. 발리는 인도네시아에 속하지만, 인도네시아 인구 대부분이 무슬림인데 반해 발리인들은 거의 모두 힌두교를 믿는다. 힌두교를 믿는다는 것은 〈마하바라타〉(성전《바가바드기타Bhagavad Gita》에 실린 대서사시)에 등장하는 개에 관한 중요한 이야기가 그들 전통의 일부라는 뜻이다.

세계에서 가장 긴 서사시로 손꼽히는 〈마하바라타〉는 기원전 5세기

부터 기원후 1세기 중 어느 시점에 산스크리트어로 쓰인 약 20만 행(약 200만 단어)의 엄청난 글이다. 대학교와 대학원에서 산스크리트어를 전공했던 나는 이 서사시를 잘 알았다. 그중에서도 내게 가장 큰 영향을 미쳤던 이야기는 역시 개에 관한 이야기였다.

대서사시 〈마하라바타〉의 본에피소드에 관해서만 책 한 권 분량의 이야기를 할 수 있지만, 여기에서는 간단하게만 살펴보자.

어느 왕국을 다스리던 전사, 판다바Pandava 왕자들은 양측 모두를 거의 전멸시킨 거대한 전쟁을 치른 이후로 전쟁뿐만 아니라 세상 전반에 대해 큰 환멸을 느꼈다. 이에 왕자들은 히말라야로 떠나 천국을 향한 등반을 시작한다.

떠돌이 개 한 마리가 이들을 따라왔는데, 개들이 더러운 동물로 여겨지던 때였음에도 그 개가 마음에 들었던 유디스티라Yudhishthira 제왕은 개를 데리고 함께 등반하기로 결심했다. 왕자들과 아내(다섯 왕자들은 한 명의 아내를 공유했다) 드라우파디Draupadi는 하나씩 하나씩 뒤처지기 시작했는데, 천국으로 가는 것이 그 정도로 가치 있는 일은 아니라고 여겼기 때문이었다.

누군가 낙오될 때마다 유디스티라가 이유를 설명해 주었다. 드라우파디는 다섯 남편을 똑같이 사랑해야 했음에도 아르주나Arjuna를 더 사랑했고, 쌍둥이 나쿨라Nakula와 사하데바Sahadeva는 자신의 빼어난 용모를 과신했다. 비마Bhima는 자신의 힘을, 아르주나는 자신의 활솜씨를 내세우며 자만했다. 이들은 이와 같은 도덕적 결함 때문에 천국에 이를 수 없었고, 오직 작은 떠돌이 개와 유디스티라 제왕만이 북쪽으로의 여정을 계속했다.

전쟁의 대학살을 막기 위해 각고의 노력을 기울였으나 이제는 완전한 환멸에 빠져 버린 너그럽고 온화한 왕, 유디스티라와 그 곁의 충직한 개만이 계속해서 길을 걸었다. 마침내 둘은 천국의 문에 이르렀으며, 그들의 앞에는 고결한 왕을 천국으로 데려가 줄 전차가 나타났다. 왕이 전차에 발을 들였고, 개도 바로 뒤이어 타려고 했다. 하지만 전차원은 개들은 천국에 들 수 없다면서 개를 막아섰다.

유디스티라는 그 개가 기나긴 여정에 걸쳐 얼마나 충직했는지 이야기하면서, 개를 버리고 들어가야 하는 천국이라면 자신은 천국에 오르지 않겠다고 말했다. 유디스티라의 아름답고 고결한 말이 끝나자 개가 자신의 정체를 드러냈는데, 다름 아닌 죽음과 정의의 신 야마 다르마라자Yama Dharmaraja였다. 신은 유디스티라의 친절과 연민을 칭찬했다.

이 이야기는 매우 널리 알려져 있기 때문에, 어릴 적 이 이야기를 듣고 자란 발리 사람들이라면 분명 마음속 깊은 곳에 개에 관한 교훈이 남아 있을 것이다. 사실 개의 충직함은 〈마하바라타〉가 이야기해 주지 않아도 우리 모두 알고 있기 마련이다. 발리 사람들은 그저 기억 속 교훈을 되살릴 계기가 필요했을 뿐이고, 바로 그것이 발리동물복지협회가 하고 있는 일이다.

개를 먹을거리로 여기는 것이 일상인 문화에서는 상황이 조금 더 복잡하다. 전 세계적으로 매년 대략 2500만 마리의 개들이 식용으로 도살당한다. (그중 2000만 마리가 중국에서 불법적으로 도살당한다.) 내가 말하려는 나라들은 중국, 베트남 그리고 한국이다. 이곳에서는 개고기를 판매하는 식당을 볼 수 있었으며, 시골일수록 더욱 그러했다. (또한 개고기를 전통적으로 널리 용인하는 폴리네시아 문화권의 통가에서도 개고기 식당을 본 적이 있다.)

이 나라들의 개고기 식용에 대해서는 많은 연구가 이루어지지 않았기 때문에 이 같은 '관습'이 언제부터 시작된 것인지를 정확히 가늠하기는 어렵지만, 중국과 한국에서는 수천 년 전에 시작된 것으로 보인다.

세 나라 출신의 사람들과 이 문제에 관하여 이야기를 나누어 본 나는 이들이 이에 관한 논의를 진심으로 꺼린다는 것을 알 수 있었다. 관광객들이 식당의 개고기를 보고 경악하는 것이 국민으로서 부끄럽기 때문이라는 것이 전형적인 해명이었다. 물론 반박도 가능할 것이다.

"글쎄, 너희들도 돼지를 먹잖아, 그렇지. 돼지들은 개만큼이나 영리한데 말이야."

실제로 그렇지만, 나는 이들이 논의를 꺼리는 이유가 따로 있다고 생각한다. 바로 개의 본질 때문이다. 인도의 대서사시에서도 개의 충직함을 노래했듯, 개의 미덕은 개고기를 먹는 문화를 비롯한 모든 문화권의 사람들이 잘 알고 있다.

사람들은 개를 먹기는 하지만, 그렇게 하면서도 분명 마음 한구석이 찔리고 슬플 것이라고 생각하지 않을 수 없다. 하지만 어쩌면 그렇지 않을 수도 있다. 바로 이 점을 사람들에게 물어보고 다니던 어느 저널리스트는, 타이저우에서 만난 어떤 나이 많은 남자가 "겨울이면 횟집에서 물고기를 고르듯 개를 골라 잡아먹을 수 있으니 어서 겨울이 왔으면 좋겠다"고 응답했다고 전했다.[] (수조에서 물고기를 선택하는 것도 누군가에게는 비위 상하는 일이다. 나는 어릴 때에도 그 장면을 견디질 못했다. 우리 아버지는 매우 '싱싱한' 그러니까 살아 있는 굴을 즐겨 드셨고 나는 거기에 큰 충격을 받았다.)

철장에 갇힌 채 죽기만 기다리는 개들의 슬픈 표정을 인터넷에서 불행히도 사진으로 본 적 있는 사람이라면 내가 무슨 말을 하는지 알 것이다. 개들의 얼굴에는 당혹감이 서려 있고, 그들을 해치지 않을 것처럼 보이는 사람이 철장으로 다가서면 개들은 망설이다가 꼬리를 흔들기 시작한다. 개들은 뼛속까지 우리의 식사가 아니라 친구가 되어야 할 동물이기 때문이다.

개들이 슬프고 혼란스러우며 겁에 질려 있다는 것은 누구나 확실히 알 수 있다. 얼굴에 그렇게 분명하게 쓰여 있는데 어떻게 그들의 감정과 정신 상태를 짐작하지 못하겠는가? 그들의 마음속 끔찍한 감정들을 알아보는 일은 과도한 의인화가 아니라 그저 연민일 뿐이라고 생각한다.

어쩌면 개들은 자기가 곧 살해당하리라는 것까지는 모를 수 있지만 (그런 개념 자체가 없을 수 있다), 그럼에도 무언가 끔찍한 일이 곧 일어날 것 같기 때문에 몸을 떨며 두려워하는 것이 분명하다. 우리로서는 견디기 힘든 광경이고, 그만큼 견디기 힘든 생각이다.

좋은 소식은 이 나라들에서도 문화를 바꾸려고 앞장서서 애쓰는 동물권 옹호 단체들이 있다는 점이다. 이들은 때때로 (최근 베트남에서 그랬던 것처럼) 수백 마리의 개를 도살장으로 데려가는 트럭을 멈추어 세운 뒤 강제로 개를 풀어 주고 보호소로 데려와 새 입양처를 알아봐 주기도 한다.

한국에는 누렁이라는 특별한 종의 개가 있다. 누렁이의 혈통은 불분명하다. 누렁이는 호주의 딩고처럼 한국의 토종개일까? 그저 '똥개'거나, 인도 사람들 말을 빌려 '파리아개[버려진 개]'일까? 발리 토종개와 유사하지는 않을까?

아시아의 많은 국가에는 이와 같은 개들이 있다. (아시아에서는 품종을 구분하려는 시도가 유럽에 비해 훨씬 늦게 시작되었기 때문일 것이다. 유럽에서도 중세에는 이와 같은 개들이 있었을 가능성이 있다.) 사람들은 아마 늘 어느 정도는 이런 개들을 꺼림칙하게 여겼을 것이다.

개들이 우리와 '함께'한 지 약 1만 5천 년에서 4만 년 정도 되었기 때문에, 그토록 오래 전에 개들이 인간에게 어떤 의미였는지 알 방법은 물론 없다. 어쩌면 하나 이상의 의미였는지도 모른다. 아이들에게는 형제였을 테고, 여자에게는 보호하고 먹여 살려야 하는 연약한 아이였을 수 있다. 남자들에게는, 적어도 어떤 남자들에게는 친구이거나, 경비원이거나, 보조 사냥꾼이거나 혹은 밥이었을 수도 있다.

확실한 것은 단 하나, 우리가 보기에 귀엽거나 흥미로운 모습이 되도록 개들을 교배하거나 개량하는 일만큼은 없었다. 전 세계의 '똥개'들이 비슷한 모습인 것도 아마 바로 이 이유 때문일 것이다. 원하는 모습으로 만들기 위한 교배는 극히 최근에서야 생겨난 개념이다. 어찌하였든 먼 옛날 수렵채집인 인류와 함께했던 '원형의' 개들은 지금의 떠돌이 개(어떤 이름으로 부르든지)였을 것이 분명하다.

한국의 누렁이가 다른 개들과 감정 구조가 다를 것이라고 생각할 수는 없다. 누렁이도 인간과 가족이 되고 싶어 한다. 점점 더 많은 나라에서 가족으로서 개를 입양하고 있다. 하지만 안타깝게도 그들 중 많은 이들이 마치 똥개는 개가 아니라 완전히 다른 종류의 동물이라는 듯 푸들, 저먼 셰퍼드, 래브라도 리트리버 등 순종(순수 혈통)만을 키우려 한다. 당연한 말이지만, 똥개도 개다.

어떤 식으로든지 다정한 관심을 준다면 똥개들도 본래의 운명대로 인간과 함께 살아가는 반려동물이 될 테고, 대다수의 경우라면 우리 또한 그들을 위해 살아가는 반려인이 될 것이다. 그야말로 서로에게 이득이 되는 일이다.

인터넷에서 어느 중국인 기자의 짧은 이야기를 읽은 적이 있다. 그녀가 아주 어렸을 적 그녀의 부모님이 강아지 한 마리를 데려왔고, 그 강아지는 당연하게도 그녀의 가장 친한 친구이자 측근(개들은 절대 비밀을 폭로하지도 않는다)이 되었다.

그러던 어느 날 학교에서 돌아와 보니 그녀의 개가 뒷마당에 거꾸로 매인 채 국거리가 되어 가고 있었다. 그녀는 이후로 평생 그 트라우마에서 벗어나지 못했다. 그 장면을 본 어떤 아이들이라도 평생 그로부터 영향받을 것이라 단언해도 무리가 아닐 테다.

다행히도 중국뿐만 아니라 개들과 사람들이 함께 살아가는 모든 곳에서 시대가 매우 빠르게 변화하고 있다. 이제 캄보디아나 라오스, 한국에서는 개고기를 먹으려 둘러앉은 가족들보다 사랑하는 개를 위해 장례식을 치르는 가족들을 훨씬 흔하게 만나 볼 수 있다.

어쩌면 개들은 생각보다 더 오랜 시간이 걸리더라도 인간을 보다 인간답게 만들어 주기 위해 이 세상에 온 것이 아닐까?

10장

우리를 더 인간답게 하는
상실에 관하여

한때 깊이 좋아했던 모든 것은 절대로 잊을 수 없고,
한때 깊이 사랑했던 모든 것은 우리의 일부가 된다.

헬렌 켈러 HELEN KELLER

인간과 마찬가지로, 죽음을 맞이하는 개들은 각기 매우 다른 방식으로 감정을 표현한다. 반려견이 세상을 떠날 때 곁을 지켰던 나의 친구들은 그 장면들을 이렇게 전했다.

"우리 개는 하나하나 온 힘을 다해 저항했어."

"우리 개는 어떻게 이런 일이 생길 수 있냐는 듯 나를 올려다봤어."

"우리 개는 훌쩍이더니 나를 허망하게 쳐다보더라."

"우리 개는 체념한 것 같았지만 그래도 많이 슬퍼 보였어."

"우리 개는 온몸을 사시나무처럼 떨었어."

"우리 개는 다행이라는 듯 한숨을 쉬더라고."

　그러나 나에게 이야기를 들려준 사람들은 개들의 이처럼 다양한 마지막 반응을 하나같이 똑같은 말로 회고했다.

"너무 가슴 아팠어."

우리가 개들을 그토록 깊이 애도하는 이유는 그들에게서 우리의 감정만큼이나 깊은 (혹은 내가 앞서도 말했듯, 우리의 감정보다도 깊은) 감정을 엿보기 때문이다. 개들이 우리를 사랑하기에 우리도 개들을 사랑한다. 개들이 우리를 향해 강렬한 감정을 느끼기에 우리도 개들을 향해 강렬한 감정을 느낀다.

혹시 개들도 우리가 개들을 위해 슬퍼하는 방식 그대로 우리를 위해 슬퍼해 줄지, 개들도 반려인이 죽으면 우리만큼 어쩔 줄 몰라 할지가 자연스레 궁금해진다. 그렇다는 것을 보여 주는 이야기는 물론 많다.

일본의 아키타, 하치코Hachiko는 1925년 반려인이 세상을 떠난 이후로 구 년 동안 매일 저녁 도쿄역에 나가 반려인을 기다렸고*, 마샤Masha는 2014년 겨울 시베리아 콜트소보에 위치한 노보시비르스크 구립병원 제1동에 반려인과 함께 왔다가 반려인이 살아 나오지 못하자 영하 20도 이하로 기온이 떨어지는 와중에도 병원 구내를 떠나려 들지 않았다.

마샤는 그곳에서 꼬박 일 년을 기다렸고, 마침내 병원 직원이 그를 입양해서 병원 마스코트로 길렀다. 지금 마샤는 아픈 이들과 죽어 가는 이들의 병실을 돌아다니며 오직 개만이 줄 수 있는 위로를 환자들에게 안겨 주고 있다.**

* 하치코는 도쿄역에서 기다렸고 하치코의 동체 석 점이 발굴되었다.(원주)

** 2014년이 아니라 2015년에 일어난 일이다.(원주)

개들에게 무슨 일이 일어났는지를 설명해 줄 수 없다는 것이 가장 큰 차이점일 것이다. 개들에게는 그토록 깊은 감정적 문제가 생겨도 이유를 납득시켜 줄 수가 없다. 반려동물이 죽었을 때 적어도 우리가 죽어 반려동물이 슬퍼할 일은 없을 거라는 말로 아이들을 달래는 경우를 종종 보았다.

반려동물과 함께 사는 노인들은 실제로 반려동물이 홀로 슬픔에 잠기게 될까 봐 걱정한다. 그들은 버만 고양이 슈페트Choupette에게 수억 달러를 물려주고 간 칼 라거펠트Karl Lagerfeld만큼은 아니더라도(돈에 관심 있는 동물은 인간뿐이라는 것을 잊은 듯하다), 반려동물이 완전히 혼자 남겨지기를 바라지는 않을 테다. 개나 고양이의 슬픔을 덜어 주기 위해 우리가 할 수 있는 일은 많지 않은 듯하다.

사람을 납득시키는 것도 과연 가능한 일일까? 방금 반려견이나 반려묘를 잃은 사람에게 도대체 무슨 말을 할 수 있겠는가? 사람이 죽었을 때 늘어놓는 진부한 말들은 여기에서도 마찬가지로 공허하게 들릴 뿐이다.

나는 엘리자베스 퀴블러 로스Elisabeth Kübler-Ross의 슬픔의 5단계(부정, 분노, 타협, 우울, 수용)를 특별히 좋아해 본 적도 없지만, 동물에 관해서라면 더욱 많은 허점을 볼 수 있다. 대개 우리는 반려동물의 죽음을 부정하지도 않고, 분노하지도 않는다. 타협할 만한 여지도 없다. 우울은 슬픔의 다른 이름이라고 한다면 이해할 만하며 수용은, 글쎄, 다른 선택지가 없지 않나? 나는 이 이론에서 천재성을 찾아내는 데 실패했다.

내가 이 책에서 지금까지 이야기한 다른 모든 것이 그랬듯, 반려동물을 애도하는 방식 또한 반려동물과의 삶을 기념했던 방식과 마찬가지로 반려인만의 온전히 사적이고 개인적인 결정이라고 생각한다. 누구도 당신에게 이렇게 해야 한다, 그렇게 해서는 안 된다며 훈수를 둘 수 없다.

애도에는 '옳은' 방법이 없으며 모든 사람이 각기 다른 방식으로 애도한다. 당신이 느끼는 '격심한 슬픔'이 과장이라고 생각하는 사람들도 있겠지만, 그냥 그렇게 생각하게 놓아두어라. 몇 주면 다 잊어야 한다고 생각하는 사람들도 그냥 놓아두어라. 당신이 어찌하든지 간에 그들이 알 바가 아니다. 이는 당신의 사적인 일이다.

내가 십 년이 넘게 프로이트식 정신분석가로서 훈련을 받으면서 한 가지 명확하게 깨달은 것이 있다면 사랑에 관한 한 전문가는 없다는 점이었는데, 슬픔에 관해서도 그렇다고 덧붙일 수 있겠다. 특히 개와 고양이의 경우에 '마지막 결단'을 내려야 한다고, 그러니까 친구를 안락사시켜야 한다고 말하는 사람이 너무 많은 것도 상황을 더욱 복잡하게 만들 것이다.

앞에서도 이야기한 바 있지만 다시 한 번 말하자면, 안락사는 가벼이 여길 단계가 아니다. 안락사를 선택한다면 다른 선택지가 없다고 느껴질 때(예컨대 반려동물이 참을 수 없는 고통을 느끼고 있으며 그 고통이 나아지거나 자연스레 끝날 가능성이 없을 때)에도 당신은 엄청난 죄책감을 느낄 수밖에 없다.

이에 관해서는 나도 죄책감을 부정해서는 안 된다는 퀴블러 로스의 말에 동의한다. 시간이 흐른 뒤에 안락사가 불가피한 선택이 아니었을 것 같고 다른 선택지도 있었을 것 같은 기분이 들 수 있기 때문이다. 그렇게 되면 죄책감은 점점 더 무거워진다.

반려동물의 눈을 감겨 주기로 결정하기에 앞서 심사숙고하는 것이 매우 중요하다. 입장을 바꾸어 생각해 보는 것도 도움이 된다.

'만약 내가 우리 반려동물이라면 나는 이제 그만 눈을 감고 싶어 할까? 아니면 당장 편안하지는 않더라도 사랑하는 사람들과 조금 더 함께 있고 싶어 할까?'

우리 두 아들들이 무척이나 아꼈던 쥐 두 마리는 앞에서도 잠깐 이야기한 바 있다. 그중 한 마리가 '오라(자매 키아까지 하면 마오리어로 '안녕'이라는 뜻의 '키아 오라Kia ora'가 된다)'다.

오라는 집 안을 마음대로 돌아다니게 풀어 두면 우리 침실까지 알아서 찾아오곤 했다. 물론 오라의 안전을 장담할 수 있을 때, 그러니까 우리 집 고양이들이 없을 때에만 풀어 두는 것이었다. 그러던 어느 날 오라가 어딘가로 사라졌고, 우리 가족들은 모두 크게 낙심했다.

그날 밤 레일라와 나는 침대에 누워 책을 읽다가 갑자기 무언가 이불을 살며시 당기는 느낌에 고개를 들었다. 오라가 우리 침대로 올라오고 있었던 것이다. 그런데 우리가 오라를 본 바로 그 순간 무언가 빠르게 움직이더니 우리 집의 벵갈고양이 메갈라Meghala가 오라를 덮쳤다.

메갈라의 발톱이 오라의 배에 박혔고, 우리는 오라를 메갈라에게서 구해 냈지만 이미 오라가 겁에 질려 죽었다는 것을 알 수 있었다.

우리는 어려운 결정을 내려야만 했다. 우리 아들들에게 진실을 말해야 할까? 오라가 나타나기만을 헛되이 기다리지는 않겠지만, 포식 행위를 한 메갈라를 싫어하게 될 위험도 있었다. 아니면 비밀에 부쳐야 할까? 결국 우리는 오라의 슬픈 최후를 아들들에게 알리지 않기로 결정했다. 아들들은 오래도록 슬퍼했지만, 감히 그만 슬퍼하라고 말할 수는 없었다.

이 이야기를 글로 남기는 것이 꽤 힘들지만(충격적인 일이기는 해도 사실 왜 이렇게까지 힘든지는 잘 모르겠다), 오라의 이야기에 한 가지 추신을 덧붙여야겠다. 나의 아내 레일라는 아들들과 마찬가지로 오라에게 푹 빠져 있었다. 오라가 세상을 떠나자 레일라도 정말 많이 울었는데, 얼마 전에야 레일라는 자기 아버지가 돌아가셨을 때보다 오라가 죽었을 때 더 많이 울었다고 털어놓았다. (레일라가 아버지를 그다지 좋아하지 않았다는 것은 이것만으로도 알 수 있겠지만, 그럼에도 감정적으로 매우 성숙하고 섬세한 성인 여자가 아버지의 죽음보다 쥐의 죽음에 더 오래도록 울었다는 것은 놀라운 일이다. 그렇지 않은가?)

뉴질랜드 오클랜드 부근의 카라카 베이에 살 당시 우리 가족에게는 암탉 한 마리와 수탉 한 마리가 있었으며, 두 마리 모두 우리 동물 가족의 중요한 일원이었다. 그들은 나의 집필 활동에 유독 관심이 많았으며, 내가 컴퓨터 타자를 치고 있으면(《평화로운 왕국 세우기Raising the Peaceable Kingdom》을 쓸 때였다) 어깨에 올라와서는 내가 일하는 내내 앉아 있고는 했다.

닭들은 우리와 벤지 그리고 우리 집 고양이 네 마리와 함께 해변을 산책하는 것도 좋아했다. 고양이들은 자기들과 덩치가 대충 비슷한 닭들을 건드리지 않았지만, 나의 바람과는 다르게 결코 다정한 유대를 형성하지는 못했다. 문제는 이 닭들이 개들을 전혀 두려워할 줄 몰라서 끝내 좋지 않은 일이 일어날까 봐 걱정된다는 점이었다. (물론 벤지는 만나는 모든 동물에게 그랬듯 닭들에게도 사랑만을 퍼부었다.)

아니나 다를까, 여느 때와 다름없이 산책을 나갔는데 해변을 따라 달리던 개 한 마리가 우리 닭들을 보고 뒤쫓아 달려왔다. 닭들은 가능한 한 빠르게 도망쳤지만, 닭들이 우리 집으로 몸을 숨기기도 전에 개가 그들을 덮쳐 버렸다. 우리가 바로 뒤에 없었더라면, 그래서 그들을 구해 주지 못했더라면 분명 그들은 그 자리에서 죽었을 것이다. 그러나 다행히도 닭들은 그리 심하지 않은 부상을 입는 데 그쳤다. 물론 아이들은 이 또한 속상해했다.

그렇게 우리는 닭들을 계속 위험에 노출시키느니 자유로이 숲속을 거닐 수 있는 새로운 보금자리로 보내는 것이 낫겠다는 결정을 내렸다. 우리는 적당한 집을 찾아 보냈고, 이후 두 마리의 닭은 자녀와 손주와 증증증손주를 비롯하여 무수히 많은 자손을 두고 잘 살고 있다는 소식을 전해 들었다.

평화로운 우리 왕국의 또 다른 일원이자 거대한 더치 토끼였던 호헤파Hohepa(마오리어로 '요셉')에게도 같은 운명이 기다리고 있었다.

호헤파는 우리는 물론 나머지 동물 친구들과도 매우 친해졌으며, 특히 우리 집의 천하태평 래그돌 고양이 타마이티Tamaiti와 특별한 유대를 형성했다. 둘은 밤마다 딱 붙어 자려 했다. 타마이티가 마치 보호하려는 듯 호혜파의 어깨를 앞발로 감싸고 밤새 함께 꾸벅거리는 동안 우리는 끝도 없이 사진을 찍어 댔다.

하지만 호혜파도 개를 무서워할 줄 몰랐고, 특히 조용하고 인적도 드문 저녁이면 우리와 함께 바닷가 산책을 나가고 싶어 했었다. 문제는 머지않아 지나가던 개가 호혜파를 발견하는 순간이 올 테고, 그렇게 되면 좋지 않은 결과가 이어지리라는 점이었다.

닭들에게 일어났던 일을 되풀이하기 싫었던 우리는 결국 무거운 마음으로(정말이지 사랑스러운 토끼였다) 오클랜드 북쪽 멀리에 위치한 게스트하우스 '더 트리 하우스'에 호혜파를 보냈다. 그리고 호혜파는 그곳에서 멋진 삶을 살았다. 낮이면 테라스에 앉아서 새로 온 손님들에게 인사를 건넸고, 밤이면 숲속을 돌아다니며 먹이를 구했다.

그러던 어느 날, 우리는 호혜파가 숲에서 돌아오지 않았다는 소식을 들었다. 그러나 우리 중 누구도 이를 애도하지 않았으니 어쩌면 퀴블러 로스가 옳았는지도 모르겠다. 부정의 단계가 찾아온 것이다.

호혜파가 돌아가지 않기로 결정한 것이라 믿는 한 우리는 죄책감에서 벗어날 수 있었다. 우리는 호혜파가 어떤 해도 입지 않았으며 그곳에서 계속 매력을 뽐내되 이번에는 인간이 아니라 다른 동물들과 함께했다고 믿고 싶다.

이는 우리, 그러니까 우리 인간들이 받아들이기 쉽지 않은 일이다.

어떤 동물을 평생의 반려동물로 정할 때면 우리는 그 동물도 우리를 평생의 반려로 여길 것이라 믿는다. 하지만 만약 그렇지 않다면 어떨까?

내 생각으로는 개들이 오랫동안 알고 지냈던 사람에게 갑자기 안녕을 고하고 홀로 떠나 사는 경우는 거의 없는 것 같다. (적어도 나는 그런 이야기를 들어본 적이 없다.) 하지만 고양이들에게는 드물지 않게 일어나는 일이다. 다른 사람과 살기를 택하는 고양이도 있고, 아예 누구와도 같이 살지 않고 길고양이가 되기를 택하는 경우도 있다.

카라카 베이에 살 때 우리 집 고양이들 중 한 마리, 미키Miki가 바로 그런 선택을 내리면서 우리 모두를 충격에 빠뜨렸었다. 미키는 사랑을 듬뿍 받고 자란 응석받이 치즈색 고양이였지만, 기이하리만치 독립적이었으며, 인간의 말은 귓등으로도 듣지 않았다.

언젠가는 미키가 집을 나갔다가 며칠 만에 발견된 적이 있었다. 두 층 아래에 사는 이웃이 미키가 자기 집에 내려와 있는데 나가려 하지를 않는다고 알려 준 것이다. 나는 미키를 집에 데려왔지만, 다음 날에도 미키는 그 집에 가 있었다. 또 데려와도 마찬가지였다. 메시지는 분명했다.

'나 너희 집 말고 여기에서 살 거야.'

그 집에 살던 남자는 고양이를 싫어하는 티가 역력했는데, 그것을 가만히 두었을 리 없는 미키는 밤마다 그의 머리맡에서 잤다. 첫 일주일 동안은 미키를 다른 데로 옮겨 놓던 그 남자도 결국에는 항복했다. 둘은 매우 가깝게 지냈지만, 영원히 그랬던 것은 아니었다.

미키는 우리 집을 떠났을 때와 마찬가지로 알 수 없는 이유로 갑작스럽게 그 집을 떠났고, 이번에는 몇 블록 떨어진 곳에서 살고 있다는 것을 전해 들을 수 있었다. 같은 이야기에 같은 결과였다.

그 다음에는 아예 인간과 같이 살지 않기로 결정한 듯했다. 미키는 수많은 집을 돌아다녀 보았으니 어디에 가면 가장 좋은 밥이 나오는지도 알고 있었지만, 그럼에도 주택가 뒤 언덕에서 혼자 사는 편을 택했다. 하여튼 이상한 애였다.

이 이야기를 보면 '개들이라고 정말 다를까? 우리처럼, 적어도 우리 중 대부분처럼 동반자 없이는 살 수 없는 동물일까?'라는 생각이 들 수 있다. 사람들 중에도 홀로 은둔하는 사람들이 있고(분명 드물 것이라고 생각한다) 개들 중에도 반려인 없이 사는 편을 택하는 개들이 있겠지만, 적어도 나는 그런 이야기를 들어본 적이 없다.

내가 보기에는 인간이 아무도 함께하지 않는 삶을 굳이 택하지는 않는 것처럼, 개들도 반려인 없는 삶을 택하지는 않을 것이다. 다른 나라들의 떠돌이 개들은 하나같이 그런 삶의 방식을 자기가 택하지는 않았다는 듯 슬픈 기색이 얼굴에 서려 있었다. 오히려 자기가 원하는 삶을 살지 못해 애석해하는 것처럼 보였다.

내가 아는 예외로는 아테네의 개들이 있다. 나의 친구이자 그리스의 영화감독 메리 주나지Mary Zournazi가 찍은 아름다운 다큐멘터리 〈개를 위한 민주주의Dogs of Democracy〉 속의 개들은 전혀 슬퍼 보이지 않는다.

다만 이는 사람들이 개들을 친절과 우정으로 대하기 때문에 가능한 일이다. 아테네의 떠돌이 개들은 엄청난 긍지를 가지고 있으며, 시민들이 그리스 국민에 대한 유럽연합(EU)의 가혹한 처우에 대하여 시위를 벌일 때면 떠돌이 개들도 행렬 맨 앞에서 활동가들과 나란히 행진한다.

이들은 존중받고 인정받으며, 굶지도 추위에 떨지도 않고, 자기들만의 길을 헤쳐 나간다. 이 또한 좋은 삶의 방식 중 하나일 것이다. 떠돌이 개들의 우두머리가 세상을 떠났을 때에는 성대한 장례식이 열렸으며, 수많은 아테네 시민이 그 개를 애도했다.

나는 대체로 심리학을 좋아하지 않으며(프로이트식 정신분석가로 살았던 시절이 이제는 남의 일 같다), 전해 내려오는 '지혜'라는 것이 명언 카드에서나 볼 법한 말처럼 느껴질 때가 없지 않아 있고(다소 심한 말이라는 것을 인정한다), 보통은 학위를 든 낯선 이보다 친구의 어깨에 기대어 우는 편이 더 좋다.

요즈음에는 거의 대부분의 심리학자가 슬픔에 시간제한을 두어서는 안 된다고, 그러니까 정상적인 애도 기간을 넘겨 가며 슬퍼하는 것이 신경증이나 일종의 병은 아니라고 여기니 참 다행이다. 슬픔은 어떤 면에서는 아픔의 한 형태이고, 아픔을 이겨 내는 속도는 저마다 다르다.

그러므로 정신의학자이자 생태학자인 존 볼비John Bowlby의 유명한 슬픔의 4단계(충격과 무감각, 갈망하고 찾아 헤맴, 절망, 추스림과 회복)는 엘리자베스 퀴블러 로스의 5단계가 나오기 전부터 영향력을 떨치기는 했어도, 그저 슬픔이 어떻게 진행되는지 혹은 진행되어야 하는지에 관한 누군가의 이론일 뿐이니 당신의 마음에 들지 않는다면 무시해도 좋다.

당신이 (다른 사람들과 마찬가지로) 슬프거나 우울한 느낌을 받는다고 하더라도 그것을 병적이라고 할 이유는 전혀 없다. 게다가 당신의 슬픔이 누군가가 바라는 기간 이상으로 오래 이어진다고 해도 그들이 상관할 바는 아니다.

다른 이들이 당신의 슬픔을 병 취급하게 두지는 말자. 온전히 당신의 슬픔이고, 당신의 것이다. 하룻밤 새에 털어 낼 수도 있고, 평생을 지고 갈 수도 있다. 그것은 당신이 정할 일이지 임상심리학자가 정할 일이 아니다.

반려견, 반려묘에 대한 감정은 당신 스스로가 가장 잘 알고, 지금 당신의 기분도 당신이 가장 잘 안다. 당신을 판단해도 되는 사람은 아무도 없다. 당신은 규칙이나 단계를 따르지 않아도 괜찮고, 당신 자신을 제외한다면 누구에게 설명하지 않아도 괜찮다.

다만 한 가지 예외를 두어야겠다. 상실을 입 밖에 꺼내지 않는 것은 좋은 생각이 아니고, 사랑하는 동물을 잃었을 때라면 더욱 그러하다. 결국 우리는 이야기하며 살아가는 동물이기 때문이다.

만약 주변에 아무도 없다면 개나 고양이한테 털어놓아도 좋다. 장담하는데, 그들은 언어 뒤의 감정들을 이해해 줄 것이다.

11장

다시는 개나 고양이를
기르지 않겠다고
다짐했지만

개를 기르기 전에는
개와 함께하는 삶이 잘 그려지지 않지만,
길러 본 뒤에는 개 없는 삶을 상상조차 하지 못한다.

캐롤라인 냅CAROLINE KNAPP

개를 잃어 본 사람이라면 누구나 알겠지만, 개를 잃는다는 것은 다른 존재에게서는 얻을 수 없는 단순한 육체적, 감정적 친밀감을 잃는 것과 같다. 아이들이나 배우자도 고양이나 개처럼 계속 쓰다듬지는 않는다. 단순하다는 것은 양면성이 거의 없다는 의미다.

우리는 개나 고양이와 말싸움하거나, 싸우거나, 삐지거나, 문을 쾅 닫고 들어가거나, 혼자 있게 해 달라고 말하지는 않는다. 반려견은 모든 것을 당신에게 맞춘다. 당신이 글을 쓰고 있다면 반려견은 당신 발치에 앉아 표정의 작은 변화 하나까지 관찰하면서 당신에게든지 자신에게든지 일어날 다음 일을 기다릴 것이다. 그에게는 당신이 곧 온 세상이다. (물론 개와 달리 고양이는 인간이 따라다니게 된다.)

그렇기 때문에 우리의 관계는 다른 무엇으로도 대신하지 못할 것만 같다. 이토록 강렬한 애착을 또 어디에서 느껴 본다는 말인가? 글쎄, 사실은 다시 느낄 수 있다. 물론 다음 날 당장은 아니겠지만, 언젠가는 가능하다. 애착을 갈구하는 것을 부끄럽게 생각할 이유가 있을까?

'대체'라고 생각하지 않았으면 좋겠다. 그 어떤 사람이나 동물도 똑같은 것으로 '복제'하거나 비슷한 것으로 '대체'할 수 없다는 것을 우리 모두 알고 있기 때문이다. (동물 복제가 있기는 하지만, 바로 이 같은 이유로 미루어 복제가 대중화되는 일은 결코 없을 것이라고 생각한다.) 당신의 지난 경험들은 물론 특별했지만, 특별한 경험들은 늘 조금씩 다르게 반복되기 마련이다.

여기서 나는 "개를 또다시 키운다는 것은 매우 사적인 일이므로 누구도 당신을 위해 대신 결정하거나 도움이 될 만한 조언을 해 줄 수 없다"는 뻔한 말보다는 위험을 감수하고서라도 이렇게 말하고 싶다.

"네, 개를 한 마리 더 키우세요!"

단, 한 가지 조건이 있다.

"사지 말고 입양하세요."

대부분의 사람들에게는 당연한 말처럼 들리겠지만, 그렇지 않은 사람들을 위해 짧게 설명하겠다. 2018년 3월, 피닉스, 필라델피아, 샌프란시스코, 샌디에이고, 로스앤젤레스를 비롯한 미국의 202개 도시가 펫샵의 강아지 판매를 금지했다. '구조한' 강아지라는 것을 증명할 수 있을 때에만 예외적으로 판매를 계속할 수 있다.

펫샵에서 판매되는 대부분의 강아지가 '강아지 공장'이라는 시설에서 나온다는 것이 명백해졌기 때문이었다. 여기서 '공장mills'이라는 말이 시인 윌리엄 블레이크William Blake의 '어두운 악마의 맷돌Satanic Mills'을 연상시키는 이유는 그곳이 바로 지옥이기 때문이다.

강아지 공장이란 무엇일까? 강아지 공장은 미국에만 최소 1만 곳 이상 (그리고 내가 사는 호주를 비롯해 세계 각지에도 수천 개가 더) 존재한다. 이와 같은 번식장의 실태를 보여 주는 영상은 인터넷에서도 쉽게 찾아볼 수 있으며*, 장담컨대 영상들을 한 번이라도 본다면 앞으로 절대 펫샵이나 인터넷으로 강아지를 사는 방법은 생각조차 하지 않게 될 것이다.

한편 미국에만 어림잡아 1만 4천 곳 이상의 보호소가 있고, 약 800만 마리의 개와 고양이가 '버려져' 있다. 매년 200~400만 마리의 개와 고양이(개 22퍼센트, 고양이 45퍼센트)가 보호소에서 안락사를 당한다. 너무 공격적이거나(대개는 그럴 만한 이유가 있다) 너무 아프기 때문인 경우도 있지만, 아무도 입양을 원하지 않기 때문인 경우가 가장 많다.

매년 3000만 가구가 개나 고양이를 들인다는 것을 생각하면, 만약 그들이 모두 보호소에서 반려동물을 입양할 경우 단 한 마리의 동물도 안락사당하지 않을 수 있다는 것을 알 수 있다. 그러니 반려견을 데려올 곳은 이 보호소들 중 하나다.

점점 더 많은 보호소가 '노 킬no kill' 보호소로 변하고 있다. 한 마리의 개나 고양이도 안락사하지 않고 새로운 보금자리를 찾아 주거나 찾을

---

* 한 예시로 미국의 휴메인 소사이어티Humane Society가 촬영한 영상을 볼 수 있다.[38]

때까지 무기한 데리고 있겠다는 뜻이다.

노 킬 보호소에서 일하는 사람들은 동물을 사랑하기 때문에 그곳에서 일한다. 반면 강아지 공장을 운영하는 사람들은 오로지 돈만 보고 일하며, 개를 사랑하는 것은 그들의 계획에 없다. 그곳의 개들은 최악의 환경에서 산다.

번식견들은 기본적으로 비인간적인 환경에서 평생을 갇혀 지내며 음식의 질이 나쁘고, 비좁으며, 건강관리가 이루어지지 않고, 소위 관리자가 재소자의 고통에 무관심하다는 점에서 미국 최악의 감옥을 연상케 한다.

강아지 공장을 한 번이라도 방문해 본 사람이라면 모두 그런 곳이 존재해서는 안 된다는 데 동의한다. 점점 더 많은 도시에서 강아지 공장을 전면적으로 비난하거나 완전히 금지하고 있다.

보호소를 방문한다는 것은 가볍게 시도해 볼 만한 일은 아니다. 가슴이 너무 아려와 눈에 보이는 모든 개를 입양하고 싶어질 것이기 때문이다. 어떤 개들은 누군가 데려가 줄 것이라는 희망을 아예 포기해버린 듯 가만히 앉아만 있고, 어떤 개들은 쉬지 않고 짖어 댄다.

나는 언젠가 우리가 개들의 말을 통역해 들을 수 있는 입장이 될 것이라고 확신하고, 그때가 되면 분명 개들은 이렇게 말할 것이다.

"나 지금 너무 무서워, 앞으로 어떤 일이 일어날지 전혀 모르겠어. 나 어떻게 돼? 제발 나 좀 집에 데려가 주면 안 돼? 같이 있게 해 줘, 다시 사랑하게 해 줘. 난 사랑하지 않고는 살 수가 없어."

사랑에 굶주린 그들의 머릿속에 어떤 끔찍한 생각들이 스쳐 지나갈지 그저 상상해 볼 수밖에 없다. 개들이란 사랑을 표현하고 주고받도록 진화해 온 동물임을 명심하자. 이런 식의 삶은 개들로서는 가장 기본적인 본성을 거스르는 일이자 순전한 고통일 뿐이다. 펫샵에서 개를 산다는 것은 (보다 책임감 있는 펫샵은 강아지를 팔지 않겠지만) 개들의 고통을 공고히 하겠다는 것과 같다.

개와 고양이를 키우는 모든 사람이 반려동물에게 중성화수술을 시켜 준다면 보호소 및 안락사가 지금처럼 어마어마하게 많지는 않을 것이다. 중성화수술은 안전하고 고통도 거의 없으며, 수술을 받은 동물들은 대개 매우 빠르게 회복하고 성격도 눈에 띄게 좋아진다.

훨씬 더 얌전해지고, 흥분하거나 공격성을 띠는 일도 줄어든다. 우리 집 고양이들은 늘 많은 시간을 야외에서 보냈는데, 중성화수술을 받고 난 이후로는 바깥에서 다른 고양이와 싸우다가 상처를 입은 적이 한 번도 없었다.

중성화수술이 개에게 부자연스러운 일이라고 생각하는 사람들(특히 남자들)도 있다는 것을 안다. 확실히 그렇다. 하지만 분명 많은 생명을 살리는 일이며, 이에 반대할 수의사는 전국을 뒤져도 찾을 수 없을 것이라 생각한다.

개에게 목줄을 매는 일 또한 '부자연'스럽지만 그럼에도 반드시 필요한 일이다. 그러니 우리가 어떤 생각을 가지고 있든, 이에 관해서는 약간의 타협을 할 필요가 있다.

특정한 타입의 개를 원하기 때문에 보호소에 가기가 더욱 어렵다는 사람들도 있다. 마음에 담아 둔 개들을 만나지 못할 수 있기 때문이다. (사실 보호소에서 만난 개가 생각하지도 못하게 마음에 들어올 때도 많다.)

우선 원하는 타입의 개들을 구조하는 데 특화된 단체를 찾아보라고 권하고 싶다. 이런 종류의 보호소는 한때 드물었으나 점점 더 흔해지고 있다. 예컨대 그레이하운드를 원한다면 '쓸모가 없어져서' 도살될 위기에 처한 그레이하운드(대개 개 경주에서 지는 개들)를 구조하여 새로운 보금자리를 찾아 주는 다수의 단체들을 살펴보는 것이다.

내가 길렀던 개들 중 한 마리도 시각장애인도우미견협회에서 데려온 아이였다. 약 50퍼센트의 개들이 평가 미달로 안내견이 되지 못하기 때문이다. (우리 집 개는 꾀를 부리며 임무를 수행하지 않았다고 하는데, 우리 가족에게는 참 다행인 일이었다.)

만약 브리더breeder를 찾아가기로 결정했다면 입양 전에 어떤 브리더인지 충분히 확인해야 한다. 해당 기관에 다녀왔던 사람들에게 물어보고, 직접 기관을 방문해 보고, 개들을 어떻게 데리고 있는지 보여 달라고 하는 것도 좋다. 개를 사랑하기 때문에 브리더가 된 사람도 있지만, 오직 돈만 보고 그 일을 하는 사람들도 있다. 후자가 아닌 전자를 택하기를 바란다.

어떤 사람들은 성견보다는 강아지를 입양하고 싶어 하는데, 충분히 이해할 만한 일이다. 강아지보다 데리고 살기가 더 즐거운 동물은 이 세상에 없기 때문이다. 결국 강아지들이라면 바로 그 이유 덕분에 보호소에서도 거의 모두 입양될 것이다.

　나는 노 킬 보호소가 절대적으로 필요하다고 생각하지만, 아직도 그런 보호소가 많지 않은 것이 현실이다. 어찌하였든 거의 대부분의 보호소는 입양되지 않는 개들을 '처리(끔찍한 단어다)'해야만 한다. 안락사를 시킨다는 말이다.

　통계를 보면 힘이 다 빠진다. 보호소에 들어온 개가 살아 나갈 확률은 50퍼센트에 불과하고, 어떤 보호소(임시보호소, 구조센터, 동물학대방지협회 등)에서는 끔찍하게도 10퍼센트까지 떨어진다. 나이 많은 개는 갈 곳을 찾기가 힘들고, 개들도 그것을 아는 것처럼 보인다.

　나와 대화한 수많은 보호소 직원에게서 직접 들은 이야기다. 그러니 나이 많은 개를 입양한다는 것은 연민 어린 훌륭한 일일 테다. 보호소에 방문했다가 정서적 트라우마를 입을 수도 있다. 그곳의 모든 개가 보금자리를 원하는데, 우리로서는 대개 그중 누구를 고를 특별한 이유가 없으면서 모두 데리고 올 수도 없기 때문이다.

　얼마 전, 나는 다운 워치DawnWatch(동물과 동물권 옹호에 관해서 다른 곳에서는 찾기 힘들지만 몰라서는 안 될 소식들을 제공하는 웹사이트)를 만든 불굴의 캐런 던Karen Dawn에게 이메일 한 통을 받았다. 캐런은 전에도 그녀의 개 핏불 파울라Paula와 함께 사는 법을 담은 저서의 초안을 내게 보내 준 적이 있었는데, 그 책에서 보면 캐런은 파울라는 사랑스럽고 사람을 너무나 좋아하지만 다른 개들과는 사이가 좋지 않은 것을 보고 꽤 전형적인 핏불이라고 생각했다고 한다.

마지막 요소 때문에 힘에 부쳤던 캐런은 이메일을 통해 내게 이런 소식을 전해 주었다.

다른 개를 더 데려오기로 결심한 저는 임시보호소에 무작정 가서 "혹시 여기 온 지 오래되었는데도 다른 개들과 사이좋게 지내는 개가 있을까요?"라고 물었어요.

그러자 그들은 신기하게도 또 다른 핏불을 소개해 주었습니다. 눈이 한쪽밖에 없는 윙키 스몰스Winky Smalls는 사람들에게 무관심하고, 다른 개들을 사랑하는 것부터 덤덤한 성격과 애늙은이 같은 태도 그리고 너무나도 다정한 마음까지 모든 면에서 우리 파울라와는 정반대였죠.

윙키 스몰스가 다른 개들과 어찌나 잘 지냈는지 보호소 직원들이 신입 개들의 성격을 파악할 때 우선 윙키 스몰스와 붙여 줄 정도였다. 신입 개들이 아무리 공격적으로 굴어도 절대 싸움으로 이어질 일이 없었기 때문이다.

캐런은 윙키 스몰스가 대체로 무심하고 낯선 인간 앞에서도 덤덤하게 굴기 때문에 팔 개월씩이나 입양되지 못하고 노 킬 보호소에 머물렀던 것 같다고 했다. 말하자면 면접을 못 본 것이다. 하지만 캐런에게는 완벽한 개였다.

이처럼 모든 보호소와 임시보호소, 구조센터에는 언제나 운 좋은 누군가에게 완벽한 개들이 기다리고 있다.

고양이도 또다시 기르는 것이 좋을까? 물론이다. 하지만 고양이의 경우는 또 다른 개를 기르는 일만큼 간단하지가 않다.

집사라면 이미 두 마리를 기르고 있었을 가능성이 꽤 높고, 그중 한 마리만 세상을 떠났을 수 있기 때문이다. 이 상황에서 또 다른 고양이를 데려오기란 간단한 일이 아니다. 남겨진 고양이가 또 다른 입양을 분하게 여기거나, 나쁜 첫인상을 그 이후로도 절대 극복하지 못할 수 있기 때문이다.

이런 면에서 고양이들은 개들과 다르다. 개들은 사회성이 매우 강한 종이다. 하지만 고양이들은 정반대다. 어떤 고양이들은 다른 고양이가 와도 정말 잘 지낼 수 있지만, 어떤 고양이(어쩌면 대부분의 고양이)들은 그러한 변화를 받아들이기 힘들어할 수 있다.

나는 수백 마리의 길고양이가 큰 다툼 없이 한데 사는 경우도 분명 보았지만, 오랫동안 그들을 관찰해 온 결과 그들이 서로 별달리 교류하지 않는다는 것을 알 수 있었다. 그들은 적의를 드러내거나 싸우지는 않았지만 거의 마음의 문을 닫고 자기 내면에 틀어박힌 것처럼 보였다.

내가 틀렸을 수도 있지만, 만약 나의 생각이 옳다면 고양이들은 우리처럼 완전히 낯선 종의 동물과 깊은 유대를 쌓는다는 것 자체가 (고양이에 관한 글을 쓴 모두가 하나같이 말하는 것처럼) 작은 기적이나 다름없다. 왜 기적인지, 왜 우리가 영광으로 알아야 하는지 명확히 설명할 수는 없지만, 유대감은 거의 늘 생겨난다. 사람이나 동물과 친밀한 유대를 쌓지 않는 고양이는 드물고, 그 상대가 하나 이상인 경우도 종종 있다.

하지만 한 마리의 고양이를 기르다 떠나보낸 사람은 보호소에 방문하면 마치 이상한 세계에 들어선 기분이 들 수 있다. 내가 방문해서 보았던 바로는, 고양이들도 개들과 마찬가지로 앞으로 어떤 일이 닥칠지 알고 있는 듯 보였다.

작은 앞발을 케이지 창살 틈으로 내밀고 가장 불쌍한 소리로 울면서 자기를 집에 데려가 달라고 애원하기 때문이다. (운 좋게 노 킬 보호소에 들어간 고양이라 하더라도 고양이로서는 그 차이를 이해하지 못할 것이라 생각한다. 대부분의 고양이는 자기를 데려가 사랑해 줄 가족을 찾지 못하면 그대로 끝일 거라 생각할 것이 분명하다.) 고양이들이 그렇게 느끼지 않는다 해도 그들이 슬픈 운명을 맞이하도록 놓아둘 수는 물론 없을 것이다.

어떤 고양이들, 특히 나이 많은 고양이는 신기하게도 자기가 입양될 확률이 높지 않다는 것을 안다는 듯 조용히 앉아만 있다. 체념한 듯하다. 품위 있지만, 그럼에도 가련하다. 그러니 마음 따뜻한 사람이라면 나이 많은 고양이를 입양하는 편을 고려해 주기를 바란다.

아기 고양이들은 어떻게든지 보금자리를 찾겠지만, 나이 많은 고양이를 데려갈 사람은 당신밖에 없을 수 있다. 고양이는 당신에게 무척이나 고마워할 테고, 밤이면 당신의 침대에 파고들면서 마음의 모든 고통과 아픔을 치유해 주기로 유명한 골골송을 불러 줄 것이다.

그러니 당장 가까운 동네 보호소로 가서 앞으로 수년간 당신에게 즐거움과 애정을 줄 사랑스러운 고양이를 데리고 오기를 강력하게 추천한다. 고양이가 본질적으로 '고독한' 짐승이라는 것을 생각해 본다면, 이 얼마나 멋지고 흔치 않은 일인지 되새기기만 해도 한없이 즐거워질 수 있다. 인류 역사상 일어날 것 같지도 않았던 기적이니 말이다.

여기서 한 발 더 나아가 나는 이렇게 제안하고 싶다. 반려동물 두 마리를 한 번에 들이는 것은 어떨까? 물론 처음에는 손이 좀 더 가겠지만, 반려견이나 반려묘가 얼마나 기뻐할지 생각해 보자.

고양이는 혼자 다니는 경향이 있지만, 처음부터 두 마리를 한꺼번에 들인다면 이야기가 달라진다. (보호소에서부터 붙어 지내던 두 마리를 한꺼번에 입양하는 것도 좋겠다.) 고양이들은 둘 다 낯선 영역에 처음 발을 들이는 것이기 때문에 가능한 한 얌전하게 굴 테고, 서로에게도 얌전하게 대할 것이다. 당장은 당신보다 서로와 더 친해질 가능성이 높으며, 겁도 덜 먹을 것이다.

그렇다면 이제 미국 내 거의 대부분의 보호소에서 고양이를 실내에서 키우겠다고 동의할 때에만 고양이를 입양할 수 있다는 사실에 대해 생각해 보자. 나는 그 조건을 지키기는 어렵다고 생각하는데, 고양이들은 바깥에 나갈 수 있을 때 한없이 더 행복해지기 때문이다. 어찌하였든 고양이는 거실에서만 살아가는 동물이 아니니 말이다.

하지만 미국수의학회(AVS)는 야외를 자유롭게 돌아다니는 고양이보다 실내 고양이가 훨씬 더 오래 살 것이라고 설명했으며, 거의 모든 수의사가 같은 의견을 내놓는다. 앞에서도 설명했듯 고양이들이 바깥을 돌아다니다가 허구한 날 차에 치이기 때문이다. (자동차에 대한 감각이 있는 고양이는 드물다. 개들은 조금 낫기는 하지만, 여전히 그 끔찍한 짐승으로부터 보호해 주어야 한다.) 미국수의학협회(AVMA)는 고양이 산책에 위험 요소가 많다는 입장을 취하고 있다.

나도 고양이를 산책시키려다 실패한 적이 있지만, 그 고양이는 나이가 많았다. 산책 또한 고양이를 차에 태우고 운전하는 것과 비슷하다. 대부분의 고양이가 차에 타기 싫어하지만, 그것은 아기 고양이 때부터 익숙해지지 못했기 때문일 뿐이다.

우리 고양이들 중 아기 때부터 일상적으로 차에 탔던 고양이는 다 커서도 드라이브를 무척 좋아했다. 그는 마치 작은 개처럼 창턱에 고개를 걸치고 즐거워하며 세상을 구경했고, 두 귀는 바람을 따라 팔락거렸다. 고양이가 목줄이나 하네스를 매고 산책하는 데 익숙해지는 일도 이와 마찬가지다.

일단 익숙해지기만 한다면 고양이들은 산책을 사랑하게 될 테고, 그렇게 되면 당신도 새로운 세계 혹은 고양이의 눈으로 보는 세계를 만나게 될 것이다. 적극 추천하는 바이다. 뉴질랜드 바닷가에 살 적에 우리 집 여섯 마리의 고양이는 밤이면 달빛을 받으며 오래도록 산책하는 것을 무엇보다도 좋아했다. 나에게도 천국 그 자체였음은 물론이다.

집에 홀로 남겨진 고양이는 같은 상황에 놓인 개보다야 덜 외로워할 테지만, 고양이들도 분명 외로움을 타며 대부분의 시간을 당신을 기다리는 데 쓸 것이다. 하지만 같이 놀 다른 고양이와 함께라면 이야기는 완전히 달라진다. 사실 아예 세상이 달라진다.

한편 개들은, 내가 늘 이야기해 왔듯 당신이 아무리 재미있는 사람이라 해도 '언제나' 다른 개들과 더 재미있게 놀 수 있다. 당신은 다른 개들처럼 개를 뒤쫓을 수도 없고, 다른 개들처럼 바닥을 구르며 레슬링할 수도 없고, 다른 개들처럼 서로의 목덜미를 물 수도 없다.

당신의 개도 그 사실을 알며, 절대로 다른 개들과 노는 것만큼 당신과 거칠게 놀려고 하지 않을 것이다. 당신은 절대 기르는 개의 전부가되어 줄 수 없다. (반대로 그 개가 당신의 전부가 될 수는 있다.)

낮 동안 집을 비우는 것에 대해서는, 글쎄, 가장 친한 친구가 멀고도 삭막한 사무실에서 일하는 동안 온종일 아파트에 홀로 남겨진 개의 하루가 얼마나 외롭고 비참한지는 굳이 말할 필요도 없을 것이다. 개의 머릿속에는 한 가지 생각만이 남아 있다.

'내 친구는 언제 집에 오지? 얼마나 더 기다려야 되는 거야?'

개에게 시간 감각이 없다는 오래된 낭설을 믿지는 말기를 바란다. 개들도 시간을 안다. 어떤 사람들은 개들이 미래에 대한 감각이 없다는 아무런 근거 없는 주장을 펼치기도 한다. 과연 그럴까? 당신이 목줄을 손에 들고 "산책 나갈까?"라고 말할 때 개가 신나 하는 것은 왜일까? 바로 미래의 기쁨을 예상했기 때문이다.

그러므로 개들은 집에 혼자 남겨졌을 때에도 시간의 흐름을 온몸으로 느끼면서 지루해하고 비참해한다. 하지만 집 안에 다른 개가 있다면 늘 친구와 함께하는 셈이므로 언제든지 즐거워할 것이다.

펫시터를 고용하는 방법도 강력하게 추천한다. 펫시터들은 거의 예외 없이 동물과 함께 있는 것을 정말로 좋아하는 사람들이기 때문에, 당신이 집을 비운 동안에도 분명 개들과 재미있고 신나는 시간을 보낼 것이라고 장담할 수 있다.

마찬가지로 혼자 남겨진 (그리고 산책도 못 다니는) 고양이에 대해서도 생각해 볼 필요가 있다. 요컨대 만약 지금껏 진화를 거듭하면서 동반자의 사랑을 알게 된 어느 동물이 홀로 남겨져 그 사랑을 경험하지 못하고 있다면 그 동물의 삶에 기쁨을 가져다주는 것이 시급할 테다. 고양이의 경우도 마찬가지이다.

동반자란 고양이에게든지 사람에게든지 훌륭한 생각이다. 당신이 고양이와 '의미 있는' 시간을 많이 보내는 것도 마찬가지로 중요하다. 고양이를 사회성 있는 동물로 만든 것은 우리이므로, 고양이가 새로운 능력을 표현할 기회를 주는 것 또한 우리가 해야 할 일이다. 물론 당신도 그 덕을 보게 될 것이다.

또 다른 반려동물을 집에 들일 때의 장점은 분명하다. 당신은 그를 보호소에서 데려옴으로써 그가 더 행복하게 살 수 있도록 돕는 셈이고, 그 동물은 당신이 다른 반려동물을 잃고 슬퍼할 때 당신이 슬픔을 극복할 수 있도록 도와줄 것이다. 새 반려동물의 삶을 아름답게 만들어주는 데 온 신경을 집중한다면 당신의 삶 또한 아름다워질 테다.

12장

우리 개가
무지개다리를 건넌다면

죽음은 누구도 회복할 수 없는 마음의 상처를 남기고,
사랑은 누구도 뺏어 갈 수 없는 기억을 남긴다.

아일랜드의 어느 묘비명

나는 어찌하여서인지 의식에 참여하는 것을 좋아해 본 적이 없다.
어떤 종류의 의식이든지 마찬가지다.

　이제 마흔네 살이 된 나의 딸 시몬은 그녀의 엄마(1937년 폴란드 바르샤바
출생)가 금요일 저녁마다 돌아오는 샤바트[안식일]를 비롯한 유대교 휴일
들을 좀 더 열심히 챙겼더라면 좋았을 것 같다고 말한다. 만약 그랬더
라면 내가 하는 홀로코스트 이야기(나는 이것이 유대인 정체성의 핵심이라 생각
한다)만 듣는 것보다 유대인으로서의 정체성 확립에 좀 더 도움이 되었
을 것이다.

　지금의 나의 아내 레일라는 파티를 열 일만 있으면 매우 신나 하기
때문에, 그녀와 우리 두 아들의 생일마다 즐거운 일들을 벌이곤 한다.

하지만 나는 나의 생일을 챙기지 말라며 거부해 왔다. (레일라는 앞으로 다가올 나의 팔순만큼은 그냥 넘어가지 않겠다며 고집을 부리고 있지만, 나는 여전히 어떻게든지 빠져나갈 구실을 찾고 있다.)

그러니 내가 살면서 만났던 수많은 동물 친구의 죽음을 (나의 내면과는 반대로) 외적으로는 어떤 식으로든지 기념하지 않았다고 해도 놀랍지는 않을 것이다. 나는 매번 슬퍼했고 어떤 때에는 정말이지 깊이 슬퍼했지만, 그들의 죽음을 물리적으로는 어떻게든지 기념하지 않았다.

하지만 이제는 어쩌면 시몬이 옳았을지도 모르겠다는 생각, 그리고 나도 내가 사랑했던 동물들이 세상을 떠날 때 무언가 구체적인 의식을 치러 주었어야 했다는 생각이 든다. 어떤 것을 해 줄 수 있었을까? 달리 말하자면 독자 여러분께 묻고 싶다. 어떤 것을 해 주었고, 그렇게 해서 도움이 되었는가?

얼마 전 〈뉴욕 타임스〉(2018년 6월 18일 자)에는 마거릿 렌클Margaret Renkl의 〈개에게 사랑받는다는 것은What It Means to Be Loved by a Dog〉이라는 훌륭한 글이 실렸다.

개들이 우리 삶에 얼마나 깊이 들어와 있는지 가늠해 보기 위해 우리 집의 열다섯 살 된 닥스훈트, 엠마Emma가 몇 달 전 세상을 떠났을 때를 생각해 보자. 세 명의 친구들이 꽃을 가지고 왔고, 한 명은 초콜릿, 한 명은 집에서 만든 딸기 파이 그리고 한 명은 바비큐 플레이트와 함께 시를 지어 왔다. 엠마를 사랑했던 우리 두 딸은 캔들 홀더를 만들었다.

페이스북에서는 158명의 사람들아 애도의 메시지를 보내 주었다.

나 또한 페이스북을 통해 독자들에게 사랑하는 반려동물의 죽음을 기리기 위해 무엇을 했었냐고 물은 적이 있다. 곧바로 수많은 사람이 답글을 달아 주었는데, 그토록 빠르고 명확하게 답한다는 것이 놀라울 정도였다.

친구를 기리기 위해 무언가 특별한 일을 해야 한다는 데, 사실상 하지 않으면 안 된다는 데 모두가 동의하는 듯했다. 나는 단 한 시간 만에 다양한 방법을 알게 되었는데, 모든 선택지가 좋은 방법 같았다. 그중 몇 가지를 여기서 소개해 보려 한다.

우선 테레사 맥켈하난 라인Teresa McElhannon Rhyne이 들려준 이야기다.

저희 가족은 육 년 전쯤 비글 한 마리를 암으로 떠나보냈습니다. 유기견 출신이었죠. 그래서 우리는 그를 기리기 위해 도움이 필요한 또 다른 비글 한 마리를 임시보호했는데, 오히려 저희가 그 개에게 도움과 치유를 받을 수 있었습니다.

결국 우리는 그 비글을 입양했고, 몇 달 전 그 아이가 세상을 떠난 다음에는 또 다른 개를 임시보호했어요. 지난 몇 달 동안 저희는 세 마리의 개를 임시보호하고 그중 한 마리를 입양했습니다.

또 다른 유기견을 임시보호하거나 입양하는 일은 떠나보낸 반려동물을 기리는 특별한 방법일 뿐만 아니라, 나아가 정말 의미 있고 많은 이들에게 도움이 되는 일입니다.

나 또한 여기에 동의한다. 개들을 임시보호하고 입양하는 방법은 자칫 암울한 미래를 맞이할 뻔했던 개를 구할 수 있는 멋진 방법이자, 세상을 떠난 개와의 관계를 잊지 않을 수 있는 방법이다.

다라 러비츠Dara Lovitz는 세상을 떠난 동물 친구들의 사진을 넣어 제작한 아름다운 타일들을 부엌에 장식해 두었다. 또한 떠나보낸 동물들의 유골함을 선반에 올려 두기도 했다. 그녀는 그 곁을 지나칠 때마다 떠나간 반려동물들을 추억한다고 했다.

반려견이나 반려묘를 기리기 위해 숲에 나무를 심은 사람들도 꽤 있었다. 독일에서는 가까운 숲속 나무에 간단하고 소박한 기념물을 장식하는 것을 사람들에게 독려하는 운동도 있음을 알게 되었다. 대부분은 반려동물의 그림이나 사진을 나무 둥치에 기대어 세워 놓는다고 한다.

나무를 심는다면 나무가 자라는 모습을 지켜볼 수도 있고, 나무를 보러 올 때마다 떠나간 친구를 떠올릴 수 있을 것이다. 리처드 존스Richard Jones는 숲속에 남양삼나무 한 그루를 심었었는데 이제는 그 나무가 자기 키만큼 자랐다는 이야기를 들려주었다.

그의 이야기는 또한 동물병원에서 안락사를 시킬 때 자리를 지켜야 할 뿐만 아니라, 주사를 놓는 그 순간에도 반려동물을 품에 안고 눈을 맞추어 주는 것이 얼마나 중요한 일인지를 다시금 일깨워 주었다. 동물들도 그 순간 곁에 있어 주는 편을 확실히 더 좋아한다.

나의 페이스북 친구 그랜트 멘지스Grant Menzies가 들려준 좋은 예시를 소개한다.

제시Jessie는 믹스견 그 자체였어요. 보더 콜리와 블루 힐러가 섞여 있었고, 다른 종류의 개들도 조금씩 섞여 있었죠.

십팔 년 동안 뛰어 대고 달리면서 공주처럼 우리 집을 지배했던 제시가 조금씩 아프기 시작했을 때 저희는 슬픔을 가눌 수가 없었습니다. 제시는 귀도 가늘어지고 눈도 침침해지더니 치매까지 찾아오면서 어둠 속에 갇혀 버렸습니다.

한 번은 제시가 식탁 아래에 들어갔다가 밖으로 나오지 못하고 의자 다리 숲에 꼼짝없이 갇혀 있는 걸 저희가 발견한 적도 있었어요. 또 제시가 우리와 함께 자곤 했던 2층까지 올라오지 못해서 밤이고 낮이고 대부분의 시간을 1층 난롯가에서 자면서 보냈습니다.

제시를 계속 붙잡아 봤자 고통만 더해 줄 뿐이라는 걸 깨달았을 때, 저희는 제시가 가장 좋아하던 구운 소고기를 주고 가장 좋아하던 바닷바람을 느낄 수 있게 바다에 데려갔습니다. 그리고는 세상에서 가장 친절하고 연민 어린 수의사가 기다리는 동물병원으로 향했습니다.

수의사 바스Bass 선생님이 저희 품에 안겨 있던 제시에게 주사를 놓아주자 제시는 고개를 돌려 갑자기 맑아진 눈으로 저희 눈을 쳐다보았는데, 분명 그렇게 해 주어서 고맙다는 표정이었습니다. 그 순간은 그녀가 떠난다는 것 자체보다도 더 가슴 아팠던 것 같습니다.

얼마간 지난 후 저희는 떠나간 제시를 베스 선생님의 품에 넘겨드렸고, 선생님은 제시를 아기처럼 안고 밖으로 데려갔습니다. 저희는 차를 타고 우리 마음만큼이나 텅 빈 집으로 돌아갔습니다. 그런데 기적이 일어났습니다. 집에 발을 들였을 때 저희 두 사람 모두 제시가 아직 이곳을 떠나지 않았다는 걸 느낄 수 있었습니다.

개를 사랑해 본 사람이라면 개가 있을 때 집 안의 공기와 에너지가 다르다는 걸 아실 겁니다. 바로 그 공기와 에너지가 아직도 저희 집을 감돌고 있었습니다. 마치 제시가 동물병원에서부터 저희를 따라와 아직 여기에 머물면서 이 방 저 방 돌아다니고 있는 것 같았습니다. 그래서 작가님이 물어보신 의식을 치렀던 겁니다.

저희는 제시가 바로 한 시간 전 홀짝였던 물과 먹다 남은 밥그릇을 그녀가 자던 난로 앞 매트에 놓아 주고 목걸이와 목줄, 가지고 놀던 장난감도 함께 두었습니다. 그리고 한 주 동안 마치 제시가 떠난 적이 없는 것처럼 말을 걸었습니다. 그러다 그 주 주말 아침, 잠에서 깨어나 보니 무언가 달라진 게 느껴졌습니다.

"제시가 갔어."

그날 늦은 오후, 동물병원에서 전화가 왔습니다. 제시가 한 줌의 재가 되어 저희 집에 올 준비가 되었다고요.

나는 이 이야기에 깊은 감동을 받았다. 또한 이와 비슷하게 기이한 경험을 했다는 사람들도 생각났다. 온 마음을 다해 사랑했던 반려동물이 죽은 이후로 꿈을 꿨는데, 그 장면이나 느낌이 반려동물이 돌아왔다고밖에 설명할 수 없었다는 것이다.

확신하건대 사랑하던 동물 친구가 죽었다는 이야기를 사람들에게 꺼낸다면 당신은 많은 연민을 받을 수 있을 뿐만 아니라 다른 사람들의 기이하고 특별한 이야기들도 들을 수 있을 것이다. 적어도 많은 생각할 거리를 던져 주는 이야기다.

꼭 반려동물이 죽은 후에 의식을 치러야 하는 것은 아니다. 나의 오랜 친구와 남매인 질 힝클리Jill Hinckley의 이야기는 나도 참 좋아하는 이야기다. 그녀와 그녀의 남편은 사랑하는 반려견이 세상을 떠나기 전에 지난 시간을 추억하는 의식을 열어 주었고, 덕분에 그 반려견도 의식을 즐길 수 있었다. 그로부터 몇 년이 지나도록 그녀는 자주 꿈을 꾸었는데, 죽음도 그녀의 개가 즐기지 못하게 말릴 수 없다는 것을 그녀에게 알려 주었다고 한다.

힝클리의 이야기를 들어 보자.

우리 골든 리트리버 옐러Yeller는 열여덟 살까지 살았다. 그 정도 대형견으로서는 드물게 오래 산 편이었다. 우리는 옐러가 열여덟 살이 되었을 때 생일 파티를 열어 이웃들을 모두 초대했다.

지난 세월 동안 옐러와 친구가 된 동네 아이들과 개들이 모두 와서 옐러가 지난 시간을 기념할 수 있도록 거들어 주었다. 당시의 옐러는 제대로 서 있지 못했기 때문에 대문가에 담요를 깔고 누워 다른 이들의 관심을 한 몸에 받았다.

그의 생일부터 몇 달 후 정말 작별을 고해야 했던 순간까지, '결국 때가 오고 말았다'는 생각이 들 때가 서너 번 정도 있었지만 그때마다 옐러는 열심히 견뎌 주었다. 우리는 옐러가 사는 것이 기쁨보다는 짐이 되는 순간을 판단하려 애썼지만, 그런 순간은 결코 오지 않았다.

어느 날인가 옐러가 볼일을 보려고 할 때조차 담요에서 일어나지도 못하자, 우리는 결국 안락사를 위해 수의사에게 전화를 해야 할 때가 되었음을 알았다. 그렇지만 옐러는 자기가 만드는 난장판 때문에 부끄럽기는 해도 삶에 대한 열정은 조금도 놓지 않은 듯했다.

수의사를 기다리는 동안 우리는 피자를 주문했다. 우리가 피자를 먹을 때 던져 주는 크러스트를 받아먹는 것보다 옐러에게 더 행복한 일은 거의 남아 있지 않았기 때문이다. 이번에는 특대 사이즈 피자를 주문해서 크러스트뿐만 아니라 몇 조각을 통째로 주었고, 옐러는 여기가 천국이라는 듯 좋아했다.

우리는 그동안 옐러에게 진통제 트라마돌을 먹여 왔는데, 남편 론Ron은 자꾸 "옐러한테 트라마돌 좀 더 줘"라고 채근했다. 고통스러운 옐러가 아니라 아직까지도 너무나 행복해하는 옐러를 차마 볼 수가 없어서 차라리 잠들기를 바란 것이다.

이때도 아직 때가 아니었던 건 아닐까? 하지만 우리 둘 다 이제는 보내 줘야 한다는 걸 알았다. 옐러도 이제는 가야 한다는 걸 알았지만, 인생의 마지막 몇 시간을 만끽하지 않을 수 없었을 뿐이다.

집에 온 수의사는 실제로 치명적인 약물을 주사하기 전에 우선 수면제를 놓아 주었다. 나에게는 얼마나 다행인지 몰랐다. 옐러가 내 품에 안겨 행복하게 잠에 빠져드는 동안 그를 달래 주고, 그가 정말로 죽기 전에 자리를 피할 수 있었기 때문이었다.

그 이후로 나는 수년 동안 계속 옐러가 나오는 꿈을 꾸었다. 특히 생생했던 일련의 꿈들 속에서는 옐러가 죽었다가도 다시 돌아오곤 했는데, 옐러에게 주어진 시간이 잠깐뿐인 걸 나도 알 수 있었지만 옐러는 그저 계속 돌아다니고 돌아다니며 달리고, 놀고, 헤엄치고, 웃기만 했다. 마치 죽음도 내 삶의 기쁨을 끝낼 수는 없다는 것 같았다.

때로는 사랑했던 동물의 죽음을 온 지역사회가 기리기도 한다. 이번에는 집동물이 아니라 완전한 야생동물, 예컨대 호주 퀸즐랜드의 야생 악어 이야기다.

2019년 3월, 수백 살은 된 것으로 추정되는 거대한 바다악어가 누군가 의도적으로 쏜 총에 맞아 죽었다. 이 악어는 케언즈 시 남부에 위치한 작은 바닷가 마을의 명물이었다. 몸길이가 15피트[약 4.6미터]에 달했던 그의 이름은 비스마르크Bismarck였으며 상냥한 성격으로 유명했다.

마을의 원주민 공동체는 비스마르크를 그들의 '일원'으로 여겼으며, 그가 보다 공격적인 악어들로부터 그곳의 사람들을 지키기 위해 마을과 그토록 가까이 지내는 것이라고 주장했다. 그는 사람들이 산책을 다니는 동안 강둑에 누워 한가로이 일광욕을 즐기기도 했었다.

사람들은 비스마르크를 좋아했고, 그가 세상을 떠나자 '상냥한 거인'을 기리기 위해 장례식을 열어 주었다. 온 마을 사람들이 찾아와 자리를 지켰다.

반려동물의 기념비로 가장 흔히 쓰이는 물체는 아마 나무인 듯하다. 어쩌면 우리가 반려동물과 자연환경을 연결 지어 생각하기 때문일지도 모른다. 모니크 핸슨Monique Hanson은 이렇게 말했다.

저희 비글은 실험견이었기 때문에, 동물실험의 참상을 알리고자 저희가 자주 가던 공원에 나무를 지정해 명판을 걸어 주었어요. 그의 유골 일부도 그 곁에 묻었죠.

대부분의 사람은 그저 기억하고 싶어 한다. 수산나 캐슬Shushana Castle은 이렇게 썼다.

저희는 롤리팝Lollipop을 앞마당 벤치 옆에 묻었어요. 아침이면 앉아서 커피를 마시고 저녁이면 롤리팝이랑 같이 놀았던 곳이죠. 늘 있던 그 자리에 잠들어 있으니 저희도 보기가 좋더라고요. 롤리팝이 땅으로 돌아가 잠든 이후에도 저희는 그녀의 곁에 앉아 그녀와 함께했던 시간들이 얼마나 멋졌는지 이야기하곤 했습니다. 이웃들도 무덤에 꽃을 가져다준 덕분에 저희의 행복이 배가 되었죠.

자기가 세상을 떠날 때에도 반려동물과 함께하고 싶어 하는 사람들도 있다. 상당한 수의 사람들이 카렌 코인Karen Coyne과 같은 이야기를 나에게 들려주었다.

저는 반려동물들의 재를 평생 가지고 있다가 마침내 제 시간이 다하면 저랑 같이 묻어 달라고 할 생각입니다. 그렇게 신기할 일은 아닌 것 같습니다. 특히 우리 사회에는 반려인과는 달리 반려동물이 죽었을 때의 관습이랄 게 없는 것처럼 보이니까요.

저는 저와 십육 년을 하루도 빼놓지 않고 함께했던 경찰견이 세상을 떠났을 때 너무나 큰 상실감을 느꼈지만, 누구 하나 애도의 편지를 보내거나 찾아오거나 하지 않았어요. 물론 사람들도 제 개가 죽었다는 걸 유감스럽게 생각하기는 하지만, 어찌하였든 어떻게 해야 한다고 정해진 게 없으니까요.

제 소울메이트였던 고양이의 유골도 집에 잘 두었습니다. 작은 병 안에 우리 고양이의 털 뭉치도 모아 뒀고, 제 화가 친구가 그려 준 고양이 초상화도 걸어 놨습니다. 저는 종종 우리가 함께했던 시간들을 떠올리며 추억에 잠기곤 해요.

이 이야기는 반려동물을 잃은 사람들에게 그 상실과 고통을 우리도 알고 있다고 말해 주어야 한다는 점을 다시금 상기시켜 준다. 사람이 죽었을 때는 당연한 듯 하는 일이지만, 동물이 죽었을 때에는 자주 잊어버리는 일이다.

애니멀 커뮤니케이터[초능력으로 동물의 혼과 대화한다는 사람]가 죽은 반려동물에 대해 무언가 말해 줄 것이라며 그들을 찾아가는 사람들도 이상할 만큼 많다. (사실 그들이 얼마나 절박한지를 생각하면 이상한 일도 아니다.) 심지어는 실제로 내세를 믿지 않거나 애니멀 커뮤니케이터의 초능력을 믿지 않는 사람들도 그들을 찾아가곤 한다.

케이트 홈스Kate Holmes는 이렇게 말했다.

> 우리는 우리 잉글리시 쉽독 두들리Dudley를 뒷마당 그네 옆에 묻었어요. 거기 앉아 햇볕을 쬐는 걸 좋아하곤 했죠. 그를 기리는 아름다운 비석과 작은 금속 십자가도 두었습니다. 그가 죽었을 때는 제 심장도 같이 찢겨져 나간 것 같았습니다.
> 그래서 동물의 영혼을 느낄 줄 아는 친구와 이야기를 나누었어요. 그녀는 두들리가 내세까지 안전하게 넘어갔다며 저를 안심시켜 주었습니다. 어디까지 믿어야 할지는 저도 모르겠지만, 어찌하였든 듣기 좋은 말이었습니다.

생각건대 이런 순간에 놓인 사람들은 떠나간 동물에 대한 어떤 좋은 말이나 위로도 모두 고맙게 받아들이는 것 같다. 그런데 어떤 사람들은 애니멀 커뮤니케이터가 정말로 동물이 죽은 다음에 어떤 일들을 겪을지 알 수 있다고 믿기도 한다.

크리스틴 스칼포Christine Scalfo는 십여 년 전 기르던 개 록Rock이 죽던 날이 자기 인생 최악의 날이었다며 이렇게 회고했다.

저는 록이 죽은 지 한 달쯤 뒤에 애니멀 커뮤니케이터에게 연락했어요. 그녀는 다른 누구도 모르는 것들을 저에게 이야기해 주었죠. 록이 육신만 없다뿐이지 여전히 저와 같이 있다는 게 느껴져서 많은 위로가 되었어요. (중략) 하지만 무엇보다도 록의 일생을 책으로 엮었던 게 가장 기념적인 일이었던 것 같아요. 저에게도 많은 도움이 되었죠. 저는 어쩌다 한 번씩 그 책을 펼쳐 보고(저번 주에도 읽었어요) 아직도 울곤 해요. 우리 강아지가 너무 그리워요.

세상을 떠난 반려동물을 타투로 남겨 기리는 사람도 많다. 나의 생각으로는 그들 중 대부분이 젊은 사람들 같다.
줄리 와드 버지스Julie Ward Burges의 말이다.

저는 온몸에 제 소울메이트들을 타투로 남겼어요. 제가 죽을 때에는 제 유골을 제 모든 반려동물의 유골과 섞어 달라는 유언을 남길 거예요. 우리가 함께이기만 한다면 그 다음에는 어떻게 되든 상관없어요.

다니엘라 카스틸로Daniela Castillo는 이렇게도 말했다.

저는 세상에서 가장 사랑하는 우리 고양이를 타투로 남겼어요. 우리 고양이는 제가 수의대를 다니는 동안 저와 함께했는데, 호주에서 대학원을 다닐 때 누군가 우리 고양이에게 독을 먹였죠. 저는 수의사인데도 제 고양이한테 아무것도 해 주지 못했어요. 우리 고양이를 본떠 등 전체에 타투를 했는데, 살갗에 느껴지는 고통이 마치 영혼의 고통을 씻어 내는 것 같았어요.

보니 리치몬드Bonnie Richmond는 이렇게 말했다.

저는 오랜 세월 동안 많은 네발 동물을 기르고 또 잃었습니다. 저는 집 쥐들도 구조하는데, 안타깝게도 이들의 수명은 평균 2~3년으로 짧은 편이죠. 하지만 그 짧은 생애를 엄청난 사랑으로 가득 채운답니다. 저희 쥐들 중 가장 오래 살았던 페이트Faithsms는 3년 4개월 24일이나 살았어요. 페이트의 생일을 알고 있었거든요. 페이트가 죽은 날은 제 생일 바로 전날이었어요. 여기에 댓글을 단 많은 분처럼 저도 페이트를 타투로 남겼습니다.

마지막으로 타일러 지Tyler Zee는 반려동물 중 하나이자 아기 때 식육 농장에서 구조해 온 토끼 잭Jack이 수년 전 세상을 떠났을 때 타투를 받았다면서 팔에 멋지게 그려진 토끼 사진을 공유해 주었다.

지금까지 우리는 인간과 말의 관계 그리고 말의 죽음을 애도하고 기념하는 이야기들을 살펴보지 않았다. 어쩌면 나에게 말에 대한 경험이 전혀 없어서 그랬을지도 모르겠다. 나는 말과 함께 살아 본 적도 없고, 승마를 해 본 적도 없다.

틀린 생각일지도 모르지만, 나는 승마가 잔인한 일이라고 생각했다. 대형 고양잇과 동물들이 야생마를 잡아먹을 때 말 등에 올라타 쓰러뜨린다는 것을 생각한다면, 말로서는 등에 올라탄 사람이 자기 포식자가 아니라는 것을 배울 때까지 엄청난 자제력을 발휘해야 할 것 같다는 것이 나의 생각이었다.

게다가 코끼리처럼 말들도 자기 정신을 다 망가뜨려 가며 이를 배우는 것은 아닐지 걱정되었다. 가축화된 말이 코끼리와는 전혀 다르다는 것은 이해한다. 코끼리는 길들임을 당하기는 하지만 가축화된 적은 결코 없는 동물이기 때문이다. 그러므로 상냥한 말 조련사라면 말에게 외상을 입히지는 않을 것이다.

말들도 분명 몇몇 인간에게 애정을 느낀다. 수많은 말에게 엄청난 애정을 느끼는 사람도 많은데, 이는 리사 마리 폼필리오Lisa Marie Pompilio가 들려준 놀라운 이야기에서도 알 수 있다.

렝 레아브Lang Leav가 쓴 시의 첫 구절이 생각난다.

'그를 사랑한단 건 어땠어? 고마움이 물었다.'

레벨Rebel을 만난 건 승마 아카데미에서 일할 때였다. 그는 이리저리 옮겨 다니다 결국 경매장에서 팔려 온 아프고 우울한 말이었다. 아무것도 먹지 않으려 했기에 나는 늦게까지 남아 손으로 여물을 떠먹여 주었고, 그동안 속으로 '제발 사랑에 빠지지 말자'고 내내 되뇌었다.

이미 포니보이PonyBoy를 키우고 있었던 데다가 일주일에 6일씩 일하면서도 그를 감당하기가 경제적으로 힘들었기 때문이다. 하지만 레벨은 어떻게든 내 마음을 비집고 들어왔다.

말이 주는 사랑은 개나 고양이가 주는 사랑과 다르다. (참고로 나는 개와 고양이도 기른다.) 말들은 당신의 말을 거스르고 당신을 가르치려 든다. 당신의 모습을 거울처럼 보여 주기도 한다. 당신이 외면하려 했던 스스로의 단점과 여태껏 몰랐던 스스로의 장점을 낱낱이 보여 준다.

말들은 그 모든 것을 통해 당신이 배우는 바가 있기를 바라며, 그렇게 하는 데 성공한다면 당신에게 자신의 힘과 날개 그리고 폭풍우가 몰아쳐도 흔들리지 않을 침착함을 나눠 줄 것이다. 물론 모두 배울 가치가 있는 것들이다.

우리가 처음부터 사이가 좋았던 건 아니었다. 그와 나 모두 세상에게 화가 나 있었으며, 그 때문에 서로 많이도 부딪혔다. 이제와 돌이켜 보면 그때는 우리 둘 다 많이 망가져 있었던 것 같다. 우리는 사람들에게 버려진 상처가 있었고, 남을 믿지 않았으며, 왈칵 화를 내기도 했다. (레벨이 나를 반쯤 나무에 내동댕이치려 했던 적도 있다.)

어느 날부터인가 모든 아귀가 맞아 떨어지기 시작했고, 레벨이 경계를 풀고 진짜 자기 성격을 보여 주기 시작하자 나는 그가 얼마나 멋진 말인지를 알 수 있었다. 그는 포니보이와 나의 닻이었고, 끈기 있고 강인했으며, 든든하고, 아름답고, 여름날의 폭풍우처럼 거칠었다.

레벨은 늘 나를 등에 태우고 바닷가와 숲속을 내달렸는데, 속도가 어찌나 빨랐는지 심장이 기쁨으로 터져 나가고 화가 모두 녹아 없어지는 것 같았다. 그와 함께라면 나는 안전했고 또 자유로웠다.

보답으로 나는 레벨에게 내 마음의 자리와 사랑을 모두 내어 주었다.

나는 뉴저지의 농장으로 그를 데려갔다. 그렇게 레벨은 100에이커[약 12만 평]의 목초지가 있는 농장에서 포니보이를 비롯한 동물들과 함께 살면서 나와 함께 오솔길을 걷고, 개울가에서 물장구를 치고, 내가 갈기를 빗어 주는 동안 가만히 서 있곤 했다.

나는 운이 좋은 편이었다. 레벨은 나와 함께 십오 년을 조금 넘게 살았으며, 나이로는 서른다섯 살까지 살았다.

서른세 살이 되었을 때부터는 걸음걸이가 뻣뻣해지기 시작했으며, 수의사는 레벨이 골관절염이라는 진단을 내렸다. 그때부터 나는 레벨이 달리지 못하게 했는데, 사실 그것만으로도 죽은 것이나 다름없었다.

다시는 레벨을 타고 달릴 수 없다는 생각에 마음이 찢어지는 것 같았지만, 그럼에도 여기에서부터 우리 관계의 새로운 장이 열린 덕에 마지막 이 년을 행복하게 보낼 수 있었다.

그가 세상을 떠나기 얼마 전 꽤 혹독한 겨울이 찾아왔고, 그의 관절염은 다리에서부터 온몸으로 퍼져 나갔다. 레벨은 급격하게 살이 빠져서 알아볼 수 없을 정도였다.

몇 번씩이나 목초지에 오랫동안 누워 있기도 했고, 일어나려다가 힘이 풀려 넘어지기도 했다. 나는 침술부터 스테로이드까지 모든 방법을 다 시도했다. 그를 구하겠다고 단단히 마음먹었기 때문이었다.

레벨은 한 달을 더 버텨 주었지만, 그건 자기보다는 나를 위해서였다고 생각한다. 이 치료법 저 치료법을 하나씩 시도하는 동안, 나는 내가 레벨을 구하지 못할 것이며 마지막 날까지 그에게 많은 사랑과 위안을 주는 것 말고는 해 줄 수 있는 게 없다는 사실을 조금씩 받아들이기 시작했다.

전화를 걸어온 수의사는, 우리가 말 그대로 할 수 있는 모든 일을 시도했지만 여전히 레벨의 상태가 악화되고 있으니 이제는 마음의 준비를 해야 한다고 말했다.

내가 가장 두려웠던 것 중 하나는 밤중에 레벨이 누우려다 잘못 넘어져 목이 부러질 수도 있다는 것, 더 나쁘게는 아침에 누군가 그를 발견할 때까지 그 상태로 살아 있을 수도 있다는 것이었다.

레벨이 두려워하는 걸 본 것도 이때가 처음이었다. 그는 꾸벅꾸벅 졸다가도 나나 다른 말들이 다가갈라치면 소스라치게 놀라곤 했다.

2017년 7월 5일, 레벨은 사랑하는 이들에게 둘러싸인 채 안락사로 세상을 떠났다.

그날 아침 나는 목초지에 나가 포니보이와 함께 레벨을 데리고 들어왔다. 나는 거품을 내어 레벨을 씻기고, 사과 소스와 당근을 곁들인 밀기울을 만들어 주었으며, 그가 밥을 먹는 동안 곁에 앉아 있었다.

그리고는 수의사가 올 때까지 그를 안고 있었다. 그들은 레벨을 자기들에게 맡기고 자리를 피하겠냐고 물었지만, 나는 레벨이 다른 사람의 품에 안겨 세상을 떠나도록 놔둘 수가 없었다.

말의 안락사는 고양이나 개의 안락사와는 경우가 다르다. 몸무게가 1,200파운드[약 544킬로그램]인 데다가, 누울 때도 가만히 눕지 못하고 넘어지기 때문에 여러 명의 사람이 달라붙어 최대한 부드럽게 넘어뜨리려 애를 써도 여전히 감당하지 못하는 게 고작이다.

나는 그의 머리를 팔로 안고 있었으며, 수의사가 진정제를 놓아 주자 레벨은 정신을 놓아 가면서 내 가슴에 고개를 푹 박았다. 눈물이 앞을 가려 아무것도 보이지 않는 나에게 수의사가 이제부터는 자기가 머리를 잡겠다고 말했던 게 기억난다. 마지막 주사를 놓고 제대로 눕혀 주기 위해서였다.

레벨의 몸이 땅에 풀썩 쓰러지자 나는 온몸이 떨렸다. 레벨이 세상을 떠났다니, 세상의 모든 행복이 남김없이 찢겨져 나간 것만 같았다.

다음으로 우리는 포니보이를 데려와 레벨의 사체를 보여 주었다. 말들도 슬퍼할 줄 아는 데다가, 이 둘은 지난 십오 년간 떨어져 본 적이 없었다. 친구가 그저 다른 곳으로 옮겨졌다고 생각하지 않으려면 포니보이도 레벨이 세상을 떠났다는 걸 보아야만 했다.

레벨을 화장터로 데려갈 준비를 하는 동안, 나는 그 곁에 앉아 내 친구에게 말갈기를 조금 간직해도 되겠냐고 물었다.

지금까지도 나는 그 순간에 레벨을 보내 준 게 옳은 일이었는지를 계속해서 스스로 되묻고 있지만, 사실 그가 무척이나 힘들어했으며 마지막 친절과 자비를 베푸는 것만이 그의 가장 친한 친구로서 내가 해 줄 수 있는 일이었음을 알고 있다.

그날 이후 며칠에 걸쳐 전에 없이 큰 고통과 상실감이 찾아왔다. 감정적인 건 물론이고 육체적인 고통이기도 했다. 가슴에 구멍이 뚫린 것 같았다. 툭하면 목이 잠기고 눈물이 쏟아졌다. 내 몸이 마치 빠져나갈 수 없는 슬픔의 무덤인 것 같았다.

헛간으로 돌아가도 그를 볼 수 없다는 생각에 견디기 힘들었지만, 포니보이도 있었기 때문에 가지 않을 수 없었다. 맹세컨대 나를 본 포니보이는 "네가 많이 슬픈 거 알아, 이리 와"라는 표정을 지어 보였고, 그렇게 우리는 들판과 석양을 내다보며 조용히 그날 하루를 보냈다.

전통적으로는 말총을 간직하는 게 일반적이지만, 나는 목덜미와 앞머리의 갈기털도 조금 남겨 두었다. 나는 레벨의 말총을 땋아 그가 쓰던 굴레와 명판과 함께 내 침실에 걸어 두었다. 또 그의 말총 몇 가닥으로 팔찌를 만들어 늘 함께 다니고 있으며, 그의 유골은 뿌려 줄 곳을 정할 때까지 우리 집에 보관하고 있다. 포니보이가 함께해 주지 않았더라면 내가 그날들을 살아 낼 수 있었을지 모르겠다.

몇 달 후, 예전에 같이 일했던 동료 하나가 전 주인이 돈을 지불하지 않아 버려진 말 한 마리를 데려왔다는 소식을 전해 왔다. 그녀가 나에게 한 번만 와서 타보라고, 나에게 딱 맞는 말일 것 같다고 계속해서 졸랐기 때문에 결국 그 말을 보러 갔다. 그 말의 단점이라고는 레벨이 아니었다는 것뿐이었다.

결국 몇 달 후, 나는 아라곤Aragon을 데리고 오기로 결심했고, 아라곤은 내가 슬픔에서 헤어 나올 수 있게끔 도와주었다. 그는 나에게 웃음과 날개를 되찾아 주었고, 아라곤과 함께 오솔길을 걸을 때면 적어도 이따금씩은 슬픔이 한결 가벼워지는 것 같다. 레벨이 가장 좋아했던 곳을 지나치며 슬픔이 밀려들 때면 나는 아라곤에게 레벨에 대한 이야기를 들려주기도 한다.

하지만 사실대로 말하자면 나는 슬픔에 완전히 잠겨 버릴 때가 아직도 종종 있다. 레벨이 세상을 떠난 지 벌써 이 년 가까이 지났다. 나는 가슴에 난 구멍을 메워 보려 온갖 짓을 해 보았지만 내 은행 잔고만 바닥날 뿐이었다.

레벨의 사진을 보는 것만으로도 너무나 고통스러운 날이 있다. 사람들은 내가 지금쯤은 다 털어 버렸어야 했다는 듯 "이제 멋진 새 말도 있잖아!"라고 말한다. 하지만 슬픔에는 기한이 없다. 마음의 구멍이 사라지겠다고 정해 둔 날짜도 없다.

몇 달 전부터는 애도 상담을 받고 있는데, 덕분에 지금 느껴지는 슬픔이나 분노를 부끄러워할 필요가 없음을 배웠다. 나는 기억들을 글로 쓰기 시작했고, 하루하루 슬픔을 받아들이고 있다.

슬픔에 허를 찔릴 때도 종종 있다. 얼마 전 헛간에 갔을 때에는 저 멀리 들판에서 포니보이가 못 보던 검은 말과 놀고 있는 모습이 보였는데, 순간 나는 그 말이 레벨인 줄 알고 심장이 쿵 떨어졌었다.

내가 할 수 있는 일은 마음을 추스르고 나아가는 일뿐이다. 마음이 너무 무른 날이 아니면 나는 우리가 함께했던 아름다운 날들을 추억하고, 그가 그보다 먼저 돌아간 친구들과 함께 한없이 넓고 푸르른 목초지에서 뛰어노는 상상을 한다.

그가 당밀과 흙의 냄새를 맡으며 좋아하던 모습이 무엇보다도 그립다.

나의 친구이자 훌륭한 동물활동가 패티 마크Patty Mark는(대부분 닭을 보호하기 위해 활동하지만 다른 동물들을 위해서도 활동하며, 그녀에게 걸린 동물 학대범이 있다면 명복을 빈다) 나에게 양에 관한 이야기를 써 보내 주었다. 너무나 흔히 무시당하는 이 동물에 관한 이야기를 소개할 수 있어 매우 기쁘다.

나의 사랑하는 프린스Prince가 몇 주 전 세상을 떠났고, 나는 아직도 그 사실을 쉽사리 받아들이지 못하고 있다. 프린스가 돌아다닐 목초지를 찾아 삼십육 년 동안 살았던 집에서 이사를 나오기도 했으니 말이다.

도살장에서 태어난 나의 사랑하는 양은 생후 이틀 차에 나와 마주쳤으며, 그 이후로 우리는 십 년 동안 함께 살아왔다.

나의 다정한 친구가 이제는 야생동물 보호소가 된 내 교외 집까지 굴착기를 몰고 와 앞뜰에 프린스의 무덤을 파 주었다. 나는 아들과 함께 우리의 사랑하고 존경했던 친구를 눕혀 주었다. 다시 흙을 덮어 주고 난 다음에는 그 자리에 커다란 콘크리트 비석을 세웠다. 그 양은 살면서 수백 명의 마음에 감동을 주고 떠났다.

기쁘게도 사람들은 나에게 개뿐만 아니라 고양이에 대한 이야기도 보내 주었다. 다음은 줄리 고비건Julie Govegan이 들려준 이야기다.

저는 고양이 두 마리를 길렀어요. 지금은 모두 화장했습니다.
첫째 고양이는 수컷 퍼디Puddy였는데, 바닥에 쏟아진 물을 그대로 쳐다보고 있는 걸 좋아했죠. 거기에 완전 매료된 고양이었어요. 참 다행인 일이었는데, 퍼디는 다른 모든 것에 소스라치게 놀라곤 했거든요. 진짜 겁쟁이 고양이 그 자체였어요. 그래서 퍼디의 유골을 차분하고 평화로운 호수에 뿌려 주었습니다.
둘째 쿵파오 키티Kung Pao Kitty는 퍼디보다 몇 년 더 살다가 세상을 떠났어요. 키티가 무서워하는 건 세상에 없었죠. 우리가 퍼디와 키티를 바다에 데려가면 키티가 앞장서서 걸어갔고, 파도가 밀려들어도 뛰지 않았어요. 그래서 저는 키티의 유골을 바다에 뿌려 주었습니다. 키티는 스물네 살까지 살다가 세상을 떠났어요.

이 이야기는 세상의 모든 고양이와 개 그리고 더 나아가자면 세상의 모든 물고기가 하나하나 개별적인 존재이며 저마다 독특한 개성을 지

넜다는 점을 상기시켜 준다.

"물고기요?"

그렇다. 이 책의 앞부분에서 어느 여인과 깊은 유대를 형성했던 애완 복어에 대한 이야기를 다시 읽고 오기를 바란다. 개들과 그들의 성격에 관한 이야기가 더 많은 이유는 아마 우리가 개들에게 보다 초점을 맞추기 때문일 것이다. 개와 우리 모두 극도로 사회적인 동물이니 말이다.

캐롤라이나 메이어Carolina Meyer의 이야기를 들어보자.

지난 해 우리 개 세 마리가 죽었다. 두 마리는 암 때문이었고, 한 마리는 자가면역질환 때문이었다. 우리는 개들이 각각 가장 좋아했던 담요나 장난감과 함께 묻어 주었고, 각각의 묘지에서 장례식을 열고 생전에 어떤 점을 가장 사랑했는지, 지금은 어떤 점이 가장 그리운지를 이야기해 주었다. 생전에 보여 준 모습 중 어떤 것이 가장 웃기거나 귀여웠는지도 소리 내어 말해 주었다.

그리고 각각의 개들이 떠난 지 며칠이 지났을 때마다 우리는 동물 보호소로 가 그곳에서 죽을 날만 기다리는 개들을 한 마리씩 구조해 왔다. 그리고는 세상을 떠난 개들의 귀여운 영상이나 사진들을 서로와 나누어 보았다. 또 개들의 기일이 되면 추모예배도 드린다.

보호소에서 개를 구조해 온다는 발상이 정말 마음에 든다. 당신의 개에게 받았던 사랑을 세상에 되갚을 수 있는 사랑스러운 방법이지 않은가. 생전의 이야기들을 다른 이들과 나누는 것 또한 추모식에서 할 수 있는 가장 좋은 일처럼 보인다.

조 웨일Zoe Weil은 이렇게 말했다.

우리는 우리가 소유한 땅에 우리 반려동물들을 위한 묘지를 만들었다. 각각의 무덤에는 커다란 비석을 세우고 동물의 이름을 비롯해 중요해 보이는 모든 것을 새겼다.

동물들을 무덤에 눕힐 때에는 흙을 덮기 전에 우선 그 아이에 대한 이야기를 서로 나눈다. 재미있는 추억들도 이야기하고, 그들이 우리를 만나기 전에 어떻게 살았는지(모두 구조해 온 동물들이었으므로)에 관해서도 이야기한다.

이야기가 끝나면 몸을 흙으로 덮어 주고 그 위에 구근이나 꽃, 덤불 등을 심어 준다. 우리 아들은 이곳에 우리의 모든 반려동물이 잠들어 있으므로 절대 이 땅은 못 팔겠다고 했다.

나는 저명한 동물활동가 킴 스탈우드Kim Stallwood의 이야기를 처음 들었을 때 잘 이해가 가지 않았다.

"우리의 사랑하는 개 셸리Shelly는 생전에 좋아하던 어딘가에 비밀스럽게 묻혔습니다."

왜 비밀 정원이어야 했을까? 개들이 (우리가 털어놓은 비밀은 잘 지키기는 해도) 자기만의 비밀을 숨길 것 같지는 않기 때문이다. 그런데 나의 페이스북 친구 한 명이 보내 온 글을 읽고 난 뒤에는 나는 단숨에 이해할 수 있었다.

제가 여덟 살일 때, 가족이 여름휴가를 다녀오는 동안 제 가장 친한 친구였던 골리앗Goliath이 집을 나가 사라진 적이 있었어요. 저는 돌멩이를 주워 그의 이름을 새겨 넣고, 우리가 살던 집 옆에 놓고는 그를 위한 비밀 정원을 만들어 주었습니다. 어쩌면 이 이야기들은 우리가 저마다 마음에 품은 비밀 정원이 아닐까요.

그렇다면 이해가 가는 법이다.

반려동물이 우리 곁을 떠날 때 어떤 사람들은 이를 계기로 인생에 중대한 변화를 가져올 결심을 하는데, 정말 좋은 생각인 듯하다.
앤드류 벡Andrew Begg은 이렇게 말했다.

제 고양이가 차에 치여 죽었을 때, 저는 담배를 끊겠다고 맹세했어요. 담배를 다시 피운다면 우리 고양이와의 추억을 욕보이는 것과 마찬가지라는 걸 그때나 지금이나 알고 있죠. 결심한 지 십삼 년이 되었지만 한 번도 포기한 적 없습니다.

개리 로에벤탈Gary Loewenthal도 고양이 마이크Mike 덕분에 인생이 바뀌었다고 했다.

마이크 덕분에 저는 비건과 동물활동가가 되었어요. 이 일에 전념하기 위해 원래 하던 일을 그만두기도 했죠. 마이크를 만나기 전에는 단 5분도 동물에 대해 생각해 본 적이 없었습니다.

마이크는 정말 놀라운 아이였어요. 밥 먹는 걸 정말 좋아했지만 제가 집에 돌아오면 밥을 먹다가도 뛰쳐나와 저를 반겨 주었죠. 저희는 매일 하네스와 목줄을 차고 산책을 했는데, 그때부터 주변이 완전히 새롭게 보이기 시작했습니다.

마이크는 십오 년 전 세상을 떠났어요. 이후로 저는 매일 집을 나설 때마다 30초씩 시간을 들여 마이크에게 나의 눈을 틔워 주어서, 나에게 그 모든 것을 주고, 그를 알고 사랑하고 또 사랑받는 선물 같은 시간을 주어서 고맙다고 마음속으로 인사를 합니다.

페이스북을 통해 나에게 이야기를 들려준 사람들 중에는 기르던 고양이와 개 덕분에 동물활동가가 되었다는 사람이 많았고, 덕분에 비건이 되었다는 사람들도 있었다. 거기까지 가지는 않았지만 그럼에도 무언가 일반적이지 않은 일들을 겪은 사람들도 있었는데, 우리 가족과 오

랜 친구이자 조산사이면서 침술사인 뉴질랜드의 레이첼 윌슨Rachel Wilson
이 바로 그 경우다.

저희는 가정에서의 임종을 선택했어요. 지희 아이들을 가정에서 출산
한 것과 마찬가지였죠. 저희 개 큐리Kuri가 집에서 평화로이 숨을 거두
길 바랐어요. 저희는 큐리에게 스트레스 완화 플라워 에센스를 주며
침대에서 꼭 안아 주었고, 수의사가 큐리를 차분하게 잠재웠습니다.
이상한 점이 하나 있었는데, 길 아래에 사는 개가 저희 구역까지 와서
하울링을 하더라고요.

몇몇 이야기는 다소 기이하기까지 하지만 나는 어찌된 까닭인지 그
이야기들에 믿음이 간다. 세계동물보호협회(WSPA)를 설립한 조이스 드
실바Joyce D'Silva의 이야기가 하나의 예시다.

저는 고양이 남매를 키웠어요. 누나 고양이가 죽었을 때 저는 그녀를
정원의 차고 빈 벽 아래에 묻어 주었습니다. 다음 날 저는 남동생 고양
이 찰리Charlie를 데리고 정원에 나갔는데, 찰리가 무언가 '보인다는' 듯
텅 빈 벽을 물끄러미 바라보더라고요. 거기에는 식물도 나비도 아무
것도 없었지만 그는 꼼짝하지 않고 그 자리에 앉아 한참을 바라보았
어요.

유골을 한데 섞겠다는 것도 많은 사람이 언급한 또 다른 주제였다. 오드리 슈와르츠 리버스Audrey Schwartz Rivers는 이렇게 말했다.

저희는 개와 고양이들을 모두 화장해서 나무 혹은 유리로 된 유골함에 넣어 집 거실에 모아 두고 있어요. 그들의 유골은 제 유언에 따라 제 유골과 한데 섞여 특별한 곳에 함께 뿌려질 겁니다.

마지막 순간을 맞이하기 위해 동물병원을 찾아가는 방법이 왜 마음에 들지 않는지는 잘 모르겠지만, 어찌하였든 나는 다른 방법이 더 낫다고 생각한다. 지니 키시 메시나Ginny Kisch Messina는 살아오면서 열여섯 마리의 고양이들과 작별했고, 모두 집에서 안락사를 시켰다고 말했다.

저희 사무실에는 커다란 고양이 유골함이 있습니다. 그 위에는 그들을 지켜 줄 작은 성 프란시스 조각상이 놓여 있고, 곁에는 우리 고양이들의 사진이 세워져 있죠. 저는 늘 제가 설립을 도왔던 (그리고 이 많은 고양이가 저에게 오게 된 경로인) 길고양이 단체에 우리 고양이들의 이름으로 기부를 하며 그들을 기억합니다.

"슬픔에게 머물 곳을 주려면 어떤 식으로든지 의식을 치러야 한다." 사람들은 켈리 카슨Kelly Carson이 내게 해 주었던 이 말에 대체로 동의하는 듯 보였다. 좋은 설명이다.

데이브 베르나자니Dave Bernazani가 들려준 아래의 이야기처럼, 의식은 우리가 얼마나 마음을 쓰고 또 그것이 얼마나 중요한 일인지를 보여 준다.

저희가 살던 캘리포니아 라파예트의 작은 아파트 단지는 모두가 사랑했던 동네 고양이 브라우니Brownie의 구역이었습니다.

잘생기고 친절한 샴고양이 브라우니는 입주민이 버리고 간 유기묘였지만 (적어도 우리가 그곳에 사는 동안에는) 왕처럼 살면서 이 아파트 저 아파트를 돌아다니다가 마음에 드는 집에 들어가 밥을 먹고 잠을 잤어요. 2층 우리 집의 발코니까지 기어 올라오는 법을 터득한 뒤로는 우리 집의 암고양이 두 마리와 낮잠을 자곤 했고, 우리 고양이들도 그를 우리보다 더 아껴 주었습니다.

어느 날 브라우니가 주차장에서 차 사고를 당해 숨을 거두자(그때 저는 사무실에 있었습니다), 주민들 몇 명이 그를 아파트 단지 구석의 평화롭고 외진 곳에 묻어 주고 무덤을 돌과 꽃으로 덮어 주었으며 야간 조명까지 설치했죠.

저는 제 아내를 비롯한 주민들이 원하는 만큼 그의 곁에 앉아 있다 갈 수 있도록 무덤 곁에 작은 벤치를 놓았습니다.

그는 이 댓글과 함께 아름다운 색색의 돌무덤과 그 옆에 놓인 벤치 사진을 올려 주었다.

어떤 교회는 동물을 위한 축성식을 매년 치르는데, 여기에는 사람과 동물 모두 참석할 수 있다. 이와 같은 축성식을 여는 수잔 포르토^{Suzan Porto}는 이런 이야기를 들려주었다.

올해로 십일 년째 계속하고 있는데, 매번 수많은 신도와 비신도가 찾아와 주었습니다. 축성식 중간에는 참석자들이 떠나간 반려동물에 대해 이야기하는 시간이 있어요. 지난 십일 년간 그렇게 나누었던 수많은 이야기는 우리 인간이라는 동물들에게 눈물과 웃음, 영감 그리고 진한 기억들을 안겨 주었습니다.

마지막으로 나는 블로거 비건 애니^{Vegan Annie}가 그녀의 고양이 침피^{Chimpy}에 대해 쓴 진심 어린 글을 소개하고 싶다.

지난 화요일, 나의 사랑하는 천방지축 고양이 침피가 여느 때와 다름없이 침대에 누워 있었다. 나도 그 곁에 누워 침피와 눈을 맞추었는데, 그 순간 나는 침피가 포기해 버렸단 걸 깨달았다. 낫겠다는 의지가 더는 보이질 않았다. 가슴이 무너지는 것 같았다.
동물병원의 수의사 선생님은 침피를 집에 돌려보내기 위해 마지막으로 각고의 노력을 기울였지만, 결국 수요일 오후 나에게 전화를 걸어 누구도 듣고 싶지 않을 말을 전해 주었다.
더는 희망이 없었다.

나는 안락사를 준비해 달라고 말하고 지금 바로 가겠다고 했다. 동물병원에 도착한 나는 곧장 방으로 들어갔고, 그 안에는 푹신한 침대와 작은 양초 그리고 침피를 자유롭게 해 줄 주사가 놓여 있었다. 침피를 다정하게 안고 들어온 선생님은 침피를 작은 간이침대에 눕히고 나에게 작별할 시간을 주었다.

홀로 남은 나는 내 삶에 그토록 많은 기쁨을 가져다주었던 나의 작은 고양이에게 마지막 인사를 건넸다. 침피를 품에 안아 들고 꼭 껴안아 주면서 눈을 맞추고, 고맙다고 인사하고, 내가 많이 사랑했고 앞으로도 언제까지나 기억할 거라고 말해 주었다.

침피는 나를 돌아보더니 힘겨운 숨을 몇 번 몰아쉬고는 내 품 안에서 숨을 거두었다. 나는 담요를 채운 상자 안에 침피를 뉘여 집에 데려온 뒤 그가 늘 행복하게 잠을 자던 우리 침대에 올려 두었다.

남편과 나는 그가 이따금씩 앉아 있곤 했던 자리에 침피를 묻어 주었다. 나는 그 위에 침피의 목걸이와 함께 앞으로 이 무덤을 마주칠 사람들을 위한 작은 쪽지를 올려 두었다.

웃긴 이름과 더 웃긴 꼬리를 가졌던 고양이, 우리가 사랑했고 보답으로 우리를 사랑해 주었던 고양이, 자기 삶을 있는 힘껏 살아 냈던 고양이, 그렇게 의미 있었던 존재가 이곳에 잠들었다는 걸 사람들이 알아주길 바란다.

지속적인 선행을 베푼다는 것은 사랑하는 반려동물을 기리기 위해 우리가 할 수 있는 가장 좋은 일인 것 같다.

　나는 반려동물을 기리기 위해 우리가 할 수 있는 가장 좋은 일이란 바로 지속적인 선행을 베푸는 것이라고 생각한다. 의식으로 대신할 필요는 없으며, 오히려 의식을 통해 동물들에게 더 나은 세상을 만드는 데 오래도록 헌신할 수도 있을 것이다.

작별의 슬픔은
끝나지 않을 수 있다

어린 시절을 함께 보내는 개는
우리에게 우정과 사랑 그리고 죽음을 가르쳐 준다.
스킵은 내 형제였다.
스킵이 뒤뜰의 느릅나무 아래에 묻혔다고들 하지만,
그것만이 사실은 아니다.
스킵은 내 가슴속에도 묻혀 있다.

윌리 모리스WILLIE MORRIS, 《나의 개, 스킵MY DOG SKIP》

이 책을 쓰는 동안 나와 개 혹은 고양이의 죽음에 관해 이야기를 나누었던 수많은 사람이 "이런 슬픔이 찾아올 줄은 생각도 못했고, 그 슬픔이 얼마나 깊을지 감도 잡히지 않았다"와 같은 말을 남겼다. "어머니나 아버지가 돌아가실 때에도 이렇게 슬퍼하지는 않았다", "이처럼 거대한 슬픔이 밀려올 줄 몰라서 아무런 마음의 준비를 하지 못했다", "이후 몇 주 동안 아무것도 하지 못했다"고 말하는 사람도 많았다.

우리 가족의 오랜 친구인 매트 메세너Matt Messner는 기르던 개 리아논Rhiannon이 죽었을 때 느꼈던 깊은 슬픔에 관한 글을 나에게 보내 주었다.

내가 가장 견디기 힘들었던 죽음은 우리 강아지 리아논의 죽음이었

에필로그 | 작별의 슬픔은 끝나지 않을 수 있다

다. 리아논은 상상을 초월할 정도로 덩치가 작은 코기였지만 성격만 큼은 상상을 초월하게 담대하고 불같았다. 엄청나게 영리했던 리아논은 좌중을 압도하고 관심을 독차지하면서 사람들을 즐겁게 해 주곤 했다.

리아논과 산책할 때면 나는 내 옆에 선 강아지의 불타는 존재감을 느낄 수 있었고, 입 밖으로 한 번도 내뱉지는 않았지만 그렇게 에너지를 쏟아 내다가 수명이 줄어드는 건 아닐까 걱정이 들기도 했다.

빛 중에서도 가장 밝은 빛이었던 리아논은 고작 아홉 살이 되었을 때 혈관육종이라는 진단을 받았다. 전이가 빠르고 금세 죽음에 이르는 혈액암이었다. 결국 리아논은 내 곁에서 잠을 자다가 세상을 떠났다.

우리가 길렀던 개들 중 생사의 결정이 우리 몫이 아니었던 유일한 경우였는데, 아마 리아논 자신의 결정이었으리라 생각한다. 다른 개들도 죽은 리아논의 곁에 다가오지 않았는데, 마치 리아논이 자기가 곧 떠날 거라고 미리 말해 두기라도 한 것 같았다.

나는 너무나 슬펐고, 숨 쉬는 것 자체가 고역이었다. 몇 주 동안 나는 어디에 있든 남들에게 들리게 한숨을 쉬고 그녀의 이름을 불렀다. 종종 나는 슬픔에 잠겨 주변을 잊은 이들이 다른 사람들의 눈에는 미친 사람처럼 보이겠다는 생각을 한다.

시간이 지나면, 누구에게나 그랬듯 떠난 반려동물은 당신의 일부가 된다. 생전에도 당신의 일부였겠지만, 그때의 당신은 그 순간에 보다 집중했을 것이다. 죽음이 찾아왔을 때에야 당신은 그들이 당신에게 얼마나 중요한 존재였는지를 되새기게 된다.

그는 이렇게 덧붙였다.

"나는 깊은 애도 또한 우리가 털북숭이 아이들과 깊은 사랑을 주고받는 과정의 일부라는 것을 다른 사람들이 꼭 알아야 한다고 생각한다. 또한 누구든지 인간도 아닌 동물 때문에 그렇게 슬퍼한다는 이유로 죄책감을 가지거나 자신을 비하할 필요는 없다."

옳은 말이다. 많은 사람은 반려인들이 느끼는 슬픔의 정도와 깊이에 깜짝 놀라곤 하는데, 아마 그들도 모르는 새에 "그냥 동물일 뿐이잖아"라는 사조에 완전히 동화되어 있기 때문이라고 생각한다. 이 잘못된 생각은 우리 사회에 너무나 깊이 뿌리박혀 있기 때문에 여기에 오염되지 않기가 힘들 정도다.

그리고 아마 같은 이유로, 사람들은 반려동물이 죽을 때에야 처음으로 느껴지는 감정의 깊이를 인정할 준비가 되어 있지 않다. 죽은 뒤에야 사랑을 깨달았다고 하면 이상하게 들릴 테지만, 나는 그러한 경우도 없잖아 있다고 생각한다.

우리가 다른 형태의 생명과 이토록 친밀하고 익숙하게 지낸다는 것은 아무리 생각해도 한없이 놀라운 일이다. 수수께끼는 아직 풀리지 않았고 앞으로도 풀리지 않을 테지만, 그럼에도 우리는 그 수수께끼와 즐거운 시간을 보낼 수 있다.

하지만 바로 그 친밀감 때문에 가슴이 미어지기도 할 것이다. 반려

에필로그1 | 작별의 슬픔은 끝나지 않을 수 있다

동물이 떠나야 할 시간은 우리가 그들을 보낼 준비가 되기 한참 전에 찾아오기 때문이다. 이는 언젠가는 거의 모든 반려동물에게 일어날 일이다.

이 책에서 내가 반려동물을 아이에게 빗대어 말하는 것도 바로 이 이유 때문이다. 반려동물들은 자식과도 같다. 나쁜 의미에서 하는 말이 아니다. 부부가 어떤 이유에서든지 아이를 갖지 않기로 결정하는 대신 고양이나 강아지 혹은 새에게 엄청난 애정을 쏟아 부으면 그것을 본 사람들이 (종종 어련하겠냐는 듯 웃으면서) 아이 대신 동물을 키우는 것이라 말하는 경우가 너무나 많다. 이는 분명 잘못된 일이다.

아이가 있는 수많은 행복한 집에서 동물을 기르면서 더 큰 행복을 얻는 경우들만 생각해 보아도 알 수 있다. 사랑하는 데에는 구실이 필요하지 않고, 당신이 애정을 쏟아붓기로 결심한 대상이 옳은 대상이 아니라고 손가락질 할 권리는 누구에게도 없다.

물론 동물들은 사랑받아 마땅한 존재고, 누가 당신의 애정과 사랑을 받을지 말지는 어떠한 경우든지 당신이 결정할 일이다. 이는 곧 삶의 일부였던 이의 죽음을 당신이 얼마나 오래, 또 얼마나 깊이 슬퍼할지 결정하는 것도 당신의 몫이라는 뜻이다. 그 대상은 자녀일 수도 배우자일 수도 있고, 친척이나 친구일 수도 있으며, 동물 친구들일 수도 있다.

'반려동물 없는' 사람이 '이제 그만' 슬퍼하라고 말한다면 그냥 무시해도 좋다. 오히려 가르쳐 주어도 좋겠다. 나아가 그들에게 강아지나 고양이를 안겨 준 다음 그들의 삶이 어떻게 조금씩 변화하는지를 지켜보는 것도 좋은 방법일 것이다.

나에게는 런던에서 심리학을 가르치는 교수 친구가 있는데, 그 친구와 친구의 멋진 아내에게는 동물이란 그저 골칫거리에 지나지 않았으며 학문적으로 연구할 가치가 전혀 없다고 보았다.

그로부터 십구 년이 지난 지금, 그들은 강아지에게 무한한 사랑을 쏟으면서 주기적으로 나에게 강아지 사진을 보내온다. 그 강아지를 애도해야 할 시간이 온다고 하더라도, 두 사람 중 누구도 그를 괜히 데려왔다고 생각하지는 않을 것이다.

'동물이 우리를 인간답게 만든다'는 말이 가장 사실로 다가올 때는 우리가 동물의 죽음을 슬퍼할 때다. 이렇게 말하는 이유는 우리 존재의 핵심이란 감정(그리고 이제는 지적 능력을 거의 대체할 유행어로 거듭난 정서지능)과 반려동물의 죽음을 슬퍼하는 능력 혹은 서로 알지는 못했더라도 마음이 가던 동물의 죽음을 슬퍼하는 능력이라고 확신하기 때문이다.

우리가 일상적으로 먹는 동물들의 죽음을 애도할 줄 알고, 그 동물들이 트럭에 실려 도살장으로 향하는 모습을 보면 마치 나머지 사람들이 반려동물을 잃었을 때만큼 깊은 슬픔을 느끼는 사람들도 드물지만 존재한다는 것을 알게 되었다. 그런 사람들이 다수가 된다면 세상이 얼마나 아름다워질까.

동물의 죽음은 우리가 가진 줄도 몰랐던 내면의 감정들을 이끌어 낸다. 동물들이 우리에게 내면 가장 깊은 곳을 들여다볼 기회를 선사하는 것이나 다름없다.

많은 사람이 동물 친구가 죽었을 때 자기 내면에 있는 줄도 몰랐던 완전한 슬픔을 느꼈다고 토로했다.

"어디선가 솟구치더니 밀려들고 또 밀려들었어요."

그중 한 사람이 내게 한 말이다.

"저는 큰 충격을 받았습니다. 물론 우리 개를 사랑했지만 이토록 압도적인 슬픔은 예상하지 못했어요. 제 삶을 휩쓸어 가더라고요. 저를 놀리지 않고 오직 연민만을 보여 준 제 친구들에게 고맙다고 말하고 싶네요."

나는 개들도 자신의 마지막이 임박했다는 것을 알고 있을지를 오랫동안 궁금해 왔다. 아니면 혹시 자기는 안중에도 없고 모든 감정적 에너지를 우리에게만 쏟는 것은 아닐까? 세상에서 가장 친했던 친구의 손등을 마지막으로 핥고, 친구를 향해 마지막으로 꼬리를 흔드는 순간. 그 순간에 눈물을 훔치지 않을 사람이 누가 있을까.

이 책을 쓰고 보니 이제는 확신이 든다. 개들도 자신의 마지막이 임박했다는 것을 '안'다. 죽음이 무엇인지도 '알'고, 죽음에 대해서 '생각'한다. 더 정확하게 말하자면, 죽음을 '느낀'다. 다만 우리는 그들이 어떻게 생각하는지 결코 정확하게 알 수 없을 테다.

마지막은 꿈 이야기로 마무리해 보겠다. 어느 아름다운 봄날이었다. 벤지와 나는 베를린의 숲속을 산책하다가 누군가의 장례 행렬과 마주쳤다. 우리는 행렬에 합류하여 무덤가까지 걸었고, 무덤가에는 파 놓은 자리에 관을 넣고 있었다. 관 뚜껑이 열려 있는 것 같기에 궁금해진 나는 한 발짝 다가섰고, 그 안에는 벤지와 내가 누워 있었다.

벤지가 죽는다면 나의 일부도 함께 따라갈 것 같은 느낌이 들었다. 이 글을 쓰는 지금 벤지는 열네 살로 아직 살아 있고, 심장에 문제가 있는 래브라도 리트리버 치고 매우 오래 산 편이다. 벤지의 문제는 심장이 너무 크다는 것뿐이다. 그래서 그토록 많은 사랑을 품고 살았나 보다.

많은 사랑을 받은 로리 무어Lorrie Moore의 단편집《미국의 새들Birds of America》에 실린 한 이야기에서 주인공 에일린Aileen은 남편보다도 먼저 만나 도합 십 년을 함께 살았던 고양이 버트Bert가 죽으면서 완전히 무너진다. 에일린은 버트와 함께 즐거웠던 일이나 감동적이었던 일들을 계속 곱씹었다.

"한 번은 열쇠를 찾을 수가 없어서 '내 열쇠keys 어디 있지?'라고 소리 내어 말했더니 버트가 '우리 고양이kitty 어디 있지?'라는 줄 알고 방에서 뛰쳐나온 적도 있었다."

에일린의 남편 잭Jack은 그녀에게 공감해 주는 대신 정신과에 가야 한다고 주장했다. 그녀는 마지못해 동의했지만, 정신과 의사를 만나자마자 이렇게 말한다.

"이봐요, 프로작Prozac은 필요 없어요. 프로이트의 유혹 이론의 상실도 필요 없고, 제프리 마송도 필요 없다고요."

이 구절을 처음 읽었을 때 내가 얼마나 놀랐을지 상상해 보라. 프로이트의 아동기 성적 학대의 부정에 관한 나의 연구가 예상하지도 못하게 언급된 것이다. (이 주제에 관한 나의 저서는 처음 출간되었을 때 많은 논란을 불러일으켰다.)

하지만 나는 반려동물의 죽음을 받아들이는 데 지적 논리나 정신분석이 필요한 것은 아니라는 에일린의 말에 전적으로 동의한다. 물론 처방약이나 보조제를 먹어 가며 자신의 감정을 억누르려고 할 필요도 없을 것이다.

죽음을 애도할 때면 얼마나 깊고 오래가는 슬픔이든지 그 대상이 누구이든지 (개, 고양이, 새, 말, 양, 닭, 금붕어, 웜뱃 혹은 악어를 위한 슬픔이든지) 상관없이 당신의 슬픔을 가장 잘 아는 사람은 당신이고, 슬픔이 언제 끝날지 (끝나거나 한다면)를 결정할 사람은 당신뿐이며, 당신의 감정을 당신보다 자기가 더 잘 안다고 생각하는 '전문가'의 도움을 받을 필요가 없다. 누구도 당신보다 잘 알지 못한다.

사실 슬픔이나 사랑 혹은 우리를 인간답게 만드는 모든 중요한 감정에 관해서는 누구도 전문가라고 할 수 없다. 당신에게 필요한 것은 오직 가족과 친구들의 사랑과 지지뿐이다.

만약 개 혹은 고양이 때문에 이와 같은 깊은 감정을 느꼈다면 그들로서는 우리를 더 인간답게 만드는 데 성공한 셈이다. 그것은 우리에게 일어날 수 있는 최고의 일이다.

그러니 독자들이여, 부디 여러분의 반려동물과 함께하는 시간을 소중히 여기고, 작별해야 할 시간이 다가온다면 당신의 방식대로 또 당신이 원하는 만큼 슬퍼하기를 바라며, 그들의 삶과 그들이 당신에게 주고 간 선물들을 기념하고 간직하기를 바란다.

———

2019년 8월 1일 오늘, 벤지가 세상을 떠났다.

일란은 바르셀로나에 육 개월 동안 가서 살아야 했지만 벤지는 여행할 수 있는 상태가 아니었다. (거의 걷지도 못했고, 계단을 오르내리지도 못했다.)

레일라는 바이에른의 알프스 아래 작은 언덕에서 어린아이들을 위한 캠핑장을 운영하는 사촌에게 벤지를 부탁했다. 일란은 베를린에서 그곳까지 차를 몰고 갔으며 벤지가 새로운 집에 적응할 때까지 두 달을 그곳에서 함께 지냈다.

벤지는 곧바로 그곳에 적응했으며, 무엇보다 그곳 사람들도 벤지를 받아들여 주었다. 오래지 않아 벤지는, 그곳에 온 아이들이 기대어 우는 존재(가정에서의 어려움 때문에 이곳에 보내진 아이들이었다)이자 밤을 함께 지

새울 친구가 되어 주었다.

벤지는 산책을 하고 싶어 했으나 그렇게 하기가 점점 더 어려워져만 갔다. 벤지가 누워 햇볕을 쬐고 있으면 모두가 그를 보려고 찾아갔다.

벤지가 세상을 떠나기 딱 한 주 전에는 레일라와 일란도 벤지를 찾아갔었다. 두 사람을 본 벤지는 애매한 표정을 지으면서 '저 사람들 누구더라? 아는 사람 같은데' 하고 당황해하는 것 같았다. 그러더니 어느 순간 기억해 냈는지 두 사람에게 달려들었고, 이후 사흘 동안 그들의 곁을 떠나지 않았다. 벤지는 두 사람을 끊임없이 핥아 댔으며, 그 상냥한 얼굴에는 행복이 가득 깃들어 있었다.

일란과 함께 찍은 사진을 보면, 벤지가 일란의 무릎에 가장 좋아하는 자세로 누워 정말 편안해하고 행복해하는 모습이 보일 것이다. 벤지는 마치 다시 살아난 듯했고, 정신도 맑아 보였으며, 에너지도 넘쳐 보였다. 심지어는 호숫가로 오랫동안 산책을 다녀오기도 했다. 그는 가족들과 다시 만나 너무나 기쁜 듯했고, 그들이 그를 버렸다는 앙심 같은 것은 조금도 품고 있지 않았다.

벤지는 그곳의 새로운 집, 새 친구들과 함께 좋은 시간을 보내고 있었다. 벤지는 자기를 좋아하는 사람들에게 둘러싸여 있기만 한다면 어디에 있든지 사랑을 퍼부을 수 있는 재능이 있는 아이였다. 누가 그를 사랑하지 않을 수 있었을까?

하지만 어제 레일라의 사촌은 레일라와 스페인에 있는 일란에게 전화를 걸어 벤지의 상태가 급격히 나빠지고 있다는 나쁜 소식을 전했다. 자리에서 일어나지도 못했고, 매우 고통스러워 보인다고 했다. 상태가 심각해 보이자 그들은 수의사를 불렀고, 벤지를 진찰한 수의사는 그의 폐와 간에 물이 가득 차 있다고 말했다.

수의사와 레일라의 사촌은 벤지의 수많은 새 친구와 함께 벤지를 목초지로 데려간 뒤 벤지에게 수면제를 주었고, 벤지가 평화롭게 코를 골며 잠들자 수의사가 그에게 마지막 주사를 놓아 주었다. 벤지는 아무것도 느끼지 못했다. 그는 농장이 내다보이는 목초지에 묻혔다.

벤지는 타고난 재능을 발휘하여 수많은 사람에게 커다란 사랑을 전해 주었다. 사랑을 멈출 줄 모르는 아이였다. 누구든지 어떤 동물이든지 마찬가지였다. 그는 사람들을 사랑했고 새들과 다람쥐들을 사랑했으며 아기 생쥐들도 사랑했다. 벤지가 사랑하지 않을 동물은 없었다. 그들도 벤지에게서 드러나는 상냥한 품성과 친절함, 공감과 연민을 보고 벤지에게 사랑을 돌려주었다. 또 벤지는 사랑이 넘치는 이들에게는 특별히 더한 매력을 선보이곤 했다.

마누와 나는 시드니에서 소식을 듣고는 서로의 품에 안겨 울었다. 우리 둘은 레일라와 일란이 바로 지난주에 벤지를 찾아가 마지막 시간을 함께할 수 있었다는 것이 무척이나 다행이라고 생각했다. 마치 벤지가 알 수 없는 세계로 떠나기 전에 그들을 보고 가겠다고 기다렸던 것만 같다. 만약 다음 세계가 존재한다면, 그토록 순수한 사랑을 품은 강아지와 함께할 수 있다는 것을 그곳의 사람들도 축복으로 여길 테다.

나의 아들 일란에게 이 책을 바친다. 물론 일란과 작은아들 마누의 존재가 나의 삶을 모든 면에서 헤아릴 수 없을 만큼 풍요롭게 만들어 주었기 때문이기도 하지만, 무엇보다 일란이 베를린에서 이 년간 벤지의 곁을 지키며 벤지가 받아 마땅한 사랑을 준 데 대하여 깊은 고마움을 느끼기 때문이다.

그동안 벤지도 전매특허인 특별한 사랑을 일란에게 퍼부어 주었다. 거의 평생을 벤지와 함께 살아온 나의 작은아들 마누도 분명 똑같이 했을 것이라 생각한다. 마누의 다정함과 친절함은 적어도 어느 정도 늘 동물과 함께 살았기 때문에 생긴 것이라고 자신한다.

이 책을 읽어 주고 언제나와 같이 날카롭게 지적해 준 나의 아내 레일라에게도 고맙다는 말을 전한다. 아내는 지난 이십오 년 동안 내 삶의 빛이 되어 주었다. 모두 그녀 덕분이다.

수많은 개와 고양이와 함께 자라 오면서 수의사가 될 꿈까지 꿨던, 사랑하는 딸 시몬에게도 고맙다는 말을 전한다. 내가 동물의 감정에 대하여 글을 써야겠다고 결심한 데에는 동물에게 아름답고 소중한 감정들을 느끼는 딸아이의 모습을 보아 온 것이 분명 큰 역할을 했을 것이다.

차마 일일이 열거할 수도 없을 만큼 많은 분이 자기 반려동물에 대한 이야기를 들려주었다. 수많은 사람이 다양한 동물들에 관한 이야기와 슬픔 그리고 사랑을 기꺼이 이야기해 주어서 매우 기뻤다.

강아지와 고양이 그리고 다른 동물들에 관하여 쓴 수많은 훌륭한 책에서도 많은 점을 배웠다. 이러한 책들이 점점 더 많이 출판되고 있다는 것은, 우리가 우리와 '다른 존재들'이 얼마나 놀라운지를 이제야 막 알아 가기 시작했다는 사실을 보여 준다.

오늘만 해도 나는 2018년 전미도서상을 수상한 시그리드 누네즈Sigrid Nunez의 위대한 작품, 《친구The Friend: A Novel》를 완독했다. 어느 여자와 개 사이의 깊은 우정(사실은 사랑)을 다룬 이 책에는 몇 년 전만 하더라도 누구도 생각하지 못했을 아이디어로 넘쳐난다. 개를 사랑하는 사람이라면 꼭 읽어 볼 것을 추천한다.

개와 고양이 그리고 새를 사랑하는 사람들은 다른 사람들이 흔히 애완동물로 분류되지 않는 수없이 많은 동물에 그들만큼 큰 사랑을 느낄 수 있음을 잘 이해한다.

양 한 마리를 구조하여 시드니 근방 블루마운틴의 목가적인 환경에서 함께 살고 있는 나의 친구 데이비드 브룩스David Brooks와 테야 프리바크Teya Pribac가 떠오른다. 최근 테야가 펴낸 박사학위논문은 동물들도 모든 면에서 인간만큼 슬픔을 느낀다는 점을 나에게 다시 한 번 명확히 일러 주었다.

이 책을 쓰는 동안 나는 일주일에 한 번씩 브라이언 셔먼Brian Sherman이라는 멋진 사람과 점심 식사를 함께했다. 그만큼 멋진 그의 딸, 온딘Ondine과 함께 동물권 단체 보이스리스Voiceless를 창립한 셔먼의 곁에는 늘 미라클Miracle이라는 개가 함께했다. 미라클은 브라이언의 곁을 단 1분이라도 떠나지 않으려 했고, 브라이언에게 안 좋은 일이라도 있을 때면 미라클도 이를 알고 더더욱 자신의 가장 친한 친구와 붙어 있으려는 듯했다. 둘의 모습을 보는 것만으로도 많은 영감을 얻을 수 있었으며, 이 책의 주제에 더하여 더욱 깊이 생각해 볼 수 있었다.

무엇보다 지금까지 나에게 사랑을 나누어 주었던 셀 수 없이 많은 개와 고양이, 새, 심지어 쥐와 닭 그리고 토끼에게 고마움을 전한다. 이들의 사랑은 나의 글솜씨로는 조금도 담아내지 못할 만큼 나의 삶을 아름답게 만들어 주었다.

우리 가족 모두의 친구이자 남프랑스에서 개 여러 마리와 함께 살고 있는 편집자 클레어 와즈워스Clare Wadsworth는 내 원고를 검토하고 수많은 조언을 해 주었을 뿐만 아니라, 나조차 그만해야겠다고 생각할 때 나에게 계속 나아갈 용기를 북돋워 주었다.

내가 쓴 모든 책을 읽고 코멘트를 남겨 준 제니 밀러는 이 책도 빼놓지 않았다. 나와 마찬가지로 개를 사랑하고 정신의학을 싫어하는 제니는 늘 현명하고 면밀한 코멘트를 남겨 준다. 지난 수년간 여러모로 나를 도와주어 매우 고맙다는 말을 전한다.

버클리 텔레그래프 애비뉴에 위치한 전설적인 서점 코디스 북스Cody's Books의 주인일 때부터 나와 알고 지냈으며 지금은 나의 출판 에이전트를 맡아 주는 나의 오랜 친구 앤디 로스Andy Ross에게도 감사의 말을 전한다. 내가 아는 한 몇 초 만에 이메일 답신을 보내는 출판 에이전트는 앤디 로스밖에 없다. 그가 특별한 점은 이뿐만이 아니다. 내 친구 다니엘 엘스버그Daniel Ellsberg도 최근 셋이 커피를 마시다 앤디가 자리를 비우자마자 나에게 "제프리, 앤디가 이렇게 재밌는 사람이라고는 안 했잖아!"라고 말했다.

마지막으로 세인트마틴스프레스 출판사의 훌륭한 직원들에게 감사드린다. 나는 매우 끈기 있고 재능 있는 편집자 다니엘라 라프Daniela Rapp를 만나는 행운을 누렸다. 다니엘라는 이 책의 내용을 내가 본래 계획하지 않았던 방향으로 넓혀 보라고 떠밀곤 했는데, 이제와 돌이켜 보면 이렇게 하여 이 책에 꼭 필요한 내용들을 더할 수 있었던 것 같다. 이 책의 시야를 한층 넓혀 준 다니엘라에게 고맙다는 말을 전한다. 함께 도움을 준 데이비드 스탠퍼드 버David Stanford Burr, 매튜 카레라Mattew Carrera, 얼리샤 가멜로Alyssa Gammello, 카시디 그라함Cassidy Graham, 브랜트 제인웨이 Brant Janeway, 에리카 마르티라노Erica Martirano, 도나 노에첼Donna Noetzel 어빈 세 라노Ervin Serrano 그리고 빈센트 스탠리Vincent Stanley에게도 감사드린다.

참고 자료

1) https://www.youtube.com/watch?v=INa-oOAexno

2) Illmer, Andreas. "New Zealand Whale Stranding: 'I Will Never Forget Their Cries'." BBC News, BBC, November 27, 2018, www.bbc.com/news/world-asia-46354618

3) www.americanhumane.org/fact-sheet/indoor-cats-vs-outdoor-cats

4) Chiu, Allyson. "An Orca Calf Died Shortly after Being Born. Her Grieving Mother Has Carried Her Body for Days." Washington Post, WP Company, July 27, 2018.

5) "This Cat Sensed Death. What If Computers Could, Too?," New York Times, January 8, 2018, https://www.3quarksdaily.com/3quarksdaily/2018/01/this-cat-sensed-death-what-if-computers-could-too.html

6) Biloine W. Young, "Is There Healing Power in a Cat's Purr?," Orthopedics This Week, June 22, 2018.

7) "The Death Treatment," New Yorker, https://www.newyorker.com/magazine/2015/06/22/the-death-treatment

8) https://www.youtube.com/watch?v=P2zQbsEGh_Q

9) https://www.alioncalledchristian.com.au

10) https://www.youtube.com/watch?v=I7fZZUfvx0s

11) https://www.theglobeandmail.com/opinion/article-fish-are-not-office-decorations

12) Katz, Brigit. "Charlie Russell, a Naturalist Who Lived Among Bears, Has Died at 76." Smithsonian.com, Smithsonian Institution, May 14, 2018.

13) https://www.wimp.com/story-of-a-goose-who-befriends-a-retired-man-in-the-park

14) Lori Marino and Toni Frohoff, "Toward a New Paradigm of Non-Captive Research on Cetacean Cognition," PLoS ONE 6(9), https://doi.org/10.1371/journal.pone.0024121

15) "Pet Lovers, Pathologized," New York Times, October 30, 2011

16) https://www.theguardian.com/commentisfree/2018/jun/08/save-planet-meat-dairy-livestock-food-free-range-steak

17) Lucy Mills, "Dog Meat, to Eat or Not to Eat?" China Daily, February 2, 2012, Chinadaily.com.en

18) https:// www.thedodo.com/rare-photo-of-loyal-dog-hachiko-1446468544.html

19) https://siberiantimes.com/other/others/news/n0030-heartbroken-little-dog-becomes-siberias-own-hachiko

20) https://www.youtube.com/watch?v=ZVyFSTYY7zg

반려동물을 떠나보내는 태도에 관하여

우리 개가 무지개다리를 건넌다면

1판 1쇄 2020년 7월 23일
1판 2쇄 2020년 8월 3일

지은이 제프리 마송
옮긴이 서종민
펴낸이 유경민 노종한
기획마케팅 1팀 정용범 **2팀** 정세림 금슬기 최지원 현나래
기획편집 1팀 이현정 임지연 **2팀** 김형욱 박익비
책임편집 박익비
디자인 남다희 홍진기
펴낸곳 유노북스
등록번호 제2015-000010호
주소 서울시 마포구 월드컵로20길 5, 4층
전화 02-323-7763 **팩스** 02-323-7764 **이메일** uknowbooks@naver.com

ISBN 979-11-90826-09-9 (03840)